KB115826

문학과지성 소설 명작선

이 소설 총서는
판 간행 이후 시간의 벽을 넘어 끊임없이
독자와 평자 들의 애호와 평가를 끌어 열고 있는,
말의 바른 의미에서의 '스테디셀러'들을
충실한 원본 검증을 거쳐 다시 찍어낸,
새로운 감각의 판형과 새로운 깊이의 해설로
그 의미를 더욱 풍요롭게 만든
우리 시대 명작 소설들이 펼치는
문학적 축제의 자리입니다.

◇ 문학과지성사에서 펴낸 정찬의 책

아늑한 길(1995)
로뎀나무 아래서(1999)
베니스에서 죽다(2003)
두 생애(2009)
정결한 집(2013)
새의 시선(2018)

완전한 영혼

정 찬

문학과지성사
2018

문학과지성 소설 명작선 29

완전한 영혼

초판 1쇄 발행__1992년 12월 10일
재판 1쇄 발행__2018년 5월 11일
재판 2쇄 발행__2023년 12월 1일

지 은 이__정 찬
펴 낸 이__이광호
편　　집__최지인 이민희 조은혜 박선우
펴 낸 곳__㈜문학과지성사

등록번호__제1993-000098호
주　　소__04034 서울 마포구 잔다리로7길 18
전　　화__02)338-7224
팩　　스__02)323-4180(편집) 02)338-7221(영업)
전자우편__moonji@moonji.com
홈페이지__www.moonji.com

ISBN 978-89-320-3096-8 03810

이 도서의 국립중앙도서관 출판예정도서목록(CIP)은 서지정보유통지원시스템 홈페이지(http://seoji.nl.go.kr)와 국가자료공동목록시스템(http://www.nl.go.kr/kolisnet)에서 이용하실 수 있습니다. (CIP제어번호: CIP2018013904)

완전한 영혼

차례

완전한 영혼

1

회상이란, 그것이 즐거움이든 혹은 괴로움이든 사유(思惟)의 일상적 영역이다. 인간에게 시간은 영원한 쇠사슬인 동시에 자유의 짙푸른 공간이다. 그리하여 시간이란 절망이며, 치욕이며, 희망이며, 혁명이다. 그리움이며, 눈물이며, 비애이며, 탄생과 죽음이다. 회상은 이 시간의 살 속으로 파고드는 인간의 사유 행위이며, 언제나 구체적인 영혼과 구체적인 육체에 닿는다. 인간은 순수하게 사물만을 회상할 수 없다. 설혹 회상의 대상이 사물이라 할지라도, 사물의 핵심에는 인간의 모습, 인간의 영혼이 있다. 이것은 인간이 시간에 대해 가질 수 있는 유일한 특권이다. 시간은 결코 이 특권을 빼앗지 못한다.

나는 지금 한 사람을 회상함으로써 이 특권을 누리려 한다. 그의 이름은 장인하. 그는 1991년 5월 7일 저녁 10시경, 40세의 나이로 이승의 삶을 마쳤다. 가혹하고, 미묘하며, 아름답고, 이상스러운 삶이었다.

2

1987년 겨울은 나에게 잔인한 시간이었다. 그해 12월 대통령 선거가 있었고, 결과는 참담한 패배였다. 기득권을 잃지 않을까 전전긍긍하는 자, 반공 이데올로기에 함몰되어 있는 자, 군사 독재 정권에 대한 혐오보다 변혁의 논리가 불러일으키는 심정적 불안에 짓눌린 자들에게 그것은 승리요, 환희요, 안도였으나, 닫힌 솥의 형상으로 밀폐되어 인간의 삶이 썩고 욕망이 썩어가는 사회에 대한 진보에의 갈망을 티끌만큼이라도 갖고 있는 이들에게 대통령 선거의 결과는 잔혹한 패배였다. 깊은 갈망이 순식간에 절망이 되어버리는 현실은 차라리 마술이었다. 패배는 고통스러운 분석을 요구했지만, 많은 사람은 세계가 연출하고 있는 그 기막힌 마술 앞에 넋을 놓고 있었다.

나는 그 사람들 중의 하나였다. 하루하루가 음울한 폭음으로 이어지고 있었다. 대학 시절, 일찌감치 운동권으로 분류되었던 나는 졸업을 한 학기 앞두고 제적되었고, 그 후 번역거리로 호구지책을 삼으면서 운동의 전선을 기웃거렸다. 나는 박종철 고문 치사 사건에 이어 6월 항쟁의 함성이 뜨거운 불기둥으로 이 땅의 중심부로 진입하는 것을 보면서 변혁을 예감했다. 지금 생각하면 그것은 예감이 아니라 갈망이었다. 변혁에의 닫힘은 상상하는 것만으로도 끔찍스러웠던 까닭에 아예 그 가능성을 스스로 차단함으로써 갈망이 예감의 형태로 나타난 것이 아니었을까. 그러나 나는 베일이 벗겨진 세계의 모습에 진저리를 쳐야 했고, 지하실 자취방에서 음울한 폭음으로 시간을 죽이고 있었다. 그러던 어느 날, 해가 뉘엿뉘엿 질 무렵 지성수가 찾아와 파란색으로 장정된 책 한 권을 나에게 툭 던졌다.

"번역 한번 해봐라. 출판사가 튼튼하니까 원고료 넉넉히 나올 게다."

그것은 나의 가난을 헤아린 지극한 애정이었으나 나는 아득한 눈으로 지성수를 쳐다보았다. 생계를 위해 일을 한다는 것, 산다는 것이 끔찍스러운 때에 무엇을 위해 일을 하는가. 그런 나에게 지성수는 엉뚱한 이야기를 끄집어내었다.

"저 멀리 하나의 풍경이 있다. 흐릿하고 메마르고 황량하고 텅 빈 풍경 같은 것. 세상에 그토록 메마른 풍경이 있을까. 손이 닿지 않는 풍경, 아무리 발버둥 쳐도 변하지 않는 풍경, 흐르는 시간 속에서조차 벗어나 있는 풍경, 잔인하고 절망적인 풍경. 나는 그 풍경을 보았다. 그것은 패배와 죽음의 풍경이다. 변혁을 위해 운동하는 이는 그 풍경을 견뎌야 한다."

나는 그가 무슨 말을 하고 있는지 몰라 멍하니 보고만 있었다.

"대통령 선거의 패배는 메마른 풍경의 일부일 뿐이다. 나 역시 누구 못지않게 승리를 목말라했다. 그러나 승리에의 욕망으로 조급해진 자들이 패배를 스스로 불렀다. 그들이 조금만 겸손했더라면 결과가 달라졌을 것이다. 하지만 그것은 이미 메마른 풍경 속에 편입되어버렸다. 이제 우리의 할 일은 견디는 것뿐이다."

지성수의 표정은 담담했다. 너무나 담담해 평온하게 보일 지경이었다. 나를 비롯한 젊은 활동가들은 대부분 그를 좋아했다. 그는 기성 활동가들이 가진 중요한 책무로서 후배 활동가가 올바르게 성장할 수 있는 길을 만들어나가는 일을 무엇보다 중요시했다.

—운동 속으로 뛰어든 이는 적의 이빨 아래 맨몸으로 노출되어 있다. 그가 입는 상처는 더 큰 운동으로의 디딤돌이 될 수도 있지만, 동시에 흉기가 될 수도 있다. 그의 상처는 균형을 잃은 증오를 만들기도 하고, 헤어날 길 없는 좌절 속으로 밀어 넣기도 한다. 기성 활동가들은 후배들의 상처를 기억해야 하며, 상처의 극복에 같이 노력해야 한다.

나는 지성수의 그 말을 떠올리며 메마른 풍경의 의미를 생각했다. 견딘다는 것, 그리고 풍경. 그러나 여전히 모호하고 혼란스러웠다. 빛을 느릿느릿 삼키고 있던 어둠은 이제 그의 얼굴을 침식하기 시작했다.

"지 선배가 말씀하시는 풍경이란……"

나는 할 말을 찾지 못하고 있었다. 흐릿하고 텅 빈 풍경 속에 갇혀버린 느낌이었다.

"그것은 허무주의자의 내면 풍경이 아니다. 허무주의란 운명의 힘에 함몰된 상태이지만 그것은 함몰된 풍경이 아니다. 운명을 바라본다고나 할까. 운명이라는 게 있다면……"

여기서 그는 입을 닫았다. 어둠은 그의 얼굴을 지우고, 그 지움 위로 정적이 내려앉고 있었다. 조금 후 그는 가만히 일어났고, 나는 그를 따라 대문 밖으로 나왔다.

"좋은 책이니 번역 잘해봐라."

그는 나의 어깨를 툭 치며 돌아섰다. 마르고 껑충한 그의 뒷모습이 어둠 속으로 사라질 때까지 나는 우두커니 서 있었다.

지성수가 다녀간 지 일주일이 지나도록 파란색 책을 한 번도 들추지 않았다. 시간은 여전히 고통스러웠고, 폭음은 계속되었다. 그러던 어느 날 나는 갈증에 못 이겨 눈을 떴고, 어기적어기적 수돗가로 갔다. 푸른 달빛이 마당에 가득했다. 차가운 물을 삼키며 하늘을 쳐다보았다. 별이 있었다. 먼 곳에서 별은 은은히 빛났다. 세계에 대한 우리들의 열망은 어디로 갔는가. 그 뜨거웠던 열망, 가슴을 치던 함성. 그것은 우리의 손에 닿을 수 없는 열망이었던가. 눈에 눈물이 고이고, 뺨으로 흘러내렸다.

나무가 떠오르고 있었다. 잎 하나 달려 있지 않은 잿빛 나무. 그리고 황량한 벌판. 바람이 불고, 메마른 나무가 흔들렸다. 저것은 무엇인가? 누구의 풍경인가? 눈을 감았다. 나무는 나를 향해 휘어지고 있었다. 또다시 견뎌야 하는가. 혹독한 세월을. 입술을 깨물었다. 다음 날 아침 나는 파란색 책을 펼쳤다.

3

낡은 집을 개조한 출판사는 보기보다 넓었다. 햇빛이 들지 않는 긴 복도를 지나 나무 계단을 오르니 책과 원고 더미가 쌓인 사무실이 보였다. 웬일인지 사람들이 없었다. 시계를 보니 약속 시간인 5시가 거의 다 되어 있었다. 나는 고개를 갸웃거리며 안으로 들어갔다. 책상에 앉아 있는 한 남자의 뒷모습이 보였다. 밖에서 보이지 않았던 것은 책상이 입구에서 오른쪽 벽으로 바싹 붙어 있었기 때문이다. 흰머리가 제법 눈에 띄는 남자는 한쪽 어깨를 약간 내려뜨리고 일에 열중하고 있었다. 나는 의도적으로 인기척을 내었으나 그는 듣지 못한 듯했다.

"실례합니다."

나는 한 발자국 다가서며 말을 던졌다. 하지만 그의 자세는 변함이 없었다. 목소리를 더욱 크게 했다. 내가 놀랄 정도로 큰 목소리였음에도 그는 요지부동이었다. 나는 약간의 짜증과 낭패스러움으로 그를 내려다보았다. 비스듬한 그의 뒷모습에 기묘한 정적이 있었다. 뭐라고 할까, 사물에 고여 있는 정적이라고나 할까…… 손을 그의 어깨로 뻗었다. 낯선 이가 말도 없이 불쑥 어깨를 짚는다는 것은 무례한 행동이었다. 하지만 내 손은 그의 어깨에 닿았고, 그가 고개를 돌렸다. 나는 내 무례함이 불러일으킬지도 모를 난처한 사태에 불안해했는데, 뜻밖에도 그는 미소를 지었다. 생각보다 젊은 얼굴이었다. 나를 올려다보고 있는 큰 눈은 선량해 보였고, 둥그스름한 얼굴에 비해 여윈 턱이 묘한 대조를 이루면서 맑은 인상을 만들고 있었다.

"저…… 말씀 좀 묻겠습니다."

나는 어색한 표정을 지으며 조심스럽게 말했다.

"죄송합니다. 제 귀가 들리지 않아서……"

전혀 예상치 않은 말이 그의 입에서 흘러나왔다. 귀가 들리지 않는다고? 귀가 먹은 사람이 말을 할 수 있을까? 말은 할 수 있다고 해도 직장 생활은 어떻게 하지? 혹시 그가 지금 농담을 하거나, 나를 조롱하는 게 아닐까? 나는 의구심이 가득한 눈으로 그를 보았다.

"귀는 없더라도 눈은 있지요."

그러면서 그는 펜과 종이를 내 앞으로 밀었다. 나는 엉거주춤 펜을 잡았으나 혼란에 빠진 내 머리는 다음 동작에 대한 명령을 내리지 못하고 있었다. 그때 문 여는 소리가 났고, 사람들이 우르르 들어왔다. 그 속에 지성수의 얼굴도 있었다.

"어, 왔군. 편집회의 하느라고 딴 방에 있었지. 오래 기다렸나? 인사하지. 이 양반이 바로 사장 나리야."

지성수는 머리가 약간 벗어지고 몸피가 두툼한 남자의 어깨를 툭 치며 말했다.

"한기준이라고 합니다. 말씀 많이 들었습니다. 앞으로 잘 좀 도와주십시오."

그는 붙임성 있는 태도로 나에게 악수를 청했다.

지성수가 가져온 파란색 책의 번역이 거의 마무리되어갈 무렵, 그에게서 전화가 왔다. 그 책을 낼 출판사에서 직원 한 사람이 필요한데 마땅한 계획이 없으면 취직하는 게 어떻겠느냐고 물었다. 선뜻 대답을 못 하고 있었는데, 지성수는 당분간이라도 자리를 잡는 게 좋겠다는 말을 덧붙였다. 나에게는 그의 제의를 거절할 마땅한 이유가 없었다. 지성수의 마음은 변함없이 따뜻했다.

출판사 사장 한기준과 친구 사이인 지성수는 매일 출근하는 게 아니라 기획위원 자격으로 일주일에 한두 번꼴로 사무실에 나와 출판 기획을 돕고 있었다. 한기준에게 내가 해야 할 일과 보수 등을 들은 나는 내주부터 출근하겠다고 말했다. 지성수와 한기준은 아직 해가 떨어지지 않았는데도 나를 술집으로 끌고 갔다. 나무판자로 얼기설기 엮은 듯한 술집은 구수한 설렁탕 냄새로 가득했다. 술이 한 순배 돌자 한기준은 대통령 선거 이후 분열의 늪에 빠져 있는 운동 그룹의 장래를 걱정스럽게 이야기했고, 지성수는 말없이 술만 들이켰다. 곰곰이 생각해보면 지난 두 달 동안 용케 견뎌왔다는 느낌뿐이었다. 고통은 강도가 많이 약화되기는 했으나 몸 안에서 여전히 살아 있었다.

"아 참, 아까 우리들이 사무실로 들어올 때 이 형이 장인하 씨와 이야기하고 계신 것 같았는데, 얘기가 잘됩디까?"

한기준은 입가에 장난기 어린 미소를 머금고 물었다.

"그분의 성함이 장인하 씬가요. 귀가 안 들린다고……"

"상황을 살펴보건대 이 형이 먼저 말을 걸었을 텐데, 뭐 난처한 사태가 발생하지 않았습니까?"

한기준은 우울한 분위기를 바꾸어보려고 의도적으로 익살스러운 말투를 하고 있는 듯했다.

"많이 당황했습니다. 그분이 귀가 안 들린다고 했는데 정말입니까?"

"정말이지요. 허허."

"귀가 안 들리는 분이 어떻게 직장 생활을 합니까?"

"이 친구 때문이지요. 유능한 교정 사원 한 사람 구해달라고 부탁했더니 귀먹은 사람을 터억 데리고 와선 한다는 소리가, 뛰어난 능력을 가진 분이니 특별 대우를 하라는 겁니다. 정말 기가 막혔지요."

한기준은 당시의 표정을 재현이라도 하듯이 입을 쩍 벌렸다. 그의 익살은 무척 자연스러웠다. 지성수와의 두터운 우정에서 자연스럽게 우러나오는 익살이었다.

"그런데 정말 기가 막힌 것은……"

한기준의 눈이 반짝거렸다.

"장인하 씨의 교정 속도예요. 조금 과장하면 다른 직원들보다 두 배는 빨라요. 그리고 정확해요. 도무지 실수가 없어요."

한기준은 고개를 절레절레 흔들었고, 지성수는 빙그레 웃었다.

"내가 유심히 관찰한 결과, 장인하 씨의 놀라운 작업량의 원천은 바로 그의 귀라는 것을 알았습니다."

"귀라뇨?"

"왜 귀일까요?"

한기준은 의미심장한 문제를 던진 사람처럼 눈을 가느스름하게 뜨며 되물었다.

"지금 당장 이 형한테 가르쳐줄 수는 없습니다. 앞으로 일을 하시면서 잘 관찰해보시길 바랍니다. 이 형의 자리를 장인하 씨 옆에 마련할 테니까요."

장인하와의 만남은 그렇게 시작되었다. 내 자리가 장인하 옆이었던 것은 한기준의 말대로 그를 잘 관찰하기 위한 배려가 아니고, 빈 자리가 거기밖에 없었기 때문임을 나중에 알았다.

4

장인하에 대한 나의 관심은 각별했다. 첫 대면에서의 경험과 한기준이 불러일으킨 궁금증만 해도 관심을 갖기에 충분했는데, 지성수가 그를 추천했다고 하니 관심이 증폭되지 않을 수 없었다. 가능한 한 대화를 자주 하려고 애썼다. 필담은 생각보다 고약했다. 우선 즉흥적인 대화가 불가능했다. 생계를 위한 일자리에서 정신적 교감이 전혀 없는 사람과 나눌 수 있는 이야기가 무엇이겠는가. 사무적인 용무 아니면 사소한 주변 이야기일 뿐이다. 하루에 여덟아홉 시간씩 의자에 앉아 있다 보면 지루해질 때가 있다. 그럴 때 옆 사람과 나누는 일상적 이야기와 가벼운 농담은 청량제 역할을 한다. 그런데 장인하와는 그런 것이 되지 않았다. 창밖의 노을빛이 좋다든가, 점심때 먹은 음식이 어떠했다든가 하는 것들을 글로 적는다는 것이 무척 부자연스러웠다. 그것들은 혀끝에서 톡톡 튀어나와야 제격이었다. 혀로는 술술 나올 수 있는 말이 글로 표현하자니 뭔가 꽉 막히는 것 같고, 자연히 신경이 곤두서면서 펜이 머뭇거렸다. 혀끝에서 도는 말의 생기가 펜을 쥐는 순간 증발해버린다고나 할까. 게다가 종이에 적어놓은 글을 보고 있으면 낚싯바늘에 매달린 죽은 물고기를 보는 느낌이었다. 낚싯대에 실려 오는 생명의 탄력적 감촉, 혹은 햇빛 속에서 파닥거리는 은빛 물고기의 싱싱함이 불러일으키는 즐거움은 깡그리 사라지고 푸르죽죽한 몸뚱이와 맞닥뜨리는 일이란 참으로 고약했다.

장인하는 내가 적는 글에 하나하나 민감한 반응을 보였다. 고개를 끄덕이면서 미소를 짓기도 하고, 눈을 깜박이며 생각에 잠기는가 하면, 심지어 전혀 그럴 일이 아닌데도 눈물을 글썽이기도 했다. 나의 눈에는 죽은 물고기에 불과한 것들이 그에게는 살아 퍼덕이는 은빛 물고기로 보이는 모양이었다.

장인하의 교정 능력은 정말 놀라웠다. 다른 사람의 작업량보다 두 배는 될 것이라는 한기준의 말은 결코 과장이 아니었다. 그의 능력은 집중력에서 비롯되고 있었다.

우리들은 잠을 자지 않는 한 소리라는 물질적 현상에서 자유로울 수 없다. 사무실에 앉아 있노라면 거리의 차 소리, 의자가 삐걱대는 소리, 직원들의 발소리, 소곤거리는 소리, 가느다란 펜 소리 등 온갖 소리들이 들렸다. 그러나 장인하는 그 모든 소리에서 벗어나 있었다. 그는 우리들과 같은 공간 안에 있으면서 동시에 홀로 있었다. 그것이 그의 놀라운 집중력의 비밀이었다.

장인하가 드러내는 내면세계에는 독특하고 미묘한 울림이 있었다. 뭐라고 할까, 단순한 투명함이라고 할까, 아니면 투명한 단순함이라고 할까. 너무나 단순해 투명해 보일 지경이거나, 아니면 투명함이 지나쳐 단순해 보이거나 그 어느 쪽이었다. 장인하에 대한 한기준의 배려는 무척 세심했는데, 그것은 장인하의 탁월한 업무 능력보다 지성수와의 관계 때문이라고 나는 생각했다. 언젠가 출판사에 들른 지성수에게 장인하의 귀에 대해 슬며시 물었던 적이 있다. 그때까지 내가 알고 있었던 것은 7, 8년 전 어떤 사고로 귀를 잃었다는 사실이 전부였다. 그것이 무슨 사고였는지, 딴 데는 다 멀쩡한데 하필이면 왜 귀가 그렇게 되었는지 나는 전혀 알지 못했다. 모르기는 다른 직원들도 마찬가지였는데, 떠돌아다니는 소문의 여운이 묘했다. 교통사고였다는 말이 있는가 하면, 고문의 후유증이라는 말도 있었고, 어떤 충격으로 갑자기 멀쩡한 귀가 먹어버렸다는 말까지 떠돌았다.

"그렇게 궁금하면 직접 물어보지그래."

지성수는 빙그레 웃으며 나의 물음을 슬쩍 비켜 나갔다.

"본인에게도 아픈 기억일 텐데 어떻게 직접 물어봅니까?"

나의 말에 지성수는 고개를 끄덕였다.

"유감이지만 난 너의 질문에 대답할 수가 없어. 본인이 원하지 않으니까. 장인하 씬 자신의 귀를 숨기고 싶어 해."

나는 할 말이 없었다. 당사자에게는 비밀로 하라면서 귓전에 소곤거릴 지성수가 아니었다.

"선배는 장인하 씨를 어떻게 아셨습니까?"

이 부분도 장인하의 귀 못지않게 궁금했다. 지성수가 직장을 알선하는 대상은 운동권 후배들이었다. 거의가 아니라 전부였다. 권력에 저항하는 이들이 다닐 수 있는 직장은 한정되어 있었고, 지성수는 그들을 위해 오랫동안 애를 썼다. 그런데 장인하는 운동권에 속한 이가 아니었다. 그에 대한 지성수의 애정의 끈이 무엇인지 궁금하지 않을 수 없었다.

"우연히 만났어."

지성수의 짧은 대답은 이제 그만 물으라는 의사 표시였다.

5

내가 장인하에 대해 호기심을 넘어서는 어떤 감정의 통로를 갖게 된 것은 야유회 날 강가에서 그가 보여준 무구성 때문이었다. 겨울은 흔적만 남아 있을 뿐, 봄의 따뜻한 기운이 감돌던 3월 어느 날, 한기준의 즉흥적인 제의로 야유회를 가게 되었다.

야유회 날 아침 왠지 몸이 피로했고, 미열이 느껴졌다. 가지 말까, 생각했지만 입사 후 첫 야유회라는 사실이 마음에 걸려 집을 나왔다. 장인하에 대한 호기심도 적잖게 작용했다. 책상 옆에서만 그를 보아온 나로서는 야유회라는 새로운 상황에서 그가 어떻게 행동할 것인지, 무척 궁금했던 것이다. 출판사 앞에서 차를 탄 지 한 시간 반 만에 우리들은 목적지인 청평 부근의 강가에 도착했다. 평일이라 사람들은 거의 보이지 않았다. 넓은 모래사장과 푸른 강, 그 너머의 나지막한 산들이 마음을 싱그럽게 했다. 피로와 미열이 사라지지는 않았지만 맑은 공기를 마시니 기분이 한결 좋아졌다. 한기준의 간단한 인사말에 이어 소주 파티가 시작되었다. 나와 맞은편에 앉은 장인하는 조용히 술잔을 기울이고 있었다. 술을 즐기는 모습이었다. 그가 술을 무척 좋아한다는 말은 익히 들었다.

술잔이 오고 가면서 분위기가 무르익었고, 간간이 튀어나오는 우스갯소리에 폭소가 터졌다. 그럴 때 장인하의 입가에 엷은 미소가 번졌다. 분위기와 퍽 어울리는 미소였다. 모두가 웃는 자리에서 한 사람이 딱딱한 표정을 짓고 있다면 대단히 어색할 것이다. 옆에 앉은 직원이 장인하에게 필담으로 우스갯소리를 알려주곤 했다.

이상한 일이었다. 취기가 오를수록 몸의 상태가 나빠졌다. 속이 메슥거리고, 구역질이 나고, 머리가 지끈거렸다. 술 탓인가? 술의 영향을 전혀 배제할 수는 없겠지만, 술 이전에 무엇이 있었다. 아침에 느꼈던 피로와 미열이 께름칙했다. 나는 자리에서 슬며시 일어났다. 한 걸음 옮길 때마다 발밑에서 퍼석거리는 모래 소리가 귀를 자극했다. 평상시 같으면 즐거이 들을 수 있는 그 소리가 신경을 들쑤셨다. 일행들이 보이지 않게 되자 나는 강가 모래 위에 힘없이 앉았다. 소리 없이 흐르는 강과, 강 너머 산이 뿌옇게 흐려졌다. 두 손으로 관자놀이를 눌렀다. 사람 우는 소리가 들려왔다. 뿌연 안개 속에서 한 사람이 울고 있었다. 그는 무릎 꿇고 두 손을 비비며 울며 애원하고 있었다.

저 사람은 누구이며, 무슨 이유로 저렇게 무릎을 꿇고 빌고 있는가. 눈을 감았다. 치욕이 솟구쳐 올랐다. 난 부들부들 떨면서 빌었지. 제발 고통을 멈추게 해달라고. 고통은 멈추었고, 나는 지옥 같은 방을 나올 수 있었어. 그곳을 나와 햇빛 가득한 길 위에서 나는 한 가지 사실을 깨달았지. 내가 무릎을 꿇었다는 사실을, 꿋꿋이 버티고 있었어야 할 두 다리가 꺾였다는 사실을. 빛 속에서 부끄러움을 느꼈지. 부끄러움을 피해 들어간 곳은 동굴이었어. 치욕과 절망의 공기로 가득 찬 동굴.

거기에서 나를 끄집어낸 이가 지성수였다. 그는 아무도 눈여겨보지 않는 음산한 폐허의 동굴 속으로 들어와 내 손을 잡으며 속삭였다.

—고문 앞에 승리자는 없다. 죽음조차도 패배이다. 패배는 우리가 해야 하는 운동의 일부다. 고통 앞에 무릎을 꿇는다는 것. 진정한 운동은 그것을 자신의 일부로 받아들인다. 패배를 용납하지 않는 운동은 관념이며 허깨비이다. 이제 너는 운동의 일부가 되었다.

지성수는 가슴에서 우러나오는 말을 하였고, 나는 고통과 치욕의 동굴에서 벗어날 수 있었다. 그런데 그것이 어이하여 지금, 이 봄날의 강물 위로 홀연 떠오르는가. 나는 얼굴을 무릎에 묻고, 두 손을 그러쥐었다. 세계에 대한 열망이 있었을 때 열망에 의해 가려졌으나, 열망이 사라지자 다시 돋아 오르는 상처. 어쩌면 영원히 치유될 수 없는 상처인지도 모른다. 눈물이 흘렀다. 눈물은 걷잡을 수 없이 흘러내렸다. 누군가의 손이 어깨에 닿았다. 부드럽고 따뜻했다. 지성수라고 생각했다. 내가 울고 있을 땐 언제나 그가 다가왔다. 다가와 내 눈물을 씻어주었다. 나는 고개를 들었다. 눈물 사이로 한 사람의 얼굴이 보였다. 눈을 깜빡였다. 지성수가 아니었다. 장인하였다. 그는 두 손을 나의 어깨에 얹고 나를 내려다보고 있었다. 그의 두 눈은 눈물로 글썽였다. 장인하의 그 눈을 지금도 또렷이 기억한다. 슬픔이 가득한 눈이었다. 나는 혼란스러웠다. 누군가와 더불어 울 수도 있지만, 지금은 홀로 흘려야 할 눈물이었다. 그는 당연히 모른 척했어야 했다. 모른 체하는 것이 홀로 우는 자에 대한 예의였다. 나는 황망하게 일어났다. 현기증과 함께 몸이 비틀거렸다. 그가 내 손을 잡았으나 나는 그의 손을 뿌리쳤다.

"제가 여기 있으면 안 될까요?"

부드럽고 조심스러운 목소리였다. 나는 물끄러미 그를 보았다. 나의 시선에 그는 수줍고 천진하게 웃었다. 이상했다. 수줍고 천진한 그의 웃음이 부끄러움과 황망함을 지우면서 가슴속으로 따뜻이 흘러들어 오고 있었다.

그날 이후 나는 장인하와 급속도로 가까워졌다. 그와 나 사이에 딱딱한 벽이 허물어졌고, 우리들은 즐거이 서로에게 마음의 손을 내밀었다. 그를 알면 알수록 얼핏 느꼈던 천진함이 점점 또렷해졌다.

어떤 사람이라도 딱딱한 부분이 있게 마련이다. 상대로 하여금 조심스럽게 만드는 성격의 어떤 모습이라고 할까. 그것은 일종의 자존의 영역으로, 그 안으로 침입해서는 안 된다는 내밀한 경고의 표현이기도 하다. 아무리 하찮은 사람일지라도 자존의 영역은 있게 마련이며, 그것을 상대에게 어떤 식으로 나타내는가에 따라 인격이 드러난다. 자존의 영역은 마땅히 존중되어야 하며, 존중이 파괴될 때 상처가 생긴다. 물론 터무니없는 자존을 내세우는 이들도 있지만, 사람과 사람이 어울리다 보면 대체적으로 그것은 자연스럽게 드러난다. 그런데 장인하에게는 자존이 보이지 않았다. 보이지 않았다는 것은 정확한 표현이 아니다. 사람을 편안하게 하는 묘한 부드러움이 그의 자존을 감싸고 있다고 할까.

사람과 사람 사이에는 길이 있다. 그 길은 그야말로 천태만상이다. 험하고 가파른 길이 있는가 하면, 돌투성이 길도 있다. 반면에 편안한, 혹은 가파르기는 하나 산길처럼 상쾌한 길도 있다. 장인하가 나에게 보여준 길은 오솔길이었다. 거기에는 푹신한 흙과 풀이 있다. 상쾌한 바람이 있고, 풀의 사각거리는 소리가 있다. 장인하는 그 길 위에서 나를 향해 천진하게 웃었다. 가끔 장인하와 지성수를 비교해보곤 했는데, 지성수 역시 장인하와 비슷한 오솔길에 서 있었지만 느낌은 확연히 달랐다. 한 사람은 치열한 정신으로 무장된 변혁운동가였고, 또 한 사람은 풀냄새가 나는 듯한 어린아이였다.

상처가 있는 사람은 한이 있게 마련이다. 한은 살아가는 데 커다란 힘이 되기도 하지만, 타인을 향한 적대의 가시가 될 수도 있다. 사람의 목소리를 들을 수 없다는 것. 비가 오는 소리도, 아이의 홍얼거리는 소리도, 현악기의 투명한 소리도, 사람의 발소리도 듣지 못한다는 것. 장인하의 상처는 예사롭지 않았다. 나는 궁금했다. 그의 상처가 만들어낸 한이 어디에 숨어 있는지를.

"귀의 기원을 아십니까?"

우리는 점심 후 출판사 뒤의 야산으로 산책을 즐겨 했는데, 어느 날 장인하가 서녘 하늘을 바라보며 나직한 목소리로 물었다. 나는 긴장했다. 그가 왜 청각을 상실했는지 그전부터 알고 싶었다. 하지만 대단히 민감한 내용이어서 당사자가 스스로 말하기 전까지는 묻기가 힘들었다. 그런데 장인하는 처음으로 귀에 대해서 말하고 있었다.

"글쎄요."

내가 모른다는 표정을 짓자 그는 빙긋 웃었다.

"4억 5천만 년 전, 따뜻한 바닷속에 오스트러코덤이라는 기묘한 생물이 살고 있었지요. 가시와 등딱지가 있는 그놈은 턱과 이빨이 없습니다. 등뼈를 가진 동물로서 가장 오래된 놈인데, 소용돌이 모양의 뼈 화석을 남기곤 세상에서 영영 사라져버렸습니다. 그런데 이 소용돌이 모양의 뼈가 귀의 평형기관을 지배하는 반규관과 흡사하다는 것이 밝혀졌습니다. 귀는 이 원시 어류의 평형기관에서 진화된 것입니다. 상상해보십시오. 4억 5천만 년이라는 깊은 시간의 바닷속에 작고 말랑말랑한 한 생물이 살았습니다. 그때 바닷속은 따뜻했고 인간이란 짐승은 존재하지 않았습니다. 쇠붙이가 없는 시대였지요. 그놈은 부드럽고 날렵한 동작으로 바닷속을 돌아다니며 주위를 두리번거리고, 코를 킁킁거리고, 귀를 쫑긋 세웠습니다. 사람들은 그 원시 어류에 무슨 눈이 있으며 코와 귀가 있느냐고 반문하겠지요. 하지만 그것은 인간의 오만한 사고 체계에서 비롯된 생각일 뿐입니다. 물론 오늘날과 같은 눈과 귀와 코는 없었겠지요. 오스트러코덤은 우리들과 같은 눈도, 귀도 갖고 있지 않았습니다. 지극히 단순하고 작은 존재였으니까요. 작고 단순한 생명 속에는 그것에 맞는 작고 단순한 생명 구조가 있게 마련입니다. 인간의 오만한 사고는 그것을 하등동물이라 부르겠지만 그 생명은 우리가 상상하기 힘든 세계 속에서 사물을 보고 듣고 느끼는 감각기관을 갖고 있었습니다."

장인하는 나의 기대에 어그러지는 이야기를 하고 있었다. 잔뜩 긴장하고 있었던 나는 그만 맥이 풀렸는데, 그는 여전히 오솔길 위에 서서 낮익은 바람 소리를 내고 풀내음을 풍기고 있었다.

"오스트러코덤은 그렇게 물속을 유영하면서 세상 속에서, 세상과 마주 보며 살았습니다. 그런데 언젠가부터 그놈은 자신의 말랑말랑한 몸뚱이에 닿는 낯선 감촉을 느꼈습니다. 그것은 뭐랄까, 차갑고 섬뜩한, 혹은 단단하고 완강한, 아무리 주위를 두리번거려도 눈에 보이지 않는 이상한 감촉이었습니다. 때로는 그것이 가슴 깊숙이 파고들어 내부를 뒤흔들어놓고는 슬며시 사라지곤 했습니다. 오스트러코덤은 두려움을 느꼈습니다. 도대체 형체가 없으면서 몸에 닿는 존재가 어디 있단 말인가. 그놈은 따뜻한 바다 한구석에 몸을 웅크리고, 가끔 전신을 뒤척이면서 알 수 없는 존재에 대해 골똘히 생각했습니다. 그러던 어느 날 예리한 가시가 눈을 찌르는 듯한 통증에 그놈은 하마터면 비명을 지를 뻔했습니다. 화들짝 눈을 감은 그놈은 조금 후 조심조심 눈꺼풀을 들어 올렸습니다. 통증은 없어지지 않았지만 처음보다 훨씬 덜했습니다. 저것이 무엇인가? 그놈의 입에서는 탄성이 절로 터져 나왔습니다. 수없이 많은 작고 투명한 물방울이 현란한 빛을 발하면서 춤을 추고 있었습니다. 따뜻하고 어두운 바닷속에서 한 번도 보지 못했던 아름다운 모습이었습니다. 그 순간 오스트러코덤은 깨달았습니다. 자신이 그동안 어두운 바닷속에서 조금씩 조금씩 위로 올라왔다는 사실을 말입니다. 눈에 보이지 않는 그 낯선 감촉은 이 상승 때문이라는 것을 비로소 깨닫게 되었습니다."

장인하는 서녘 하늘로 향하고 있었던 시선을 나에게로 돌렸다.

"오스트러코덤은 처음으로 지상의 빛을 보았던 것입니다. 따뜻하고 어두운 바다 밑에서 지상의 빛이 닿는 곳으로 올라왔고, 빛의 아름다움에 이끌려 마침내 짐승의 발자국이 널려 있는 마른땅에 발을 내디뎠습니다. 그리고 인간의 귀가 되었지요."

장인하는 자신의 귀를 만지작거리며 속삭이듯 말했다. 사람의 귀가 원시 어류의 평형기관에서 진화되어왔다는 것은 과학적 사실이다. 장인하는 이것을 동화의 세계로 바꾸어놓고 있었다. 그때 나는 어떤 과학적 사실을 듣는 것이 아니라 동화를 듣고 있었다. 어린아이처럼 반짝이는 눈, 자신이 그 원시 어류인 것처럼 이야기의 내용에 따라 얼굴을 찡그리기도 하고, 몸을 웅크리기도 하는 천연스러운 표정과 몸짓은 과학적 사실을 동화의 공간으로 변용시키고 있었다. 동화란 어린아이를 위한 상상과 서정의 이야기다. 말하자면 서른 넘은 사내에게는 먹혀들지 않는 투명한 이야기다. 그런데 나는 장인하가 직조하는 상상과 서정의 그물 속으로 나도 모르게 빠져들었다.

"물속의 생명이 마른땅으로 올라온다는 것은 놀라운 일이지요."

장인하의 눈이 흐려졌다. 먼 곳을 더듬는 눈이었다.

"학자들의 연구에 의하면 지구의 나이는 약 45억 년입니다. 늦어도 35억 년 전부터는 지구상의 물속에 박테리아 같은 생명의 형태가 서식하기 시작했고, 그 이후 적어도 30억 년 동안 지구 위의 생명은 물속에만 한정되어 있었습니다. 메마른 땅 위에는 생명이 없었습니다. 당연한 일이지요. 지구상의 물, 특히 바다는 생명이 살기 적합한 조건을 갖추고 있었으니까요. 바닷속에는 기후라는 게 없었습니다. 온도가 거의 변하지 않지요. 그런데 육지는 여름과 겨울, 비와 눈과 바람과 폭풍 등 무자비한 자연현상이 있습니다. 물속에서는 부력으로 인해 사실상 중력이 제거되므로 백 톤이나 되는 고래도 자유자재로 움직일 수 있습니다. 그러나 땅 위에서는 중력이라는 보이지 않는 힘이 끊임없이 잡아당기기 때문에 생명체는 자신을 지탱시켜줄 뼈대 조직을 발달시키지 않으면 안 됩니다. 그렇지 않으면 대단히 작은 상태로 머물러 있을 수밖에 없지요. 하지만 시간은 이 모든 것을 해내었습니다. 그 까마득한 시간 속에서 생명은……"

장인하의 입에서 한숨이 새어 나오고 있었다.

"4억 5천만 년 전 따뜻한 바닷속에 살고 있었던 오스트러코덤의 말랑말랑한 몸뚱이에 닿은 낯선 감촉, 차갑고 섬뜩하고 단단하고 완강한 그것은 바로 시간이었습니다. 시간이 오스트러코덤의 몸에 닿았던 것입니다. 그 시간은 천천히 냉혹하게 그리고 끊임없이 오스트러코덤을 변신시켰습니다. 그놈을 바다 위로 밀어올리고 마른 땅으로까지, 마침내 귀의 모습으로 만든 장본인은 바로 시간이었습니다."

장인하는 다시 자신의 귀를 만지작거렸다.

"저는 가끔 이런 생각을 해봅니다. 우리의 귀가 본래의 그 어둡고 따뜻한 바닷속을 그리워하지 않을까 하고 말입니다. 사람들이 양수의 아늑함과 따뜻함을 무의식적으로 그리워하듯 말입니다."

나는 할 말을 찾을 수 없었다. 자신의 삶을 유폐시킨 귀를 만지작거리면서 그것의 생명적 근원을 동화적으로 읊조리고 있는 그의 모습은 지독한 무구였다. 내가 알고 싶었던 것은 무구 속에 숨어 있는 상처의 동굴이었다. 그 상처의 동굴은 전혀 예기치 않은 모습으로 자신을 드러내었다.

6

봄날의 햇살이 몸을 나른하게 하던 5월 어느 날, 사무실은 사각거리는 종이 소리만 들려올 뿐 고요했다. 한기준은 의자에 등을 파묻고 무언가 골똘히 생각하고 있었고, 다른 직원들도 모두 일에 빠져 있었다. 나는 신문을 뒤적이고 있었는데, 거친 숨소리가 간헐적으로 귀에 닿았다. 처음에는 무심코 지나쳤으나, 그것이 반복되다 보니 소리의 진원을 찾지 않을 수 없었다. 장인하였다. 고개를 숙인 채 한 손으로 이마를 짚고, 또 한 손으로 입을 막고 있는 모습이 예사롭지 않았다. 그의 어깨를 막 짚으려 하는데 그는 목을 꺾으며 두 손으로 자신의 귀를 막았다. 그것은 본능에 의한 다급한 동작이었다. 감당하기 힘든 빛 앞에서 눈을 감듯, 감당하기 힘든 소리에 귀를 막고 있는 듯했다. 나는 그가 들을 수 없다는 사실을 잊었다. 곧이어 터져 나온 비명 소리는 사무실 사람 모두를 놀라게 했다. 그것은 장인하의 소리가 아니었다. 오솔길 위에서 어린아이의 천진한 웃음을 짓는 이에게서 나올 수 없는 비명이었다.

귀를 막고 있던 장인하의 손이 툭 떨어졌다. 땀에 젖은 그의 얼굴이 종이처럼 창백했다. 비명이 장인하의 것이 아니듯 얼굴도 장인하가 아니었다. 흙과 풀이 있고, 바람과 식물의 향기가 있는 오솔길 위에서는 어울리지 않는 얼굴이었다. 말없이 사무실을 나가는 그의 뒷모습을 나는 멍하니 보고만 있었다.

다음 날 장인하는 출근하지 않았다. 그에게서는 아무런 연락이 없었고, 한기준은 그의 전화번호를 모르고 있었다. 당황한 한기준은 무슨 일로 잠시 지방에 내려가 있는 지성수에게 전화를 했다. 지성수가 알려준 것은 주소뿐이었다. 그도 전화번호를 모르고 있었다. 주소만 달랑 손에 든 한기준은 난감해했다. 그는 자신이 직접 찾아가야 한다는 사장으로서의 의무감과, 장인하와의 만남이 야기하는 심리적 불편함 사이에서 머뭇거렸다. 나는 그에게 내가 다녀오겠다고 말했고, 한기준은 반색했다.

우리는 끊임없이 사람을 만난다. 우리의 삶이란 사람과 사람과의 관계가 만드는 일종의 틀이다. 삶은 틀의 규칙 속에서 쳇바퀴를 돈다. 틀의 규칙이 만들어내는 기계적 일상이야말로 오늘날 세계를 이루는 무수한 결의 실체이며, 사람들은 결과 결의 만남과 어긋남 속에서 자신의 삶을 꾸려간다. 이러한 기계적 일상 속에서 마주치는 사람의 얼굴이란 몰개성적 모습이기가 십상이다. 저마다의 다른 삶과 개성이 있지만, 그러나 그것은 기계적 일상 속에서 끊임없이 마모되며, 상실된다. 회고하건대 장인하는 그런 일상적 모습에서 일탈해 있었다. 그의 얼굴은 조그만 출판사에서 교정으로 생계를 유지하는 서른 후반의 일상인이 가지기 어려운 표정을 간직하고 있었다. 더구나 그는 청력을 상실한 불구자였다. 나는 그가 왜 귀를 잃었는지 모르지만, 그 불구가 그를 어린아이의 얼굴로 만들었다고는 생각하지 않았다. 오히려 상처와 적의로 으르렁거리는 늙은 얼굴로 만들기가 훨씬 쉬웠을 것이다.

장인하를 만난 것은 그가 사라진 지 열흘이 지난 후였다. 그동안 신림동 변두리에 있는 장인하의 낡은 집을 두 번 찾아갔으나 그는 집에 없었다. 정확하게 말한다면 집에 없다는 그의 여동생의 말만을 들었을 뿐이었다. 그가 집에 있는데도 숨기고 있지 않나 하는 느낌을 받았으나 어쩔 수 없었다. 두번째 헛걸음을 하게 되자 맥이 풀린 데다 은근히 부아가 나기도 해서 한기준에게 더 이상 찾아갈 수 없노라고 말했고, 한기준은 난감한 표정만 지을 뿐 별다른 대꾸가 없었다. 그로부터 이틀이 지난 후 장인하의 여동생에게서 전화가 왔는데, 뜻밖의 말을 했다. 장인하를 만나주었으면 좋겠다는 것이었다. 며칠째 끼니를 거른 채 술만 마신다고 했다. 그 순간 내 눈앞에는 장인하의 다른 모습, 어린아이의 얼굴 뒤에 숨어 있는 또 다른 얼굴이 어른거렸다. 후에 안 일이지만 장인하의 동생은 미경이라는 이름을 가진 스무 살 여성으로, 몇 년 전 홀어머니가 돌아가신 후 유일한 피붙이인 오빠와 함께 살고 있었다.

대문에서 나를 맞은 미경은 자신이 전화한 사실을 숨기는 것이 좋겠다고 말했고, 나는 동의했다. 장인하의 방으로 먼저 들어간 미경은 조금 후 나를 불렀다. 장인하는 어두운 방 안에서 홀로 술을 마시고 있었다. 그는 나를 보자 약간 웃었다. 쓰디쓴 웃음이었다. 그의 얼굴은 눈에 띄게 수척해 있었다. 나는 미리 준비한 종이와 펜을 조심스럽게 꺼내놓았다. 무겁고, 어색하기도 한 분위기에서 필담을 한다는 것이 버거웠지만 어쩔 수 없었다. 소식이 없어 궁금해서 왔다고 썼다. 그는 고개만 끄덕일 뿐 입을 굳게 다물고 있었다. 나는 놓았던 펜을 다시 들었다.

—제가 여기에 온 것은 출근하시도록 권유하기 위해서입니다.

사장님이 꼭 다시 모셔오라고 저한테 간곡히 부탁하셨습니다.

글은 본 장인하의 얼굴에는 반가움과 믿기지 않는다는 표정이 뒤섞여 있었다.

"그게…… 정말인지……"

간신히 말을 잇고 있는 그에게 나는 웃으면서 고개를 끄덕였다. 그의 얼굴이 밝아지면서 미소가 입가에 떠올랐다. 그전에 자주 보았던 천진한 표정의 미소였다. 나는 그에게 왜 해고되리라 생각했느냐고 물었다.

"저처럼 하잘것없는 사람이 그렇게 소리를 질러댔으니…… 어찌 용서받을 수 있겠습니까?"

나는 한숨을 쉬었다. 겸손이라면 지나친 겸손이고, 천진이라면 어리석은 천진이었다.

—왜 그때 소리를 지르셨는지?

나의 질문을 읽은 그는 어둡고 쓸쓸한 얼굴로 술잔을 만지작거렸다.

"술 한잔하시겠습니까?"

내가 고개를 끄덕이자 그는 만지작거리던 잔을 내게 건넸다.

"가끔 제 머릿속에서 소리들이 일어납니다. 귀의 고막이 흔들리면서 나는 소리와는 다른 소리입니다. 외부의 소리가 아니라 내부의 소리이지요. 물론 아름다운 소리도 있습니다. 바람의 소리, 바람에 쓸리는 나뭇잎 소리, 그 나뭇잎이 떨어지는 작은 소리, 햇빛이 얼굴에 닿는 소리, 빛이 떨어지는 투명한 소리. 이 소리들은 스스로 일어나 움직이지요. 소리란 움직임이며 곧 생명입니다. 저는 그 생명의 소리들을 듣습니다. 생명 속에는 오스트러코덤도 있지요. 그놈은 찰랑이는 물소리로 자신을 나타냅니다. 깊고 따뜻한 바닷속에서 한없이 부드러운 숨소리로 저에게 다가옵니다. 전 언제나 그놈을 반기지요."

입가에 미소가 어리고 있는 장인하의 얼굴은 꿈꾸는 듯한 표정이었다. 저 꿈이 천진한 얼굴의 원천이 아닌가 하는 생각이 들었다.

"이렇게 아름다운 생명의 소리만 있다면 저는 참으로 축복받은 사람입니다. 그런데 가끔 괴로운 소리가 들립니다. 무엇인가가 허물어지는 소리, 생명이 파괴되는 잔인한 소리들이지요. 그 소리들이 간헐적으로 절 괴롭혀왔습니다. 하지만 저는 견딜 수 있었습니다. 아름다운 생명들이 저를 떠나지 않는다는 것을 알고 있었으니까요. 하지만 5월이 되면…… 괴로운 소리들이 심해집니다."

나는 그가 무슨 소리를 하는지 몰랐다. 5월이 되면 심해진다니, 따뜻한 봄날이 그에게 어떤 작용을 한단 말인가.

"그날도 괴로운 소리가 일어났습니다. 그것을 견뎌야 했는데…… 이를 악물고 견뎌야 했는데…… 소리를 지르지 말았어야 했는데……"

나는 혼란스러웠다. 이야기의 비약에 가닥을 잡기가 힘들었다.

―5월이 오면 왜 괴로운 소리들이 심해집니까?

그는 고개를 왼쪽 어깨로 약간 기울이고 내 글을 가만히 내려다보았다.

"그것은……"

그가 말한 것은 1980년 5월 광주였다. 나는 멍했다. 그 순간 내 머릿속에 떠오른 것은 이게 무슨 진부한 사연인가 하는 생각이었다. 얼마나 어처구니없는 생각이었던가. 1980년 5월 이후, 우리는 참으로 진실을 목말라했다. 가려진 진실, 은폐된 진실, 학살되고 있는 진실을. 그러나 시간이 흐르고, 시간의 성긴 틈 사이로 은폐된 사실들이 하나둘 드러나면서 우리들의 그리운 목마름은 바래졌다. 진실은 여전히 은폐되고 있음에도 그리움은 시들어가고, 허무가 만들어내는 냉소에 길들여져갔다. 장인하가 1980년 5월 광주를 이야기했을 때 나는 영락없이 허무적 냉소에 갇힌 자의 꼴이었다. 변명을 한다면 장인하에 대한 일방적인 상상과 그에 따르는 기대의 어그러짐에 대한 실망으로 표현할 수 있을는지…… 나는 그가 나에게 보여주었던 투명하고 순수한 동화의 세계에 매혹당했었다. 우리의 좌절과 피투성이 역사의 모습과는 완전히 다른 세계, 역사의 흔적조차 보이지 않는 절대적 순수 공간을 보고자 하지 않았을까. 그렇다 하더라도 그것은 무례한 욕심이었다.

장인하는 짐승의 논리로 들여다보아야만 가까스로 보이는 시간과 공간 속에서 그가 겪은 이상스러운 비극을 힘겹게 이야기했다.

7

1980년 5월 당시 장인하는 인쇄소 식자공이었다. 물론 귀도 말짱했고, 자신의 직업에 대해 무척 만족해하고 있었다. 해체되어 있는 활자와 구두점 기호 등을 찾아 말을 만드는 작업이 재미있을 뿐 아니라, 가슴을 뿌듯하게 했다. 사람의 생각을 나타내는 글자를 만질 수 있다는 것, 그것의 촉감을 느낄 수 있고, 더 나아가 독특한 향기가 있다는 것은 놀라운 일이었다. 가끔 동료들에게 그런 이야기를 하면 농담으로 흘려버리거나 허튼소리로 치부했지만, 장인하는 그런 즐거움을 알지 못하는 그들이 안타까웠다.

5월 18일, 그날도 장인하는 지하실 작업장에서 글자 맞추기에 골몰하고 있었다. 오후 4시가 지나고 있을 때, 그는 구부렸던 허리를 폈다. 이 시간이면 그는 늘 가벼운 산책을 했다. 점심시간이 끝나는 오후 1시부터 작업이 다시 시작되는데, 4시쯤 되면 눈이 침침하고 몸이 뻐근해왔기 때문이다. 가벼운 산책이 필요한 시간이었다. 지하실 작업장은 바람 한 점, 햇빛 한 줄기 들어오지 않았다.

장인하는 지하실 계단을 올라와 뒷문으로 통하는 복도로 느릿느릿 걷는다. 뒷문을 열면 큰길의 소음이 가라앉아 있는 조그만 길이 그를 기다리고 있다. 그곳은 빌딩도 없을 뿐 아니라 막다른 길이어서 언제나 조용하다. 비록 나무 한 그루 없는 조악한 시멘트 바닥이지만, 햇빛이 있고 바람이 있고 정적이 있다. 장인하는 그 길 위를 오고 가면서 조금 전 만든 글자의 모양과 향기를 되새기기도 하고, 그다음 어떤 글이 나올까 미리 상상도 해본다. 그러나 5월 18일 그날은 달랐다. 그가 막 뒷문을 여는데 거친 숨소리와 요란한 발소리가 들렸다. 그는 눈을 크게 떴다. 세 남자가 막다른 길의 담벼락에서 파랗게 질려 있었고, 그들을 향해 곤봉과 총을 움켜쥔 두 군인이 달려들었다. 그는 자신의 눈을 의심했다. 달려든 군인들은 총의 개머리판과 곤봉으로 남자들을 무자비하게 구타했다. 비명과 함께 붉은 핏물이 튀어 올랐다. 장인하는 자신도 알 수 없는 소리를 질렀고, 두 군인은 몸을 돌렸다.

"그들의 얼굴을 보는 순간 가슴이 섬뜩했습니다. 그 모습을 어떻게 표현해야 할지…… 그들 스스로도 통제할 수 없는 어떤 힘에 사로잡힌 사람들처럼 보였습니다. 눈은 초점을 잃고, 얼굴은 벌겋게 달아올라 있었습니다. 저는 그들을 묶고 있는 어떤 힘으로부터 깨어나게 하지 않으면 참사가 일어나리라는 것을 본능적으로 깨달았습니다. 그들을 깨우기 위해서는 우선 그들이 쥐고 있는 총과 몽둥이를 빼앗아야 한다고 판단했습니다."

장인하가 이 말을 했을 때 지성수의 얼굴이 떠올랐다. 상황이 낯익었다. 다급히 펜을 들었다.

—혹시 그 골목이 누문동이 아니었습니까? 금남로 근처에 있는.

장인하가 고개를 끄덕이자, 나는 깊이 숨을 몰아쉬었다. 지성수와 장인하를 잇고 있는 보이지 않는 끈의 실체가 홀연 눈앞에 나타난 것이다.

1980년 5월 당시 지성수는 전남대 복학생이었다. 5월 18일 오후 3시 40분경 광주시 북구 북동 180번지 앞 큰길, 금남로라고 불리는 그 길 위에 얼룩무늬 군복의 공수특전단 소속 군인들이 세 겹의 행렬로 도청을 향해 전진했다. 그들의 등 뒤에는 M16 소총이 대각선으로 둘러메어져 있었고, 오른쪽 가슴에는 날개 달린 하얀 말이 새겨진 마크가 보였다. 지성수에 의하면 그들의 규칙적인 군홧발 소리는 암울하고 차갑고 매몰찼다고 했다.

제자리 섯!

정렬!

군인들은 일제히 걸음을 멈추었다. 유동 삼거리에서 5백 미터쯤 떨어진 횡단보도였다. 사위는 고요했다. 그것은 불길한 고요였다. 지성수는 시계를 보았다. 오후 4시였다. 무척 긴 시간이 흐른 것 같았는데 불과 20여 분밖에 지나지 않았다는 사실이 믿기지 않았다. 시계에서 눈을 떼는 순간, 군인의 대열을 따라온 초록색 차량 위의 스피커에서 날카로운 금속성 목소리가 튀어나왔다.

"거리에 나와 있는 시민 여러분, 빨리 집으로 돌아가십시오. 빨리 돌아가십시오."

시위하던 학생들뿐 아니라 경찰의 진압 과정을 보도에서 지켜보던 사람들과, 우연히 길을 지나다가 호기심으로 서성이는 사람들이 스피커의 위압적인 목소리를 듣고 있었다. 1분이 채 지났을까, 거리의 사람 전원을 체포하라는 명령이 떨어졌고, 군인들은 진압봉과 착검한 소총을 손에 쥐고 사람들을 향해 달려들었다. 그들은 사람이 일단 사정거리에 들어오면 진압봉과 개머리판을 무자비하게 휘둘렀다. 도망하는 이들을 악착같이 쫓아갔고, 건물 안으로까지 뛰어들었다.

지성수는 낯선 일행 두 명과 함께 누문동 쪽의 골목으로 달아났는데, 불행히도 그곳은 막다른 길이었다. 그들을 쫓아온 두 명의 군인은 착검한 M16을 겨누고 달려들었다. 몇 초가 지났을까. 대검이 옆 사람의 옆구리로 파고드는 것이 얼핏 보였다. 지성수의 입에서 짧고 깊은 비명이 터져 나왔다. 곧이어 찍어 누르는 개머리판의 충격으로 지성수는 시멘트 바닥 위를 뒹굴었다. 흐릿한 시선으로 옆 사람의 모습이 들어왔다. 뭉개진 얼굴에서 피가 줄줄 흘러내리는데도 그는 멍청하게 서 있었다. 개머리판이 그의 어깨를 쳤고, 그의 머리가 홱 돌면서 시멘트 벽에 세차게 부딪혔음에도 그는 비틀거리기만 할 뿐 여전히 서 있었다. 그때였다. 이상한 소리가 들려왔다. 비명과 흡사했지만 비명이 아니었다. 두 군인은 흠칫 놀라며 동작을 멈추었다. 피투성이가 되어 담벼락에 기대고 있던 남자의 몸은 비로소 허물어졌다. 지성수는 이상한 소리를 향해 고개를 돌렸다. 놀랍게도 거기에는 몸이 작은 한 남자가 서 있었다. 검은 작업복을 입은 그 남자는 눈을 크게 뜨고, 입을 약간 벌린 채 다가오고 있었다. 지성수는 제정신을 가진 사람인지 의심스러웠다. 그곳은 막다른 골목이었다. 설사 골목에 무슨 볼일이 있어 들어왔다 할지라도 낭자한 피와 비명에서 마땅히 달아나야 했다. 그는 작고 초라한 남자였고, 아무런 힘이 없어 보였다. 그럼에도 점점 가까이 오고 있었다. 그는 무엇을 잡으려는 듯 두 손을 올렸다. 하지만 무엇을 잡으려 하는지 알 수 없었다.

당황한 표정이었던 두 군인의 얼굴이 어이없는 표정으로 바뀌고 있었다. 남자는 여전히 두 손을 올린 채 고개를 흔들기 시작했다. 그것은 애원이었다. 사람에게 그래서는 안 된다는 간절한 애원이었다. 남자의 손은 마침내 군인의 총에 닿았다. 그가 잡으려 한 것은 총이었다. 믿을 수 없는 광경이었다. 둔탁한 소리와 함께 남자의 몸이 기우뚱거렸다. 군인이 개머리판으로 그의 머리를 찍은 것이었다. 힘없이 쓰러지는 남자의 몸이 보였다.

"이 자식 미친놈 아냐."

한 군인은 중얼거리듯 말했고, 다른 군인은 핼쑥한 표정으로 쓰러진 남자를 내려다보았다. 총과 진압봉을 든 그들의 손이 축 늘어졌다.

"가지."

한 군인이 턱짓을 했고, 다른 군인은 고개를 끄덕였다. 골목길을 나가는 그들의 뒷모습은 적막함이 느껴질 정도로 왜소해 보였다. 그들이 보이지 않자 지성수는 아픈 몸을 끌고 인근 건물로 들어가 사람들을 불렀고, 쓰러진 이들을 병원으로 옮길 수 있었다.

두 손으로 총을 빼앗으려 했던 이상스러운 남자가 장인하였다.

그가 나타남으로써 폭력의 표적이 바뀌었을 뿐 아니라, 어이없는 그의 행동이 군인들을 당황하게 만들었고, 결국 흉기를 내려뜨리게 한 것이었다. 지성수가 장인하를 생명의 은인으로 생각할 만했다. 그런 행동을 하면서 두렵지 않았느냐고 묻자 장인하는 곤혹스러운 표정을 지었다.

"글쎄요…… 물론 있었겠지요. 하지만 눈에 빤히 보이는 참사를 막아야 한다는 생각에만 정신이 팔린 탓인지……"

"그렇다면 군인의 총을 빼앗을 수 있다고 생각하셨습니까?"

"이상하게 들릴지 모르지만 빼앗을 수 있다고 믿었습니다."

장인하는 눈을 내리깔며 나직하게 말했다. 내 머릿속에서 잊고 있던 기억 하나가 떠올랐다. 내가 중학생이었을 때다. 고향 마을의 소 한 마리가 마구간을 뛰쳐나와 동네를 헤집고 다녔다. 어른들은 소의 고삐를 잡지 못해 전전긍긍했다. 우여곡절 끝에 소를 막다른 구석으로 몰아넣긴 했으나 누구도 선뜻 고삐를 잡으려 나서지 못했다. 그런데 열 살쯤 되어 보이는 작은 아이가 사람들 속에서 불쑥 나와 황소가 있는 쪽으로 걸어갔다. 모두가 황소에 정신이 팔려 있었고, 아이가 나오리라고는 생각도 못했던 상황이라 아이를 잡을 틈이 없었다. 사람들의 입에서 "어, 어" 하는 소리가 나왔고, 누군가가 위험하다고 외쳤으나 아이는 무엇을 잡으려는 듯 두 손을 벌리고 태연스럽게 황소에게로 다가갔다. 황소는 바짝 다가와 손을 내밀고 있는 아이에게 뿔을 휘둘렀다. 아이의 몸은 허공에 잠시 떴다가 땅으로 곤두박질쳤다. 그사이 소는 본래의 온순한 모습으로 되돌아와 있었다. 옆구리가 찢어지고 다리뼈가 부러진 아이는 보름 동안 병원에서 지냈다. 나중에 들은 이야기에 따르면 아이가 황소에게 다가간 이유는 고삐를 잡기 위해서라고 했다. 황소가 자기를 무척 따랐기 때문에 위험하다는 생각이 들지 않았다는 것이다.

"총을 막 잡으려는데 제 몸에서 무슨 소리가 났습니다. 무엇인가가 허물어지는 소리였습니다. 내부가 파열되는 소리였지요. 정신을 잃었습니다."

의식이 다시 돌아왔을 때 그는 자신이 차에 실려 어디론가 가고 있다는 것을 알았다. 몸이 몹시 흔들렸지만 통증을 거의 느낄 수 없었다. 맑은 하늘이 보였고, 파란 버드나무가 스쳐 지나갔다. 세상은 물속처럼 고요했다. 물속 같은 세상에서 바람에 흔들리는 버드나무가 홀로 서 있었다.

"눈을 떴을 때 저는 병원 침대에 누워 있었습니다. 의사와 낯선 남자 한 분이 저를 내려다보고 있더군요. 나중에 알았지만 그분이 지성수 선생님이었습니다. 그분이 뭐라고 말씀하시는 것 같은데, 잘 들리지 않을 뿐 아니라, 무언가에 짓눌린 소리처럼 들렸습니다."

짓눌린 소리? 그 말이 얼른 머리에 닿지 않아 고개를 갸웃했다.

"그 소린 비명과 흡사했습니다. 낮고 희미한 비명 말입니다. 목소리뿐이 아니었습니다. 귀에 들려오는 모든 소리가 낮고 희미한 비명으로 들렸습니다. 세상은 비명으로 가득 찬 방과 같았습니다."

"이해가 되지 않습니다. 그 군인이 선생을 쳤다면 딴 곳은 멀쩡한데 하필이면 귀가……"

"그들은 흉기로 저의 뇌를 후려쳤습니다. 그때 소리를 인지하는 달팽이관이 훼손되었습니다. 소리의 착란 현상은 그것 때문이었습니다. 전화기에 이상이 생겨 상대방의 목소리가 비정상적으로 들리는 것과 같은 이치지요. 의사는 그것을 인지도의 착란이라고 하더군요."

"그렇다면 지금처럼 청력을 완전히 잃으신 것은 아니군요."

장인하는 고개를 끄덕였다.

"다른 데는 다치지 않았습니까?"

"두개골과 그 속에 있는 뇌수가 따로 노는 것처럼 머리가 흔들렸습니다. 움직일 때마다 주위의 모든 것이 흔들려 도무지 몸의 중심을 가눌 수 없었습니다. 평형감각이 파괴되었기 때문이지요. 턱이 떨어지고 어깨뼈에 금이 갔습니다만 귀의 상처에 비하면 아무것도 아니었습니다."

낮고 희미한 비명 소리가 때로는 주파수가 맞지 않은 라디오의 잡음처럼 거칠고 조악한 소리로 변하기도 했다. 소리는 그에게 고통이었다. 그러던 어느 날 그는 새로운 소리를 들었다. 어린아이의 울음소리였다. 먼 곳에서 들려오는 듯한 울음소리는 다른 것과는 달리 물처럼 부드럽게 그의 머릿속으로 흘러들어 왔다.

"병원에서 의식을 회복한 후 처음으로 고통 없이 들어보는 소리였습니다. 고통스럽기는커녕 피폐한 신경을 부드럽게 쓰다듬고 있었습니다. 저는 넋을 잃고 그 소리를 따라갔습니다. 비틀거리는 걸음걸이로 조심조심 소리를 찾았습니다."

소리가 나는 곳은 병원 지하실의 시체 안치실이었다. 처참하게 죽은 시체들이 여기저기 보였다. 얼굴이 새까만 아이가 흰 무명천으로 가린 시체 곁에서 하염없이 울고 있었다. 아이의 어머니인 듯한 젊은 여인은 넋을 놓고 있었고, 주름살투성이 노인은 아이 곁에서 눈물을 흘리고 있었다.

"그 후 저는 틈만 나면 시체실을 찾았습니다. 그곳은 언제나 비통한 울음으로 가득 차 있었습니다. 참혹하게 난자당한 시체를 부둥켜안으며 벽을 주먹으로 두드리며 통곡하는 사람들이……"

그는 시체실 한 귀퉁이에 쪼그리고 앉아 그들의 울음소리에 귀를 기울였다. 가만히 귀를 기울이고 있노라면 소리가 물이 되어 어디론가 흘러가고 있었다. 그들의 울음이 왜 상처 난 귓속으로 물처럼 흘러들어 오는지, 자연스럽게 알게 되었다. 그들의 울음소리 자체가 상처의 소리였다. 소리의 상처와 귀의 상처가 다를 것이 없었다. 어쩌면 지극히 비과학적인 생각인지도 몰랐다. 상처 난 청각기관이 슬픈 울음이라고 그냥 내버려두겠는가. 의사의 말처럼 고장 난 전화선이 어떤 소리인들 가리겠는가. 휘어진 길은 휘어지면서 가게 되게 마련이다. 비록 그렇다 할지라도 결국은 마찬가지였다. 비통한 울음들이 다시 휘어지고 뭉개지고 일그러진다 한들 얼마나 달라지겠는가. 비록 달라졌다 할지라도 그에게는 한없이 소중한 소리였다. 이 세상에 살아 있는 유일한 소리, 닫힌 방의 창살 틈으로 새어들어오는 사람들의 다정한 소리, 험하고 힘든 길을 허우적거리며 걸어와 해진 가슴에 안기는 생명의 소리였다.

"군인들이 도청에서 철수했다는 소식을 들은 것은 그 무렵이었습니다. 수많은 사람이 도청 앞으로 몰려들었습니다. 차량들은 속출하는 부상자들을 병원으로 옮기고 있었고, 사망자들은 입관시켜 분수대 앞으로 운반했습니다."

앰뷸런스가 도청 분수대 앞에 관을 내려놓을 적마다 사람들의 울음소리는 높아져갔다. 관이 열리고, 피에 젖은 시체들의 모습이 드러났다. 목이 없는 시체, 내장이 터져 나오고 얼굴이 뭉개진 시체, 손과 발이 잘리고 피부가 검푸르게 변색된 시체 등 참혹함은 이루

말할 수 없었다. 혹시 잃어버린 가족이라도 찾을까 해서 시체들을 더듬던 사람들은 놀라 주저앉기도 하고, 손수건으로 입을 틀어막기도 했다. 그러다가 행여나 살아 있을까 하던 이가 발견되면 관을 부여안고 통곡했다. 혼절하는 이들도 있었다.

"잘 아실지 모르겠지만 당시 발견된 시체들은 도청 안의 시체실에 안치되었습니다. 거기서 신원이 확인된 시체들은 입관되어 상무관의 빈소로 옮겼지요."

그는 당시를 회상하는 듯 눈을 감았다.

"저는 수습대책위원회를 찾아가 시체실에서 일하게 해달라고 부탁했지요. 간절히 부탁했습니다. 다행히 그들은 허락을 해주더군요."

그는 관 안에 누워 있는 한 시체를 망연히 내려다보았다. 얼마나 혹독하게 맞았는지 몸이 피멍투성이였다. 관 위에는 천 원짜리 지폐 두 장과 낡은 열쇠고리가 덩그렇게 놓여 있었다. 초라한 유품이었다. 이 가난한 청년은 마지막 숨을 거두면서 무슨 생각을 했을까. 그는 열쇠고리를 조심스럽게 집어 들었다. 은빛 열쇠가 흔들리면서 따라 올라왔다. 이 열쇠로 무엇을 열고자 했는지 궁금했다. 시체실 저쪽에서 비명 소리가 들렸다. 시체를 부둥켜안고 몸부림치는 여인의 모습이 눈에 들어왔다.

힘드시죠. 벽에 등을 기대고 눈을 감고 있는 그에게 여자의 낮은 목소리가 들려왔다. 눈을 떴다. 그 여자였다. 잠도 제대로 자지 않고 종일 시체실에서 일하는 젊은 여자가 있었다. 술집 접대부라는 둥 창녀라는 둥 확실치 않은 말들이 떠돌기는 했으나 아무도 그 여자의 정확한 신분을 알지 못했다. 그녀는 피에 엉긴 참혹한 시체를 물로 정성껏 씻었고, 자신이 마련한 양말과 속옷 등을 시체마다 갈아입혔다. 흙과 피로 범벅이 된 옷을 벗겨내고 새 옷으로 갈아입힐 때는 살아 있는 사람에게 옷을 입히는 듯한 착각에 빠지곤 했다.

"27일 밤 계엄군이 진입할 것이라고 판단한 항쟁 지도부는 자정이 지나자 도청 안의 모든 전등을 껐습니다. 저는 도청 뜰에 서서 어둠과 정적에 잠긴 도시를 바라보았습니다. 소리 한 점 없는 밤, 삼라만상이 죽어버린 밤이었습니다."

"왜 도청을 떠나지 않았습니까?"

"지도부는 집으로 돌아갈 것을 권유했습니다. 하지만 전 떠날 수 없었습니다. 험하고 먼 길을 허우적거리며 걸어와 슬픔의 손으로 상처 난 제 귀를 어루만지고, 해진 가슴 토닥거리는 소리를 두고 차마 떠날 수 없었습니다."

"죽음이 두렵지 않았습니까?"

"죽음?"

그는 눈을 깜박이며 나를 쳐다보았다.

"이상하게도 저의 죽음에 대해서는 전혀 생각나지 않았습니다. 제가 두려워한 것은…… 소리의 죽음이었습니다."

소리의 죽음?

"분명 죽음의 손이 다가오고 있었습니다. 깜깜한 어둠 속에서 누구도 막을 수 없는 죽음의 손이……"

그는 죽음의 손이 소리의 목을 조르기 위해 오고 있다고 생각했다. 핏물 씻으며, 잘린 팔 뜯긴 가슴 여미며 굽이굽이 흘러가는 소리. 눈물 글썽이며 죽음을 어루만지는 소리를 죽이기 위해 다가오고 있었다. 그때 요란한 사이렌 소리와 함께 가냘픈 여자의 목소리가 흘러나왔다.

광주 시민 여러분 비상입니다. 지금 계엄군이 탱크를 앞세우고 광주로 들어오고 있습니다. 우리는 광주를 끝까지 사수할 것입니다. 최후까지 싸울 것입니다. 시민 여러분 우리를 잊지 말아주십시오.

"전 그 소리를 잊을 수 없습니다. 가슴을 저미듯 아프게 파고드는 애절한 소리를."

그의 눈이 흐려지면서 물기가 서렸다.

"마침내 죽음의 손이 다가와 거대한 손바닥을 벌렸습니다. 쇠를 긁는 듯한 총소리가 들렸습니다. 조명탄의 창백한 불빛 속에서 꽃도 없이 뒹구는 화단대가 드러났습니다. 수류탄이 터진 것은 잠시 후였습니다. 자욱한 연기가 걷히고 몸이 찢긴 여자의 시체가 눈에 들어왔습니다. 그 여자였습니다. 시체실에서 끊임없이 일하던 여자 말입니다. 끊어진 그녀의 손이 푸른 새벽빛에 잠겨 있었습니다."

그는 하늘을 올려다보았다. 새벽별이 멀리 떠 있었다. 바람이 땀에 젖은 이마를 쓸고 지나갔다. 들꽃의 청아하고 풋풋한 냄새가 났다. 그 냄새였다. 시체실의 들꽃 냄새.

도청 시체실 한 귀퉁이에 몸이 싸늘하게 식어버린 중학생 아들을 부여안고 "내 아들 치료받게 해서 살려내야 헌디"라는 말만 되풀이하던 늙은 어머니가 있었다. 걸을 힘이 없어 "내 몸뚱이 머스매새끼 하나밖에 없었는디, 내 몸뚱이 머스매새끼 하나밖에 없었는디" 하면서 시체실을 울며 기어 나갔던 그 늙은 어머니는 한참 후 꽃을 한 아름 안고 들어왔다. 하얀색과 노란색의 들꽃이었다. 그 꽃을 아들의 몸에 한 송이 한 송이 놓았다. 총탄이 뚫고 지나갔는지 거죽만 남아 있는 이마 위에도, 이미 썩어 부풀어 오른 흙빛 발 위에도, 관 위에

고인 핏물 위에도 꽃을 한 송이 한 송이 뿌렸다. 그 꽃내음이 바람에 실려 그의 몸 안으로 스며들었다. 눈을 감았다. 바람에 꽃이 흔들렸다. 하얀 꽃 노란 꽃 파란 꽃…… 늙은 어머니가 울면서 그 꽃을 어루만지고 있었다. 주름살투성이 얼굴에 눈물은 하염없이 흘러내리고, 굵고 투박한 손은 바람에 흔들리는 꽃과 함께 흔들리고 있었다.

그의 몸이 허물어졌다. 온몸에 힘이 빠지면서 정신이 혼미해졌다. 바람이 멈추었는지 흔들리던 꽃들이 움직이지 않았고, 늙은 어머니는 엎드려 울고 있었다. 차가운 땅이 뺨에 닿았다. 피가 보였다. 그는 미소를 지었다. 내가 피를 흘리고 있구나. 죽어 누워 있는 그들과 똑같은 피를 지금 내가 흘리고 있구나.

"예리한 통증과 함께 몸이 흔들렸고, 저는 정신을 잃었습니다. 눈을 떠보니 아무런 소리가 들리지 않았습니다. 신음 같은 소리도, 조악한 소리도 전혀 들리지 않았습니다."

"어떻게 해서 그렇게 되었을까요?"

"의사의 말에 따르면 소리의 인지기관인 달팽이관이 완전히 망가졌다고 하더군요. 이미 상한 상태였기 때문에 보통 사람들은 견딜 수 있는 충격에도 쉽게 허물어진다고 설명하였습니다. 달팽이관은 현대 의학으로는 치료 불가능한 영역이라고 하면서 만약에 그런 충격을 받지 않았다 하더라도 이미 상한 달팽이관은 천천히 그 기능을 잃어갔을 것이라고 위로를 하더군요."

다음 날 장인하는 출근했다. 그는 여느 때처럼 일에 몰두했고, 어린아이 같은 천진한 웃음을 보였다. 일상의 모습으로 돌아온 장인하에 대해 다행스럽게 생각한 한기준은 무단결근에 대해 입을 다물었다. 나는 조심스럽게 그를 관찰했는데, 그전과 달라진 점을 발견할 수 없었다. 그의 오솔길은 여전히 맑고 평안해 보였다.

8

이제 장인하의 죽음을 이야기할 때가 되었다. 죽음의 자리란 추억의 자리이며, 그 추억은 어느 때보다도 명료하고 사무친 모습을 띤다. 그 죽음의 자리에서 지성수는 오랫동안 숨겨두었던 장인하의 모습을 비로소 드러내었다. 나의 눈에 장인하는 오솔길 위에 서 있는 어린아이의 모습으로 비쳤다. 그것은 비현실적 아름다움이었다. 피의 공간이었던 광주의 현장 속에서도 장인하는 그런 모습에서 일탈하지 않았다. 도대체 그에게는 분노가 보이지 않았다. 그는 삶과 역사의 땅에 발을 딛고 있지 않았다. 허공에서 몽상적 아름다움을 빚고 있었다. 나에게는 그랬다. 하지만 지성수가 드러낸 장인하에게는 허공이 없었다. 장인하가 허공에 떠 있지 않다는 것, 지성수의 사상적 정신 속에서 견고한 인간의 모습으로 서 있다는 것은 놀라운 일이었다.

장인하의 죽음은 충분히 예견할 수 있는, 그러나 참으로 어처구니없는 죽음이었다.

1991년 4월 26일 하오 5시 10분경, 서울 서대문구 남가좌동 명지대 앞에서 동료 학생 4백여 명과 함께 시위하던 강경대(20세, 경제학과 1학년)가 시위 진압 전경 5, 6명에게 폭행당해 머리를 다쳐 병원으로 옮겨지던 중 숨졌다. 경찰의 시위 진압 방식이 안고 있는 문제점에서 비롯된 예견된 사건이었다. 백골단이라 불리는 사복 체포조가 무자비하게 휘두른 쇠파이프에 의해 타살됨으로써 정권의 비도덕성과 구조적 폭력성이 드러났고, 재야 운동권은 전면적인 대정부 투쟁을 선언했다.

4월 29일 하오 3시 15분경 전남대 5·18 광장 옆 잔디밭에서 박승희(20세, 식품영양학과 2학년)가 분신자살을 기도, 중태에 빠졌다. 박승희는 강경대 학우 살인 만행 규탄 및 노태우 정권 퇴진 결의 대회가 열리고 있던 5·18 광장에서 불길에 휩싸여 2만 학우 단결 투쟁, 노태우 정권 타도하자 등 구호를 외치며 뛰어나오다 도로에 쓰러졌다.

박승희의 분신에 이어, 안동대 김영균과 경원대 천세용의 분신으로 나흘 만에 세 학생이 사망, 충격을 불러일으켰다. 이것에 대해 수구 언론들은 사회운동의 실천에서 최악의 선택으로, 성실하고 진지한 개혁 의지의 반영이 아니라 감상적 이상주의자들의 나약한 허무주의의 드러냄이며, 자신과 나라와 민족을 위해 아무런 의미가 없는 자해, 꿈과 현실을 분간치 못하는 환각적 행위라고 비난했다. 너무나도 낯익은 목소리였기에 진부했다.

권력이 인간의 욕망이라면 변혁과 혁명 역시 인간의 욕망이다. 전자가 증식으로의 욕망이라면, 후자는 정화로의 욕망이다. 그러므로 권력을 가진 자는 스스로 생명을 끊지 않는다. 그런 일이 일어난다면 천지가 개벽할 일이다. 그러나 정화에의 욕망에 시달리는 변혁가와 혁명가는 스스로 목숨을 버릴 수 있다. 목숨을 버린다는 것은 증식의 행위가 아니다. 그것은 정화로 다가간다. 정화의 세계를 움켜쥐려는 과격한 욕망의 짧은 불꽃이다. 이 불꽃의 모습은 최선의 선택은 아니지만, 최악의 선택이라고 말할 수도 없다. 꿈과 현실을 분간치 못하는 환각적 행위는 더더구나 아니다. 그것은 정화의 욕망이 선택할 수 있는 여러 방법 가운데 하나일 뿐이다. 그럼에도 나는 그들을, 증식에의 욕망이 들끓고 있는 천박한 자본주의 사회에서 그 욕망과 대척적인 자리에 서서 육신을 스스로 태운 그들을 가슴의 뜨거움 없이 떠올릴 수 없었다.

그날 밤 나는 술에 취해 있었다. 인천에서 노동운동을 하는 지우들과 오랜만에 만나 대낮부터 술추렴을 했다. 나는 평범한 생활인으로 늙어가고 있었고, 그들은 소련과 동유럽의 거대한 변혁이 할퀸 상처에 황망해 있었고, 쇠파이프로 한 생명을 죽이는 정권의 폭력성과 운동권의 잇따른 분신에 비통해 있었고, 여전히 모순투성이인 세상 앞에서 절망하고 있었다. 우리는 오랫동안 통음을 했고, 적막한 밤길을 비틀거리며 걷다가 헤어졌다. 내가 집으로 들어왔을 때 자정이 막 넘고 있었다. 얼굴을 씻고 잠자리에 들려고 하는데 전화가 왔다. 늦은 밤의 전화벨 소리는 사람을 놀라게 한다. 더욱이 전화를 한 이는 지성수였다. 그가 자정이 넘은 시각에 전화를 한 적은 없었다.

"여기 병원 영안실이다."

나는 숨을 훅 들이켰다.

"장인하 씨가 죽었다. 교통사고다."

그날이 1991년 5월 7일이었다.

새벽의 병원 영안실은 쓸쓸하고 적막했다. 몇몇 친척들 외에 지성수와 한기준, 출판사 직원 두세 명이 보였을 뿐 문상객이 너무 적었다. 나는 향을 피우고 절을 했고, 영정을 물끄러미 내려다보았다. 오솔길 너머 흐릿한 안개 속에서 미소를 짓고 있는 장인하의 모습이 떠올랐다.

사고의 경위는 이러했다. 장인하는 여느 날처럼 7시에 퇴근했는데, 10시경 집 근처의 주점 앞 도로변에서 트럭에 치여 즉사했다. 목격자인 술집 주인의 말에 따르면 그는 8시 조금 넘어 혼자 들어와 소주 두 병을 마시고 나갔다. 주인 남자는 창을 통해 그의 뒷모습을 바라보았다. 사람이 조금 이상하게 보였기 때문이라고 했다. 혼자 술 마시는 손님이 종종 있어왔기에 처음에는 눈여겨보지 않았는데 시간이 갈수록 눈길이 자꾸 그쪽으로 가더라고 했다. 오랜 시간 동안 한자리에 꼼짝도 않고 앉아 있는 모습도 그렇거니와, 일하는 아이가 사기그릇을 바닥에 떨어뜨려 모든 손님의 고개를 돌리게 했는데도 전혀 변함이 없는 그의 모습이 무척 이상해 보였다고 말했다. 그가 신호등 없는 길을 건너려 할 때 트럭이 요란하게 클랙슨을 누르며 달려왔다. 그 소리는 주점 안에 있는 주인 남자도 미간을 찌푸릴 만큼 컸다고 했다. 그런데도 그는 걸음을 멈추지 않았고, 순식간에 트럭 속으로 빨려들었다.

지성수는 벽에 등을 기댄 채 눈을 감고 있었다. 그의 얼굴은 창백하고 피곤해 보였다.

"장인하는 홀로 술을 먹으면서 무엇을 생각했을까?"

물음이라기보다 독백에 가까웠다. 좀처럼 눈을 뜨지 않았다. 벽에 등을 기댄 자세조차 변하지 않았다. 그동안 한기준이 두 차례나 와서 말을 붙이려 했으나 꼼짝도 않는 그를 보고 물러갔다. 시간이 얼마나 흘렀을까, 지성수가 몸을 움직이기 시작했다. 벽에 붙인 등을 떼고, 어깨를 펴고, 숨을 들이켰다.

"장인하는……"

지성수는 천천히 눈을 뜨면서 말했다.

"나에게 소중한 사람이었다."

소중한 사람? 나는 그 말을 어떻게 받아들여야 할지 몰랐다. 그것의 무게와 빛깔의 깊이가 가늠되지 않았다.

"나는 장인하를 병원에 누이고, 아버지의 강제적 권유로 광주를 빠져나갔다. 몇 달 후 다시 돌아왔을 때 수많은 친구와 동료가 죽고 다치고 감옥에 있었다. 나는 미친 듯이 그들을 수소문하고 다녔다. 장인하도 그들 중의 한 사람이었다. 나는 그가 귀를 잃은 줄을 몰랐다. 그를 병원에 옮겼을 때 귀에 이상이 있다는 의사의 말을 듣긴 했으나 다른 상처 부위를 염려했을 뿐 귀는 대수롭지 않게 생각했다. 마침내 그를 찾았을 때 청력을 완전히 잃은 상태였다. 그에게 일자리가 필요했지만 듣지 못하는 이를 고용하는 데를 찾기가 힘들었다."

그는 소주를 큰 컵에 가득 따라 천천히 들이켰다. 내가 오기 전에도 술을 많이 마셨다고 했다.

"이듬해 장인하가 서울로 올라왔으며, 조그만 인쇄소에 일자리를 구했다는 반가운 소식을 전화로 전했다. 그의 목소리를 묵묵히 듣는 동안, 그동안 그를 잊고 있었다는 사실을 깨달았다. 나는 장인하를 제대로 알지 못했다. 그 무지에서 눈을 뜬 것은 1985년 두번째 수배 생활을 할 때였다."

수배자의 생활은 또 다른 유형의 시간이다. 길을 걷다가 우연히 부딪치는 눈길과 버스 속의 무심한 표정만으로도 수배자를 질식시킬 수 있다. 전국 어느 곳에나 붙어 있는 수배 포스터 속에서 자신의 얼굴이 자신을 빤히 본다. 어둠 속에 몸을 뉘어 눈을 감으면 불길한 상상이 서늘한 촉수를 심장에 댄다. 수배자는 가장 먼저 수배 예상 범위를 그려야 한다. 가족, 친척, 친구, 동지 등의 연고지 안으로 한 발자국도 들어가서는 안 된다. 수배자를 숨기면 범인은닉죄로 구속된다. 수배자는 갈 곳이 없다. 그럼에도 밤에는 잠을 자야 하고, 때가 되면 먹어야 한다. 수배자가 가는 길은 어둠의 동굴과 이어져 있다.

"내가 장인하를 찾은 것은 무엇보다도 정보 경찰의 수사망 속에 그가 들어 있지 않다는 사실 때문이었다. 그의 집은 안전한 거처였다. 그에게 며칠 신세 지고 싶다고 했을 때 쾌히 승낙했다. 나를 숨겨준다는 것이 어떤 굴레가 되는지를 알고 있음에도 나와의 만남을 진심으로 반가워했다. 그럼에도 나는 내가 떠나야 하는 날을 가늠하고 있었다."

처음에는 반가워한다. 하지만 하루가 지나고 이틀이 지나고 사흘이 지나면, 이제 그만 떠나주었으면 하는 표정이 보이기 시작한다. 그런 표정이 노골적으로 드러나기 전에 떠나야 한다. 자신을 미워하기 전에.

"내가 떠나야 하는 날을 가늠하는 동안 장인하는 좁고 누추한 집이 나에게 끼치는 불편함을 염려하고 있었다는 사실을 알고, 나는 수배자를 숨기는 행위가 초래하는 위험을 다시 거론했다. 그의 위선을, 위선 속에 숨어 있는 이기적 본능을 드러내고 싶었던 것이다. 진심으로 나를 돕는 이에게 나는 무례를 저질렀다. 왜 그랬을까?"

무사상적 인간에 대한 불신 때문이었다고 지성수는 말했다.

"사상적 인간은 세계의 본질을 투시하면서 과학적 인식과 과학적 사랑의 무장으로 욕망과 타락과 부도덕의 심장을 향해 온몸이 칼이 되어 전진한다. 장인하는 무사상적 인간이었고, 무사상적 인간의 사랑이 얼마나 허약한가를 나는 체득하고 있었다."

지성수는 내가 끔찍한 상처로 신음하고 있었을 때 나에게로 다가와 내 상처를 어루만진 유일한 사람이었다. 그것이 그가 말하는 과학적 사랑이든 아니든 사랑의 소중함에는 아무런 변화가 없다.

"장인하는 완벽한 무사상적 인간이었다. 완벽이라는 말을 나는 좋아하지 않는다. 인간을 수식할 때는 지극히 위험한 말이기까지 하다. 그럼에도 그에게만은 완벽이란 말을 쓰고 싶다. 그는 악의 힘을 알지 못하는, 혼돈과 광기와 모순으로 가득 찬 세계를 볼 수 없는 완벽한 무사상적 인간이었다. 나는 인간의 무게를 사상의 무게로 측정했다. 장인하에게는 무게가 없었다. 세상에서 곧 증발해버릴 것처럼 가벼운 존재였다. 하지만 난……"

지성수는 두 손으로 얼굴을 쓸었다.

"그의 위선을 드러내려는 나의 행위가 얼마나 어리석은 짓인가를 깨닫게 되었다. 그는 세계의 악에 무지했다. 누문동 골목길에서 광기에 갇힌 짐승을 향해 어린아이의 모습으로 다가간 장인하의 어처구니없는 행위는 악을 모르는 그의 무사상적 정신에서 비롯되었음을 나는 그때 깨달았다."

"악을 모르는 정신이 있을까요?"

나는 조심스럽게 이의를 제기했다.

"나 역시 그런 정신을 상상하지 못했다. 인간이 왜 악을 모르겠는가. 장인하라고 해서 악을 모를 리 있겠는가. 그럼에도 악을 모르는 정신이라고 말할 수밖에 없는 것은 고통에 대응하는 그의 식물적 정신 때문이다."

식물적 정신? 나는 멀뚱히 지성수를 보았다.

"진부한 이야기지만 인간은 사회적 동물이다. 귀를 잃었다는 것은 사회적 존재로부터의 추방을 뜻한다. 말이 단절된 세계, 집단으로부터 소외된 세계는 끔찍한 형벌이다. 장인하의 미묘한 정신은 형벌을 받아들인다. 견디는 것이 아니라 받아들이고 더 나아가 그 속에 뿌리를 내린다. 그의 천진한 미소와 타인에 대한 따뜻함은 그것의 표징이다. 자신의 상처를 끊임없이 괴로워하는 영혼은 그런 미소를 지니지 못한다. 그의 집에 은신하고 있었을 때 그에게 일깨우고자 한 것은 증오였다. 그에게는 증오가 없었다. 자신의 삶에 돌이킬 수 없는 상처를 입힌 권력의 폭력에 대해 장인하는 무지했다. 그 무지가 증오의 감정을 막고 있다고 나는 판단했다. 악에 대한 증오는 선이라고 믿었고, 지금도 믿고 있다. 그런데 장인하의 무지는 달랐다."

상처 입은 정신은 가해자에 대한 증오를 품는다고 지성수는 말했다. 그것은 본능이며, 깊이를 알 수 없는 에너지의 덩어리라고 했다.

"그 증오는 악의 원천이다. 동시에 그 악과 싸우는 선의 원천이기도 하다. 악에 대한 증오야말로 세계를 변혁하는 힘의 원동력이다. 그런데 장인하의 정신 속에는 증오가 없었다. 자신을 짓이기고, 귀를 못 쓰게 한 자들의 폭력에 대해 그의 정신은 증오를 품지 않았다. 핏물과 주검뿐인 도청 시체실을 회고할 때도 증오는 없었다. 비통과 슬픔뿐이었다. 비통과 슬픔이 너무 커 증오가 끼어들 틈이 없었을까? 그것을 물었을 때 웃음만 지을 뿐 대답하지 않았다."

지성수는 보름 후 장인하의 집을 나왔고 운동의 격류 속에서 자연히 그를 잊었다. 장인하가 다시 떠오른 것은 혹독한 육체의 고통 속에서였다. 1986년 5월에 체포된 지성수는 고문을 겪었다. 포악한 고문이었다.

"나도 모르게 울부짖을 수밖에 없는 고문이었다. 깊은 동굴 속에서 나오는 듯한 나의 울부짖음은 길고 아득하게, 짧고 날카롭게 끊임없이 계속되었다. 입안은 피냄새로 가득했다. 거친 손이 입속으로 들어와 혀를 밖으로 끌어냈다. 지옥 같은 그 순간에 누군가의 얼굴이 보였다. 먼 곳에서 흐릿하게 보이는 얼굴이 조금씩 다가오고 있었다. 장인하였다. 슬픔이 가득한 표정임에도 입가에는 미소가 감돌았다. 미소는 내 몸에서 물처럼 흘러내렸다. 갈기갈기 찢긴 몸뚱이가 물처럼 흘러내리면서 다시 모였다. 작은 물방울이 모여 큰 물방울을 이루듯. 내 몸이 동그란 물이 되면서 세계가 아득해지고 있었다. 납득이 되지 않았다. 그들이 고문의 강도를 낮추었거나 멈춘 모양이라고 생각했다. 하지만 곧이어 몸속으로 파고드는 전류가 살을 찢고, 핏줄을 끊었다. 나는 그들 앞에 꼿꼿이 서고자 했다. 하지만 금방 무너졌다. 고통을 멈추게 해달라고 눈물로 애원했으나 그들은 차갑게 거부했다. 시간이 흐르고, 고문이 멈추고, 폐쇄된 독방에 갇혔다."

텅 빈 방에 죽은 듯이 누워 있던 그는 눈을 떴다. 작은 창이 보였다. 그러나 창밖의 풍경은 보이지 않았다. 갈색의 건물이 있고, 나무가 있고, 나무 너머 물빛 하늘이 보이는 풍경은 어디론가 사라져버리고, 뿌연 안개 같은 것이 어른거렸다.

"나는 눈을 깜박이기도 하고 손으로 비벼보기도 했으나 변화가 없었다. 아, 내 정신이 무너져버렸구나, 눈앞의 사물을 보게 하는 힘 조차 사라져버렸구나. 나는 절망했다. 분열된 자아 앞에서 손가락 하나 움직일 수 없었다. 안개가 걷히고 있었다. 눈앞을 뿌옇게 가린 안개가 걷히면서 풍경이 떠올랐다. 황량하고 메마르고 텅 빈 풍경, 내 손이 닿지 않는 풍경, 아무리 발버둥 쳐도 변하지 않는 풍경, 내 삶이 결코 벗어날 수 없는 잔인하고 절망적인 풍경이었다."

지성수는 1987년 겨울 대통령 선거 패배 후 깊은 늪에 빠져 있던 나에게 한 이야기를 반복하고 있었다.

"풍경은 좀처럼 사라지지 않았다. 사흘이 지나도 풍경은 눈앞에 달라붙어 있었다. 눈을 감으면 보이지 않는 손이 스르르 다가와 내 눈꺼풀을 열었고, 잠 속으로 빠져들면 차가운 손이 내 뺨을 두드리며 풍경을 향해 내 몸을 일으켰다. 나는 이것이 미쳐가는 증세가 아닌가 생각했다."

미쳐간다는 것. 정신이 붕괴되고, 붕괴의 폐허 속에서 낯선 정신이 새로 일어나 세계를 재구성한다. 보이지 않는 세계를 보고, 들리지 않는 소리를 들으며, 허공 속에서 사물과 생명을 만진다. 이것이 미쳐가는 증세다.

"나는 눈물을 흘리며 고개를 흔들었다. 사랑하는 사람을 잊어버린다는 것. 사랑하는 사람의 세계를 떠나 다른 세계에 갇힌다는 것. 차라리 죽음이 낫지 않을까. 사랑하는 사람들의 기억 속에서나마 존재할 수 있는 죽음이. 그러던 어느 날이었다. 낯선 풍경 속에서 어떤 기척이 있었다. 바람에 스치는 나뭇가지 소리 같은 기척이었다. 기척과 함께 정지해 있던 풍경이 움직이기 시작했다. 풍경을 움직이고 있는 이가 누구인지 궁금했다. 풍경 속을 두리번거렸다. 잿빛 풍경 속에서 사람의 모습이 보였다. 장인하였다. 그 순간 하나의 깨달음이 빛처럼 빠르게, 불처럼 뜨겁게 몸속으로 파고들었다. 고문에 유린된 내 몸이 왜 동그란 물이 되었는지를."

장인하의 슬픈 표정과 천진한 웃음이 그의 몸에 들끓고 있던 공포와 분노와 저항과 갈망을 무화해버렸기 때문이라고 지성수는 말했다.

"그 순간 나는 하나의 식물이었다. 바람이 불면 흔들리고, 비가 오면 젖고, 짐승의 이빨이 들어오면 찢기고, 꺾으면 꺾이고, 자르면 잘리는 식물."

조금 전 지성수가 장인하를 표현하면서 식물적 정신이라는 말을 사용했을 때 무슨 뜻인지 알지 못했다. 고통에 저항하지 않는 정신이 식물적 정신이라면 장인하에게는 맞는 말이었다. 분노하고 저항하는 장인하의 모습을 상상한다는 것은 거의 불가능했다.

"나는 세계가 객관적으로 존재하며, 세계를 진보의 방향으로 움직이게 하는 객관적 진리가 있다고 믿었다. 죽음의 풍경은 이 믿음의 뿌리까지 흔들었다. 진보에의 믿음은 절망이 깊을수록 아름다워진다. 1980년대 우리의 아름다운 영혼은 광주의 절망 속에서 잉태되지 않았느냐. 그런데 그때 왜 그토록 잔혹한 풍경이 떠올랐을까? 고문자들 앞에서 눈물을 철철 흘리며 고통을 멈추게 해달라고 빌었기 때문이었을까? 굴욕 속에서 증오가 일어나고, 증오는 믿음을 강화시킨다. 하지만 그것은 증오가 만든 풍경이 아니었다. 풍경 속에 열정의 불꽃은 어디에도 없었다. 싸늘한 죽음뿐이었다. 납득할 수 없었다. 내 정신을 의심한 것은 죽음뿐인 풍경을 납득할 수 없었기 때문이다. 정신이 흐려져간다는 것은 세계의 실체를 인식하는 힘이 흐려져간다는 것을 뜻한다. 나는 내가 미쳐간다는 것을 또렷이 느낄 수 있었다. 그것은 세계를 절대화한 자가 받아야 할 형벌이었다."

형벌? 나는 마음속으로 되뇌며 지성수의 말을 기다렸다.

"나는 인간이 지향해야 할 절대적 세계가 존재하며, 내가 딛고 있는 길만이 그곳으로 향하는 유일한 길임을 믿었다. 세계를 절대화한다는 것은 세계를 향한 나의 시선을 절대화한다는 것을 뜻한다. 거기에는 나의 길 위에 서지 않는 자를 질타하는 나의 절대성이 있다. 절대성은 예언자적 열정을 낳는다. 이 길을 믿지 않는 자, 이 길에 서지 않는 자. 너희들은 악한 자이며, 멸망하리라! 예언자의 육신은 진흙투성이지만 정신은 빛으로 가득 차 있다. 세계와 자아의 완벽한 결합에서 나오는 황홀한 빛이다. 황홀한 빛은 변혁운동가에게 가장 강력한 무기이며, 동시에 덫이기도 하다."

지성수는 빈 술잔을 다시 채웠다. 그의 통음을 막을 수가 없었다.

"종교적 예언자는 그의 영혼 위에 신이라는 완전한 존재가 있다. 신 앞에 자신은 한갓 불완전한 인간일 뿐이다. 불완전한 존재는 신 앞에 무릎을 꿇는다. 한없는 겸손만이 신에게 다가갈 수 있는 유일한 통로임을 알기 때문이다. 불완전함에 대한 인식이야말로 인간에 대한 하염없는 사랑의 원천이며, 강인한 철의 영혼을 만든다. 그런데 나는, 예언자적 열정에 충만했던 나는 어떠했는가. 나의 영혼 위에는 신이 없었다. 내가 무릎을 꿇어야 할 존재, 나의 불완전함을 온몸으로 일깨우는 존재가 없었다. 혹독한 고문 후 죽음의 풍경이 나타난 것은 영혼 위에 신이 없었기 때문이다."

목소리가 슬펐다.

“신을 우러르는 예언자는 육신이 갈가리 찢겨도 정신은 허물어지지 않는다. 영혼이 신의 빛 속에 있기 때문이다. 나는 종교적 예언자가 아니었다. 나의 눈이 천상으로 향하기에는 지상의 비참이 너무 무겁다. 지상의 비참을 짊어지고 천상을 향할 수도 있겠지만, 내 영혼은 두 세계를 동시에 안지 못한다. 어쩌면 이것이 변혁운동가의 운명일지도 모른다. 신의 빛이 없는 예언자의 영혼이 허물어졌을 때 무엇이 나타날까? 죽음의 풍경이다. 역사의 객관적 진실에 대한 믿음이 절망 속에서 오히려 더 푸른 아름다움으로 나타난다고 해도, 절망이 한계를 넘으면 아름다움은 무너진다. 그때 내 무장된 정신은 고통을 견디지 못했다. 견디지 못한 자가 할 수 있는 일이 무엇이겠는가. 자신이 깡그리 부정된 세계, 죽음의 풍경이다. 그 풍경은 내 믿음의 뿌리를 송두리째 흔들었다. 뿌리가 흔들림으로써 나는 미쳐가고 있었다. 눈앞의 세계가 납득되지 않을 때 인간이 할 수 있는 유일한 행위는 미치는 일이다. 미쳐가고 있는 나를 막은 이가 장인하였다. 장인하는 죽음의 풍경에 나타난 유일한 생명이었다. 나는 폐쇄된 방에서 망가진 육신의 고통에 신음하며 장인하라는 이상한 존재에 천착했다. 세계와 현실에 대한 백치적 무사상, 굴욕과 괴로움을 거역하지 않는 정신의 단순성. 천진한 미소와 겸손에 대해.”

지성수는 이야기의 매듭을 지으려 하고 있었다. 깊은 숨이 서려 있는 말에서 그것을 느꼈다.

“영혼 위에 신이 없는 예언자는 위험하고 허약하다. 그의 열정의 모태는 절대화된 세계와, 거기로 나아가는 절대화된 자신의 존재이다. 세계와 인간에 대한 사랑을 반성과 겸손이라는 자양분 속에서 피어나는 꽃이라 한다면, 절대성이라는 생명은 반성과 겸손을 끊임없이 부정한다. 이념이 만들어내는 사랑은 고귀하나 거기에는 반성과 겸손이 결핍되어 있다. 그러므로 위험하고 허약한 사랑이다. 위험하고 허약한 사랑에 무엇으로 강인한 생명을 불어넣을까? 자신의 불완전함을 일깨우는 신을 만드는 것이다. 나에게 그 신의 존재는 장인하였다. 놀랍지 않을 수 없었다. 사상가가 무사상가를 우러른다는 것이, 세계의 악에 대한 증오로 무장한 실천가의 열정이 증오가 없는 단순한 정신 앞에 무릎을 꿇는다는 것이, 메마른 강인함이 부드러움과 약함 앞에 머리를 숙인다는 것이, 지상의 열쇠를 찾는 이가 천상의 열쇠를 소중히 한다는 것이. 이것은 사상을 버리는 행위가 아니다. 사상 속으로 생명을 불어넣는 행위다. 지상의 열쇠를 더욱 빛나게 하는."

이제 회상을 매듭지으려 한다. 장인하는 광주 근교 야산에 있는 그의 어머니 묘 옆에 묻혔다. 지성수는 작은 무덤 앞에서 오열했다. 산을 내려오면서 장인하를 생각했다. 한 인간이 지상을 떠났다. 그가 지상에 남긴 흔적은 무엇인가. 흔적은 없었다. 몇몇 사람 외에는 그의 죽음을 아무도 몰랐다. 누구도 지붕 위에서 그의 죽음을 소리치지 않았다. 세상에 드러나지 않은 조그만 죽음이었다. 그 조그만 죽음이 회상 속에서 완전한 영혼의 모습으로 떠오를 때 그것을 받아들여야 할까? 지상에서는 존재하지 않는, 시간 저 너머에서 지상으로 흘러내려 오는 비현실적 영혼의 모습을. 뒤를 돌아보았다. 봄날의 산은 밝고 따뜻한 햇살 속에 아늑히 누워 있었다.

패랭이꽃

기다리는 버스는 좀처럼 오지 않는다. 4월이건만 바람은 차갑고, 하늘은 황사로 뿌옇게 흐리다.

"아빠, 버스가 여기 서는 게 맞아?"

아이는 조심스럽게 묻는다. 20여 분이 지나도 버스가 오지 않자 의심이 드는 모양이다. 나는 미소를 지으며 고개를 끄덕인다.

"섬으로 가는 버스라 뜸하게 오거든. 조금만 더 기다리면 올 거야."

학교에서 돌아온 아이에게 여행을 제의했을 때 아이는 눈을 반짝이며 어디로 가느냐고 물었다.

"오이도라는 섬이야. 서해 바닷가에 있지."

"섬이 오이처럼 생겼어?"

"어쩌면 그럴지도 몰라."

나는 빙긋 웃으며 말했다.

“그 섬에 무엇이 있는데?”

아이의 눈이 다시 반짝인다. 서울랜드 같은 놀이동산을 기대하는지 모른다.

“언덕이 있고, 조개껍데기로 만들어진 길이 있고, 언덕 너머 아늑한 갯마을이 있지.”

“섬이니까 배를 타야겠네.”

“버스를 타고 간단다. 외삼촌 집이 있는 안양 알지? 거기에서 버스를 타고 한 시간 반쯤 가면 돼.”

“섬은 바다 가운데 있잖아. 그런데 버스가 어떻게 바다 위를 가? 아, 알았다. 큰 다리가 있구나.”

“다리는 없단다.”

아이는 고개를 갸웃했다.

“바다와 바다 사이에 길이 있지.”

나는 아이의 부드러운 귓볼을 만지작거리며 속삭였다.

“아빠 저기 봐. 버스 위에 오이도라고 씌어져 있어.”

아이의 소리에 고개를 돌린다. 버스 한 대가 천천히 오고 있다. 아이의 말대로 오이도라는 글자가 눈에 들어온다. 15년 만에 타는 버스다. 가슴이 설렌다. 버스에 올라 뒤편 오른쪽 창가 좌석을 본다. 비어 있다. 아이는 창가에, 나는 그 옆에 앉는다.

“이쪽 창에 앉아야 바닷길이 잘 보여.”

나의 말에 아이의 얼굴이 환해진다.

*

어느 날 어머니 방에서 빛이 바랜 흑백사진 한 장을 보았다. 대밭이 보이는 뜰에서 갑사 치마에 짧은 저고리를 입은 젊은 여인들이 미소를 짓고 있는 사진이었다. 파초 옆에 다소곳이 앉아 있는 어머니를 금방 발견했다. 처음 보는 사진이었다. 전날 밤 어머니는 무언가를 찾았다. 반닫이 속 물건들을 다 꺼내놓고도 모자라, 오래된 채상(彩箱)들을 다 뒤집어놓았다. 자신의 물건들이 어디에 어떤 모양으로 들어 있는지 외고 있는 분이었기에 놀랄 수밖에 없었다.

"무얼 찾으세요?"

"사향을 넣은 백옥 향갑을 찾는다."

어머니의 이마에는 땀이 송골송골 맺혀 있었다.

"그건 피란 때 잃어버렸다고 하셨잖아요."

외할머니가 시가로 떠나는 어머니의 손에 꼭 쥐여준 백옥 향갑을 피란 때 잃어버렸다고 어머니에게서 여러 차례 들었다.

"아니다. 내가 채상 속에 꼭꼭 넣어두었다.

어머니는 고개를 가로저으며 쏟아낸 물건들을 하나하나 살피기 시작했다.

*

"아빠, 바닷길이 언제 나와?"

아이는 졸리는 눈을 깜빡이며 묻는다.

"조금 더 가야 하는데, 졸리면 자렴. 깨워줄 테니까."

아이는 고개를 끄덕이며 눈을 감는다. 버스는 번잡한 도시를 벗어나지 못하고 있다. 삭막하고 냉랭한 콘크리트 건물과, 차량 들의 긴 행렬이 보인다. 저 소음과 매연의 아우성 속에 내 삶이 묻혀 있다. 꿈을 잊을 수밖에 없는 곳에. 눈을 감는다. 지금 난 갈증과 열망이 순수하게 숨을 쉬었던 시간의 길을 찾아간다. 바다 사이의 길, 언덕 너머 아늑한 갯마을이 있는 길을.

*

어머니의 상태가 심상치 않음을 깨달은 것은 아버지 기일을 통해서였다. 전쟁이 터지자 먼저 피란을 떠난 아버지는 영영 돌아오지 않았다. 동행한 친구가 아버지를 마지막 보았다는 날짜를 기일로 잡은 것은 전쟁이 끝난 지 10년 후였다. 어머니를 오랫동안 모셨던 형의 말에 따르면 아버지의 기일이 다가오면 얼굴에 쓸쓸한 기운이 감돌고, 평소보다 일찍 일어나 어둑한 새벽 뜰을 서성거리는 등 어머니의 모습이 달라졌다고 했다. 그런 어머니가 금년에는 아버지의 기일을 모르고 있었다. 내일이 아버지 기일이라고 했음에도 멍한 표정으로 고개만 흔들었다. 겁이 덜컥 났다. 형의 참변으로 어머니가 이상해진 것 같았다.

6개월 전, 형은 두 조카를 데리고 새벽 낚시를 가다가 고속도로에서 중앙선을 침범한 트럭과 충돌, 두 아들과 함께 즉사했다. 홀로 덩그러니 남은 형수의 고통을 헤아린다는 것이 불가능했듯이 어머니도 그랬다. 참사 이후 어머니는 작은아들 집으로 거처를 옮길 수밖에 없었는데, 형의 집은 뜰이 있는 2층 양옥인 데 비해 내 집은 좁은 아파트였다. 뜰에서 꽃을 가꾸고 채소를 키우던 어머니에게 허공에 떠 있는 콘크리트 공간의 낯섦이 어떤 고통을 불러일으키는지도 헤아릴 수 없었다.

*

차창 밖으로 낮은 산들이 어슴푸레 보인다. 수인선 협궤 열차와 들판, 염전과 검은 소금 창고, 낙조와 갈대…… 15년 전 가을이었다. 이 길과 우연히 마주친 것은. 사랑에 고통받고 있을 때였다.

한없이 추웠던 겨울 어느 날, 시험을 치르기 위해 들어선 낡은 목조 교실 안에서 그녀를 처음 보았다. 1년 전 대학 입시에 실패하고 재수 생활을 하다 다시 똑같은 절차를 거쳐 시험을 본 것이다. 지정된 교실에 들어가니 수험생들이 난로 주위에서 몸을 녹이고 있었는데 한 여자만이 멀찍이 떨어진 창가에서 몸을 약간 기울인 채 겨울 하늘을 올려다보고 있었다.

그해 봄날 교정에서 그녀를 다시 보았다. 그사이 그녀의 얼굴은 살이 약간 올랐고, 투명함 속에 경쾌한 기운이 보였다. 나는 그녀 주위를 맴돌기만 했을 뿐 선뜻 다가서지 못했다. 그녀 곁에 남자가 있었기 때문이다. 그들의 모습이 무척 다정해 보였다. 나는 그들을 엿보기만 했다. 엿봄을 멈추어야 한다고 생각했으나 멈출 힘이 내게 없었다. 어둠 속에 몸을 숨기고 화사한 햇살에 싸인 그들을 훔쳐보는 행위가 내가 할 수 있는 유일한 사랑의 표현임을 깨달았던 것이다. 그 사랑의 행위는 입대를 위해 대학을 휴학할 때까지 계속되었다. 휴학계를 내고 학교 근처 주막에서 술을 마셨다. 취기 속에서 주막을 나와 목적지를 생각하지 않은 채 버스를 탔고, 잠에서 깨어나 보니 버스는 서울을 벗어나 안양까지 와 있었다. 버스에서 내려 낯선 거리를 어슬렁거리다가 오이도행 버스를 우연히 보았다. 오이도? 섬일지도 모른다는 생각에 훌쩍 버스에 올랐다.

*

"길이 보이지 않는구나."

불빛을 등진 어머니의 얼굴은 그늘져 있었다. 정갈하게 빗어 올린 흰머리가 불빛에 반짝였다. 다음 말을 기다렸으나 어머니는 더 이상 말을 하지 않았다. 다음 날 새벽, 어떤 소리에 잠을 깼다. 어머니가 방을 닦으면서 내는 소리였다.

"지금 몇 신데 방을 닦으세요?"

"손님이 오시니까 닦아야지."

"어떤 손님인데요?"

"나에게 길을 가르쳐줄 분이다."

"길이라뇨?"

"내가 가야 할 길 말이다."

"무슨 길인데 어머니가 가셔야 해요?"

어머니가 고개를 들고 나를 빤히 보았다.

"사람에게 가야 할 길이 없다면 생각만 해도 끔찍하구나."

*

버스 안에서 다시 잠이 들었다. 몸은 피폐했으나 정신은 술을 탐욕스럽게 빨아들였다. 몸이 술을 이겨내지 못하고 있음에도 정신의 탐욕스러움에는 무방비 상태였다. 어쩌면 그 가학적 탐욕스러움을 즐기고 있었는지도 모른다. 꿈을 꾸었다. 여름의 땡볕이 내리쬐는 초가집 마당이었다. 식물들이 허옇게 말라죽어 있었고, 나는 땡볕 속에서 땀을 뻘뻘 흘렸다. 그늘이 없었다. 땡볕 속에서 내 몸은 차츰 말라갔다. 나는 식물처럼 죽어가고 있었다. 흐릿한 시야 속으로 무엇이 들어왔다. 새 같기도 하고 닭 같기도 했다. 날카로운 부리와 울긋불긋한 날개가 보였다. 그 짐승은 부리로 땅을 쪼며 나에게로 다가왔다. 무릎이 꺾이면서 내 몸이 어느새 마른나무처럼 누웠다. 일어나려고 했으나 움직여지지 않았다. 몸이 땅에 붙은 느낌이었다. 짐승과의 거리가 점점 좁혀졌다. 머리를 덮은 선홍빛 깃털과 텅 빈 뼈로 이루어진 날개가 선명히 보였다. 새인지 닭인지 여전히 알 수 없었다. 바짝 다가온 짐승은 나를 내려다보았다. 눈알이 붉었다. 짐승은 부리를 벌렸고, 나는 비명을 지르며 눈을 떴다. 버스 안이었다. 앞사람은 이상한 표정으로 나를 보다가 시선을 슬며시 돌렸다. 땀에 젖은 얼굴을 쓸었다. 내 삶이 세상 속에서 쓸모없는 모습으로 버려져 있는 느낌이었다. 창에 얼굴을 기댔다. 창 너머는 낙조였다. 낙조 속에서 광활한 갯벌이 보였고, 갈대가 일렁이고 있었다. 처음에는 환영이라고 생각했다. 아니었다. 창밖의 풍경이었다. 일렁이는 갈대 너머로 은빛 물이 반짝거렸다. 버스가 섬으로 가고 있는 것 같았다. 창문을 조금 열었다. 물기를 머금은 바람이 뺨을 쓸었다. 들판의 막막한 공간, 그 막막함을 쓸고 있는 갈대. 눈이 시렸다. 그것은 저문 풍경이었다. 떠오르는 태양 아래에서는 지탱할 수 없는, 저문 햇살 속에서 비로소 숨을 쉬는. 덜컹거리던 버스가 남루한 마을에 멈추었다.

"여기가 어딘가요?"

"군자역이오."

"네?"

"수인선 협궤 열차가 지나가는 역이오."

나는 창밖으로 고개를 쑥 내밀었다. 오래되어 보이는 검은 목조 건물이 보였고, 그 너머 은빛 물이 있었다.

"저 목조건물은 뭐죠?"

"소금 창고지요. 이 일대가 그 유명한 군자 염전이오. 남한에서 소금 생산량이 제일 많은 곳이오. 염전 규모가 얼마나 큰지 벤또밥 싸 들고 하루 종일 돌아다녀야 겨우 한 바퀴 돌 수 있을 정도지요."

버스는 다시 움직였고, 놀랍게도 은빛 물을 향해 달렸다. 은빛 물 사이에 길이 있었다. 염전 둑길이었다. 내가 본 가장 아름다운 길이었다.

*

저녁상은 물린 어머니는 한동안 창밖에 시선을 두다가 아이를 불러 나직나직 이야기했다.

"할머닌 1921년 경기도 고양군의 작은 마을에서 다섯 형제 중 막내로 태어났다. 강이 흐르고, 기름진 들판이 있고, 아늑한 산이 있는 마을이었단다. 지금도 눈에 선하구나. 마을 입구에 비스듬히 서 있는 느티나무가."

어머니는 아이의 손을 당신의 무릎 위에 가만히 올려놓았다. 아내는 의아한 표정으로 나를 보았다. 어머니는 우리 집으로 들어온 후 웬일인지 아이를 멀리했다. 형의 참변이 있기 전에는 어머니의 손자 사랑이 여느 할머니들과 다르지 않았다. 우리가 가끔 형네 집에 가면 어머니는 세 손자를 불러 앉히고선 흐뭇한 표정으로 보곤 했다. 형의 참변 이후 아이에 대한 어머니의 태도는 완연히 달라졌다. 아이에게 말을 걸지 않았다. 간혹 아이가 말을 걸면 짤막한 대꾸로 아이의 입을 막았다. 아내는 어머니의 그런 모습을 보면 소름이 돋는다고 했다.

"할머닌 열다섯 살 때 선을 봤는데, 침모가 색싯감이 속눈썹 길고 귀가 작다고 타박을 놓았지. 그러나 네 증조모께서는 속눈썹이 길면 심성이 착할 것이고, 여자의 귀가 크면 못쓴다고 하시면서 혼인을 서두르셨다."

아이의 얼굴에는 곤혹스러운 표정이 역력했다. 이야기가 두서없는 데다 재미가 없었다. 초등학교 2학년 아이가 침모라는 말을 알아들을까. 아이가 조금 참아주었으면 하는 생각이 간절했다.

"혼행 하루 전날, 할머닌 뒤뜰 굴뚝 뒤에 숨어 울었다. 울다 지쳐 잠이 들었는데, 꿈을 꾸었다. 가난한 초가집 방 안에서 내가 늙수그레한 여인이 되어 베틀 앞에 앉아 있는 꿈이었어. 소스라치게 놀라 눈을 떴지. 해 저문 하늘이 눈에 들어오고, 그 하늘가에 감나무 가지가 흔들리고 있었다. 지금도 할머니 눈에 선해. 조용히 흔들리는 감나무 가지가."

다음 날 어머니는 이른 새벽에 목욕을 했다. 물소리가 크게 날까 조심조심하는 것을 잠에서 깨어난 아내가 듣고 있었다. 목욕은 다음 날도, 그다음 날도 계속되었다. 사흘째 되던 날 어머니가 외출 준비를 했다. 방에서 나온 어머니의 모습에 나는 깜짝 놀랐다. 젊었을 때 입었다던 갑사 옷을 차려입은 데다 단정하게 빗어 올린 머리에 은비녀를 꽂고 있었다.

어머니가 윗목 반닫이 속 가장 깊숙이 넣어두는 채상 안에는 시집오기 전 어머니가 만든 조각보, 삼작노리개, 옥가락지, 호박단추와 함께 연분홍 갑사에 싸인 은비녀가 있었다. 어머니에게 머리를 단장하는 도구를 넘어서서 추억이 서려 있는 특별한 물건이었다. 그 은비녀로 머리를 단장하고 외출한 어머니는 그날 집에 들어오지 않았다. 어머니가 집에 들어온 것은 다음 날 정오 무렵이었다. 무척 지쳐 보였다. 들어오자마자 허물어지듯 이부자리에 눕더니 곧 잠이 들었다. 해 질 무렵 어머니는 일어났다.

"어딜 가셨어요?"

"복사꽃을 보러 갔다."

"복사꽃이 보고 싶었어요?"

"아이 우는 소리를 듣고 싶었다."

"무슨 말씀이세요?"

"복사꽃밭 속에 길이 있고 그 길을 따라가면 아이 우는 소리를 들을 수 있다."

"길을 찾으셨어요?"

어머니는 대답하지 않았다.

*

버스는 섬에 닿았다. 얼마 남지 않은 승객들이 느릿느릿 내렸다. 혼란스러웠다. 염전 둑길이 끝나자 바로 섬이었던 것이다.

"일본 사람들이 염전을 만들면서 섬 사이의 바다를 다 메워버렸소."

"왜 이 섬을 오이도라고 하지요?"

"까마귀 오(烏) 자 귀 이(耳) 자지요. 일본 사람들이 섬의 지세가 까마귀 귀처럼 생겼다고 해서 지은 이름인데, 섬 어른들은 탐탁지 않게 생각하오. 원래 이름은 다른 글자인데 내가 원체 무식해서……"

섬에 발을 가만히 디뎠다. 갯내가 났다. 헐겁고 초라한 집들을 지나치자 야트막한 언덕이 나왔다. 언덕 입구에 서 있는 작은 나무 팻말에 "고개 너머 아늑한 갯마을"이라는 글자가 새겨져 있었다. 언덕으로 오르는 길은 조개껍데기로 덮여 있었다. 발밑에서 들려오는 사각거리는 소리가 귓속으로 부드럽게 흘러들어 왔다. 언덕에 올라서니 바다로 이어지는 흑갈색 개펄이 아득히 펼쳐져 있었다. 그 언덕에서 술을 마셨다. 황혼을 지나 어둠이 흑갈색 땅과 그 너머 수평선을 덮을 때까지.

*

복사꽃을 보러 갔다는 이상한 외출 이후 어머니는 별스러운 모습을 보이지 않았다. 다만 거의 종일 방 안에만 있어 마음에 걸렸다.

간혹 살며시 문을 열어보면 반닫이 옆에 쪼그리고 앉아 옛 물건들을 만지작거리며 살피고 있거나, 태아처럼 몸을 웅크리고 자고 있었다. 그런 지 열흘쯤 지났을까. 잠결에 문 두드리는 소리가 들렸다. 화들짝 놀라 시계를 보니 새벽 3시였다. 문을 여니 어머니가 새파랗게 질린 얼굴로 서 있었다.

"손재봉틀이 없구나."

"손재봉틀이라니요?"

"피란 내려올 때 갖고 온 손재봉틀 말이다. 아무리 찾아도 안 보인다."

가슴이 덜컹했다.

"그게 없으면 우리 식구 꼼짝없이 굶는다."

어머니의 얼굴은 근심과 절망에 싸여 있었다.

"그 손재봉틀 궁상맞다고 남 줬잖아요."

어머니는 고개를 저었다.

"그 물건이 우리 식구 식량인데 누가 줬단 말이냐?"

피란 당시 갓난아기에 불과했던 나는 고모에게서 고달팠던 피란살이 이야기를 자주 들었다. 1·4 후퇴가 시작되고 공산군이 다시 서울로 내려오자 어머니는 먼저 피신한 아버지를 찾아 무작정 피란길에 올랐다. 나는 어머니 등에 업혔고, 형은 걸었다. 대전까지 내려왔으나 더 이상 갈 수 없다고 판단한 어머니가 믿은 것은 피란 보따리 속에 있는 손재봉틀이었다. 시집오기 전 외할머니 밑에서 조선옷 맵시를 익혔던 어머니는 곧 주위에서 알아주는 기술자가 되었고, 일감이 끊이지 않았다. 서울이 다시 수복되자 어머니는 황급히 올라왔다. 하지만 아버지는 끝내 돌아오지 않았고, 고달픈 재봉틀 소리만 집 안에 가득했다. 때마침 나일론 섬유가 쏟아져 나올 무렵이라 어머니의 일감이 넘쳐흘렀다. 손재봉틀로 한 푼 두 푼 모은 어머니는 식당을 시작했고, 장사가 제법 잘되었다. 내가 중학교 2학년 때 어머니는 고생살이가 덕지덕지 묻어 있는 물건은 떠나보내야 한다며 손재봉틀을 고물 장수에게 넘겼다. 그 재봉틀을 찾겠다고 새벽에 집 안을 들쑤신 것이다. 어머니가 안방 장롱까지 뒤지기 시작하자 아내는 파랗게 질려 나를 보았다. 소란스러움에 잠이 깬 아이가 부스스 일어나 주위를 두리번거렸다.

"할머니 뭐 해?"

어머니는 흠칫 놀라며 아이를 보았다. 안색이 창백했고, 공허한 눈빛이 슬퍼 보였다. 시간이 얼마나 지났을까, 어머니의 표정이 달라지기 시작했다. 처음에는 겁먹은 듯한 표정이 나타나더니 눈이 붉어지면서 괴로운 표정으로 바뀌고 있었다. 괴로움은 어머니의 몸에서도 느껴졌다.

"내 짐은 내가 들고 가야지."

어머니는 혼잣말을 하더니 뒤적이던 장롱을 정리하기 시작했다.

*

곤히 잠든 아이를 깨운다. 몸을 뒤척이던 아이가 힘겹게 눈을 뜬다.

"조금만 더 가면 바닷길이 보일 거야."

눈에 잠이 그렁그렁하던 아이는 황급히 창밖을 본다. 버스는 시골길을 빠르게 달린다. 이상하다. 지금쯤은 아이에게 보여주고 싶은 풍경들이 나타나야 하는데 벌건 흙이 드러난 언덕과 메마른 들판뿐이다. 버스가 멈춘다. 군자역이다. 버스 앞 유리창 너머를 살핀다. 낯익은 소금 창고가 보인다.

"저것이 소금 창고인데 저 소금 창고 너머 바닷길이 있단다."

버스는 왼편으로 돈다. 작은 철로가 보인다. 수인선 협궤 열차의 길이다. 우리나라에 하나밖에 없다는 그 구식 열차는 수원을 떠나 서해의 염전 마을과 작은 포구를 거쳐 인천 송도역에 닿는다. 어천, 야목, 고잔, 사리…… 역사(驛舍)의 이름에 흙냄새가 묻어 있다. 펼쳐지는 풍경에 마음이 불안해진다. 일렁이는 갈대와 은빛 물이 있어야 할 곳에 흉한 몰골의 들판이 계속된다. 흙더미와 함께 골재와 건재 들이 곳곳에 쌓여 있다. 팻말에 붙은 글자를 읽는다. 시화 지구 개발 309. 시화 지구? 어디서 들은 말 같다. 앞 남자에게 묻는다.

"여기가 바다를 땅으로 만든다는 곳입니다. 군자 염전은 벌써 없어졌지요. 시화 지구 개발 계획, 그거 대단합니다. 군자만을 송두리째 땅으로 만든다니까요."

"바닷길이 없어졌어?"

아이가 내 얼굴을 살피며 조심스레 묻는다. 뭐라고 대답을 해야 할지 혼란스럽다. 머릿속이 텅 빈 것 같다. 듬성듬성 들어선 공장 가건물과 먼지를 뒤집어쓴 빈집들이 눈을 찌른다.

*

"어느 날 네 외증조부께서 나를 부르시더니 낫 한 자루를 들고 마을 뒷산으로 올라가셨다. 그때 할머니 나이 열두세 살쯤 되었을까……"

어머니는 아이에게 다시 이야기를 시작했다. 얼마 동안 뜸해서 아이가 내심 좋아했는데, 그날은 웬일인지 잘 시간에 아이를 불렀다. 아이는 눈을 동그랗게 뜨고 아내를 보았다. 아내는 참고 들으라고 타이르듯 말했다.

"작은 실개천을 지나 한참 산을 오르니 무덤이 보였다. 무덤 위에 진홍빛 패랭이꽃이 피어 있었어. 어린 내 눈에 참 곱게 보였다. 외증조부께서는 고운 패랭이꽃을 말없이 베셨고, 나는 잘려 나간 패랭이꽃을 바라만 보았다. 어젯밤 할머닌 그 패랭이꽃을 보았단다. 내가 배꽃이 가득 피어 있는 길을 가는데 어깨 위에 패랭이꽃잎이 사뿐 내려앉았다. 배꽃 숲을 걸었을 때 주위에 패랭이꽃이 없었는데, 어디서 떨어졌을까."

사흘 후 어머니는 돌아가셨다. 아침에 기척이 없어 방으로 들어간 아내가 죽음을 보았다. 잠자는 듯한 모습이었다.

*

버스는 황량한 들판을 가로지르고 있다. 아이에게 보여주려고 한 길은 어디에도 없다. 흙을 실어 나르는 트럭들과 콘크리트의 형해, 모래 더미, 버려진 집들, 죽어가는 풀들뿐이다. 세상에서 가장 아름다운 길이 어디로 사라졌는지, 누군가에게 소리쳐 묻고 싶다.

길이 보이지 않는구나. 빈소에서 밤을 지새우며 어머니의 말을 생각했다. 왜 어머니에게 길이 보이지 않았을까. 이미 버린 물건을 찾고, 길을 가르쳐줄 손님을 맞이하려고 새벽녘에 방을 닦고, 아이 우는 소리를 듣기 위해 복사꽃밭 속의 길을 찾아 헤매는 어머니의 낯선 행위들은 끊어진 길 위에서 서성이는 모습의 표현이었을까.

버스가 종착역에 닿는다. 아이에게 설명을 해야 하는데 할 말이 떠오르지 않는다. 버스에서 내려 언덕을 향해 걷는다. 조개껍데기의 길은 시멘트로 포장되어 있다. '고개 너머 아늑한 갯마을'이 적힌 팻말은 어디에도 없다. 언덕에 서서 개펄을 내려다본다. 개펄 너머로 은빛 물이 반짝인다. 저 은빛 물은 길이 아니다. 길은 끊어졌고, 사라졌다. 개펄 왼쪽에 거대한 방조제가 바다를 가로지르고, 방조제 끝에는 포클레인이 공룡처럼 움직이고 있다. 언덕을 내려가 가게에서 소주와 마른안주, 아이가 먹을 빵과 음료수를 산 후 터벅터벅 걷는다. 금방이라도 무너질 듯한 빈집을 지나, 폐기된 차와 버려진 냉장고, 녹슨 쇠붙이가 더미로 쌓여 있는 공터를 거쳐 연탄재와 쓰레기로 뒤덮인 늪 앞에서 걸음을 멈춘다. 담이 없는 집이 늪 앞에 덩그렇게 서 있다. 늪이 마당처럼 보인다. 아이는 얼굴을 찡그린다.

철조망이 나타난다. 철조망 너머는 개펄이다. 철조망을 따라 걷는다. 철조망의 끝에 작은 둑이 있다. 둑 위에 벌겋게 녹이 슨 닻이 있고, 그 아래 개펄에는 작은 배가 기우뚱 놓여 있다. 개펄 오른쪽 너머로 모래톱과 초록색 지붕의 공장이 보인다. 모래톱에서 왼쪽으로 휘어진 개펄은 바닷물과 만나고, 안개로 흐려진 섬과 그 너머 수평선으로 이어진다. 둑에 걸터앉는다. 나는 소주를 마시고, 아이는 빵을 먹는다. 개펄에 수많은 새가 있다. 꽁지와 뒷등의 일부가 잿빛일 뿐 온몸이 하얗다. 날개를 펼치면 이상하게 잿빛이 흰색을 압도한다. 새들은 끊임없이 움직이며 울고 있다. 적막하고 음울한 울음이다. 아이는 무어라고 말하고 싶은 표정이나, 좀처럼 입을 열지 않는다. 개펄 위에 기우뚱 놓여 있는 배 안에서 무엇이 튀어나온다. 아이는 놀라며 나에게 몸을 기댄다. 고양이다. 몸통이 투실투실하고 늙은 고양이는 둑 너머로 달아난다. 아이는 멀어져가는 고양이를 눈으로 좇는다. 아이에게 말해야 한다. 약속한 길이 왜 없는가를. 아주 오래전 갈대가 일렁였고, 일렁이는 갈대 너머로 은빛 물이 반짝였고, 은빛 물 속에 길이 있었고, 은빛 길이 조개껍데기의 길로 이어졌고, 그 길 끝에 흑갈색 개펄이 있었다. 흑갈색 개펄을 내려다보며 술을 마시고 있었을 때 문득 깨달았다. 흑갈색 개펄 자체가 내 영혼임을. 길이 없었다면 흑갈색 개펄이 무슨 수로 내 영혼이 될 수 있었을까. 그러므로 아이에게 반드시 말해야 한다. 약속한 길이 왜 사라졌는지를.

신성한 집

1

옛날에 프리기아라는 나라가 있었다. 기원전 1500년경 인도·유럽어족인 프리기아인이 소아시아로 침입, 선주민을 정복하고 세운 나라가 프리기아 왕국이다. 손에 닿은 것은 모두 황금으로 변한다는 이야기의 주인공 미다스 왕은 프리기아 왕국의 건설자 고르디오스의 아들이다. 이 옛 왕국에서 전해오는 다음과 같은 이야기가 있다.

프리기아에 마르샤스라는 사람이 있었다. 그는 피리를 부는 목자(牧者)였다. 그의 피리 솜씨는 신기에 가까워 신들의 어머니라 불리는 여신 키벨레의 슬픔을 피리로 위로했다고 한다. 어떤 이야기에 따르면 피리를 만든 여신 아테네가 어느 날 피리를 불고 있는데, 장난꾸러기 에로스가 그것을 보고 웃었다. 노한 아테네는 피리를 던졌고, 땅으로 떨어진 피리를 마르샤스가 주웠다. 어느 날 그는 아폴론에게 누가 연주를 잘하는지 겨루어보자고 했다. 마르샤스는 피리를 불었고, 아폴론은 리라를 연주했다. 마르샤스의 패배는 필연이었다. 그는 인간이었으나 아폴론은 신이기 때문이다. 패배의 형벌은 가혹했다. 소나무에 묶여 산 채로 가죽이 벗겨졌고, 수족이 잘렸다. 마르샤스의 가죽은 합류하는 강의 물소리가 들려오는 동굴에 버려졌다. 그곳은 암흑에서 암흑으로 가는 통로였다. 동굴 속에 버려진 마르샤스의 가죽은 그의 고향인 프리기아의 음악이 흘러들어오면 진동을 했다. 하지만 아폴론을 찬양하는 음악에는 전혀 움직이지 않았다.

2

어느 추운 겨울날 밤, 나는 아파트 거실 소파에서 책을 읽고 있었다. 살을 에는 바람이 창을 긁고 있었으나 커피 향이 떠도는 아파트 안은 따뜻했다.

—고대인에게 집을 짓는다는 것은 신의 집을 짓는다는 것을 의미한다. 이것은 사원이나 교회에만 해당되는 말이 아니다. 고대인에게 집이란 신이 머무는 공간이다. 이 믿음이야말로 원시 건축의 기본 요소이며, 토대다. 하나의 집을 지을 때도 성스러운 힘에 초점을 맞추어 위치를 선택하고 방향을 정한다. 초점의 대상이 천상이 될 수도 있고, 별이 떠오르는 위치가 될 수 있고, 일출과 일몰 지점과 관계될 수도 있다.

안방의 불이 꺼졌다. 이제 아내는 아이와 나란히 누워 잠을 재촉

할 것이다. 아내는 쉽게 잠들며, 또 쉽게 잠을 깼다. 내 손의 미세한 촉감에도 어김없이 눈을 떴다. 어둠 속에서 내 욕망을 감지한 그녀는 잠결에도 나를 받아들였다. 아내의 그 몸짓은 감각의 본능에서 우러나오는 것이 아님을 나는 알고 있었다. 의무일 따름이었다. 짜증을 낸다는 것은 남편의 기분을 상하게 할 뿐임을 아내는 일찍부터 터득하고 있었다. 언젠가부터 나의 성(性)은 잠들기 위한 방편으로 변질되어버렸다. 소설 쓰기는 거의 밤에 이루어졌고, 고된 작업이 끝나는 새벽에 내 몸은 성욕을 느끼지 못했다. 나이 마흔의 남자에게 성욕은 오래된 옷과 같은 것이었다. 버리기에는 아쉽고, 입기에는 너무 낡아 있었다.

—돌무더기 속에 땅의 숨은 힘이 거주한다. 땅의 살아 있는 힘은 집 안의 벽난로를 제단으로 변화시켰다. 고대인에게 벽난로는 신을 위한 제단이었다.

책에서 눈을 떼고 주위를 두리번거렸다. 무엇을 찾기 위함이었다. 그러나 곧 막막해져버렸다. 무의식적인 동작이긴 했으나, 무언가를 찾으려 했음은 분명했다. 하지만 무엇을 찾으려 했는지 알 수 없었다. 시선을 허공에 둔 채 멍하니 있었다. 눈앞의 사물들이 흐려지면서 어디론가 멀어져갔다. 거실 문을 열었다. 밤공기는 얼음처럼 차가웠다. 어둠에 잠긴 회색빛 아파트가 얼음덩어리처럼 보였다. 주위는 고요했다. 고요함 속에서 무언가가 떠오르고 있었다. 멀고 희미했지만 천천히 부드럽게 떠올랐다. 눈을 가늘게 떴다. 그것은 불이었다. 불은 어슴푸레한 빛을 발하며 소리 없이 타고 있었다. 그제야 나는 조금 전 두리번거린 이유가 벽난로를 찾기 위함이었음을 깨달았다. 그와 동시에 '왜 글을 쓰는가' 하는 의문이 가슴 밑바닥에서 뾰족한 얼음 칼처럼 차갑고 날카롭게 일어났다. 나는 느닷없이 떠오른 엉뚱한 생각들을 찬찬히 더듬었다. 내 무의식이 찾은 벽난로는 책 속의 벽난로임을 어렵지 않게 알 수 있었다. 엄격히 말하면 그것은 벽난로가 아니다. 제단이다. 그러니까 아파트 안에서 제단을 찾으려 했다. 어이없기는 하나, 납득이 되지 않는 것은 아니었다. 책에 몰두하다 보면 현실감각을 잃을 수 있다. 하지만 '왜 글을 쓰는가' 하는 의문에 대해서는 당황스러웠다. 본질적이면서도 그지없이 모호한 그 의문은 소설을 쓰면서 끊임없이 되새겨야 하는 것이다. 언제, 어디에서도 불쑥 일어날 수 있는 의문이다. 그럼에도 내가 당황한 것은 한 번도 경험해본 적이 없는 강렬한 감각의 형태로 나타났기 때문이다. 얼음 칼의 감촉이 너무나 차갑고 날카로워 신음이 나올 뻔했다. 나는 얼음덩어리 같은 아파트를 응시했다. 얼음 칼은 벽난로와 연관이 있는 듯했다. 하지만 그것은 막연한 느낌에 불과했다. 신을 향한 제단과 뾰족한 얼음 칼. 이 두 관념의 사물을 잇는 끈이 내 눈에는 보이지 않았다.

—인간이 거주하는 집이 신의 집이었을 때 출입문은 단순한 입구가 아니었다. 성스러움의 경계였다. 그 성스러운 경계를 지우는 데는 오랜 시간이 필요했다.

신의 집. 성스러움이 깃들인 집. 나는 중얼거리며 손으로 이마를 문질렀다. 성스러움 앞에서 인간이 취할 수 있는 유일한 태도는 겸손이다. 가장 큰 겸손으로 돌을 쌓고, 지붕을 만들고, 벽난로를 짓는다. 그런데 나는 어떻게 집을 지었는가. 눈을 감았다. 비탈진 길과 부엌이 없는 집들, 안색이 창백한 청년의 얼굴과 청년의 눈에 타오르고 있던 적의가 차례로 떠올랐다.

몇 년 전 어느 날, 술과 과일을 사 들고 찾아온 매제가 대뜸 나에게 산동네 판잣집 한 채를 사라고 말했다. 그는 부동산업을 하고 있었다. 나는 무슨 말인지 몰라 멀뚱한 표정으로 그를 보았다. 그는 여태껏 서울에 집 한 채 장만 못 한 내 처지가 딱해서 하는 말이라면서, 자기가 시키는 대로만 하면 적은 돈으로 번듯한 아파트를 장만할 수 있다고 했다. 그의 말은 이러했다. 서울에는 산동네의 낡은 집과 무허가 집들을 헐고 아파트를 지으려 하는 데가 여러 곳 있는데, 그곳의 집을 미리 사두면 아파트 분양을 받을 수 있다는 것이었다.

"요즘 신도시 만든다고 한창 떠드는 모양인데 재개발 아파트에 비하면 아무것도 아닙니다. 도심 가까이 있는 게 재개발 아파트입니다. 도시 기반 시설들은 이미 갖추어져 있고, 교통 좋겠다, 학군 좋겠다, 일단 분양만 받으면 큰돈 버는 셈이지요."

재개발 아파트 분양권은 그 지역의 가옥주와 세입자 들에게 우선적으로 주어지며, 나머지는 민간 아파트처럼 일반 분양을 한다.

"형님은 그 흔한 청약 예금 통장도 하나 없으니 일반 분양의 길은 막혀 있습니다. 재개발 지역 가옥주나 세입자가 되는 수밖에 없지요."

그에 말에 따르면 가옥의 양도 및 명의 변경을 한 차례 허용하고 있는데, 가옥주나 세입자의 몫인 특별 분양권의 대부분이 프리미엄이 붙어 거래된다고 했다.

"생각을 해보십시오. 산동네 판잣집에 사는 사람들이 무슨 돈으로 아파트 분양 대금을 치를 수 있겠습니까. 돈 가진 사람들이 달려들게 마련이지요. 물론 전문 투기꾼들도 많습니다. 제가 형님에게 이것을 권하는 이유는……"

매제의 말은 나를 솔깃하게 했다. 전셋집에 사는 나의 처지에서 도심 아파트는 대단히 매혹적이었다. 하지만 간단한 일은 아니었다. 재전매가 거듭된 입주권은 조합 측에서 투기 발생 소지가 많다고 판단하여 명의 변경을 기피하는 사례가 있고, 원매자가 명의 변경을 거부하기도 한다. 원매자의 인감증명서가 있어야 명의 변경이 가능한데, 원매자를 찾을 수 없는 경우도 있다. 지구 지정만 되었을 뿐 사업 시행 인가나 재개발조합 설립이 되어 있지 않은 상태에서 아파트가 분양될 것이라는 기대만으로 무허가 건물주의 주민등록 등본이나 인감증명서 등이 입주권처럼 거래되는 이른바 물딱지라는 것도 있다. 지구가 지정되었다 하더라도 나중에 상황이 바뀌어 아파트 건설이 보류되거나 취소되는 경우에는 비싼 프리미엄을 붙여 산 딱지가 물거품이 된다. 전문 투기꾼들이 입주권을 미리 사두었다가 분양 시기가 다가오면 비싼 값에 되팔기 때문에 실수요자는 이를 분양가보다 비싸게 매입하는 경우도 생긴다. 매제에게는 그런 함정들을 피할 수 있는 정보와 수완이 있음을 나는 알고 있었다. 방법이 마음에 걸리긴 했으나 산동네 사람에게 피해를 주지는 않는다. 전문 투기꾼도 아니다. 나는 애써 그렇게 자위하며 매제와 함께 산동네를 찾았다.

비탈진 골목을 한참 오르니 지붕 낮은 집들이 보였다. 비탈이 급해지면서 비탈 양쪽으로 다닥다닥 붙은 판잣집들이 나타났고, 퀴퀴한 냄새가 나기 시작했다. 얼마 후 매제는 한 판잣집 앞에서 걸음을 멈추었다. 안으로 들어서자 연탄가스 냄새가 달려들었다. 부엌이 따로 없기 때문이었다. 한두 평 남짓한 마당이 부엌 겸 토방 역할을 했다.

"집 좀 보러 왔습니다."

매제의 우렁찬 목소리에 머리가 헝클어지고 안색이 파리한 청년이 방에서 나왔다. 그는 무표정한 얼굴로 우리를 맞았다. 내가 놀란 것은 그토록 좁은 집에 방이 세 칸이나 있다는 사실이었다. 부엌이 방으로 개조되었고, 장롱이나 캐비닛 등 부피가 큰 가구들은 방 밖으로 나와 있었다.

"여기 사시려구요?"

청년은 나를 응시하며 물었다. 작은 눈에서는 적의가 번뜩이고 있었다. 나는 시선을 슬그머니 돌리며 어색한 웃음을 흘렸다. 비탈길을 내려오면서 청년의 적의를 곰곰이 생각했다. 그는 내가 왜 집을 사려고 하는지, 빤히 알고 있었다. 갖고 있으면 돈이 된다는 것을 알면서도 팔아야 하는 자신들의 처지가 새삼 사무쳤을 것이다. 청년의 적의는 당연했다. 그러면서도 부당했다. 내가 그 집을 사지 않는다면 다른 이가 살 것이다. 나는 투기꾼이 아니다. 게다가 그들이 집을 내놓은 것은 팔기 위함이다. 내가 청년의 적의를 쉽게 잊어버린 데에는 이유가 있었다. 까맣게 잊어버린 그 적의가 왜 떠올랐을까. 깊은 겨울밤에.

그것은 정상적인 거래였다. 위법이 없었다. 하지만 내가 간과한 것이 있었다. 청년의 상처였다. 나를 향한 청년의 적의는 상처받은 자의 적의였다. 적의의 원천은 상처다. 상처가 깊으면 깊을수록 적의도 같이 깊어진다. 훼손된 세계는 훼손된 질서를 필요로 하며, 훼손된 질서는 상처를 요구한다. 집을 향한 내 욕망은 훼손된 질서를 이용했고, 청년에게 상처를 입혔다. 청년의 상처는 어디로 갔을까? 내가 쉽게 잊어버린 것처럼, 흐르는 시간 속으로 사라져버렸을지 모른다. 나는 고개를 흔들었다. 상처는 결코 사라지지 않는다. 그 깊은 정신의 동굴은 끊임없이 신음하며 훼손된 세계의 땅과 하늘 사이를 떠돈다.

—중세의 대성당들은 유장한 시간 속에서 수많은 건축가의 손을 거쳐 차례차례 지어졌다. 그것은 신을 향한 깊은 욕망에서 우러나온 위대한 예술이었다. 그 위대한 예술은 모든 것의 상징이며, 세계의 거울이었다. 하지만 지금 우리는 신의 집의 형태와 선을 알지 못한다. 우리는 세계의 거울이 산산이 부서진 시대에 살고 있는 것이다.

욕망이란 진실 아니면 거짓이다. 진실도 거짓도 아닌 욕망은 없다. 신을 향한 건축가들의 깊은 욕망은 진실이었다. 진실은 그들에게 무명성과 완벽성을 요구했다. 작품을 통해 자신을 드러내지 않는다는 것. 작품에 한 치의 모자람도 용납하지 않는다는 것. 소설을 쓰면서 '나'를 드러내지 않아야 하고, 이름과 명성에 집착하지 않아야 하고, 보기 좋은 상품이 아니라 완벽성에 투신해야 한다는 것. 이것이 어떻게 가능할 수 있는가. 진실은 이토록 무섭다.

집을 향한 나의 욕망은 진실이 아니었다. 거짓이었다. 나는 거짓으로 집의 돌을 쌓았다. 제단이 없는 거짓의 집에서 나는 무엇을 했던가. 소설이란 정신의 집을 짓고 있었다. 얼음 칼은 여기에서 비롯된 것이 아니었을까. 얼음 칼의 감촉이 그토록 차갑고 날카로웠던 것 역시 그것 때문이 아니었을까.

서재에서 노트 한 권을 들고 거실로 나왔다. 거기에는 얼마 전부터 쓰기 시작한 소설 초고가 들어 있었다. 소설의 중심 뼈대는 목자 마르샤스와 아폴론 이야기였다. 그 이야기 안을 들여다볼 때마다 나는 버릇처럼 동굴에 매달린 마르샤스의 가죽을 찾곤 했다. 동굴이 너무 어두워 마르샤스의 가죽은 잘 보이지 않지만, 내 상상의 눈빛은 어둠을 헤치고 까마득한 시간의 허공에 걸린 희미한 그림자에 닿는다. 그 보일 듯 말 듯한 그림자는 나를 상상의 깊은 골짜기로 데리고 간다. 안개 자욱한 골짜기에서 나는 은밀히 숨 쉬고 있는 예술의 원형적 혼을 느낀다. 그것은 마르샤스의 가죽 속에 숨은 예술의 원형적 얼굴이다.

마르샤스가 아폴론에게 도전했다는 사실 자체가 문제적이다. 인간이 신에게 도전할 수 있는가? 세계가 곧 신의 집이었고, 모든 생명과 사물 안에 신성이 깃들어 있다고 믿었던 황금빛 시간 속에서는 불가능한 일이다. 마르샤스의 이야기는 신성이 깨어진 세계가 만든 전설이다.

신성이란 무엇인가? 초월적 존재에 대한 인간의 외경이 만드는 감각이라고 나는 생각한다. 신성이 둥근 원의 모습으로 살아 있었을 때 인간을 신과 닿게 했던 것은 이성적 사고가 아니라 감각이었다. 세계가 신의 품에 싸여 있었을 때 인간이 가장 듣고 싶어 했던 것은 무엇이었을까. 신의 목소리가 아니었을까. 하지만 귀가 있다고 신의 목소리를 들을 수 있는 것은 아니었다. 오직 선택된 자만이 들을 수 있었다. 그들이 바로 샤먼이었다.

시의 원천을 이야기할 때 초월적 존재의 신성한 말로 거슬러 올라간다는 것은 언어예술에 관심이 있는 이라면 아는 사실이다. 인간의 언어와 함께 나란히 시간의 등을 타고 오늘에 이르고 있는 조형예술 역시 신성에의 갈망에서 비롯되었다고 보아야 한다. 인간은 신의 목소리를 듣는 것만으로 만족하지 않았다. 보이지 않는 존재를 보고자 하는 욕망은 신의 목소리를 듣고자 하는 욕망만큼 깊었다. 신화의 세계를 조금만 들여다보면 야장(冶匠)이 특수한 인물임을 금방 알 수 있다. 범용한 인간은 야장이 될 수 없다. 야장의 혈통을 이어받은 자는 야장의 운명을 피하지 못한다. 신의 명을 받고 지상에 내려와 죽은 영웅과 거인을 재생하고 다시 하늘로 올라가는 야장의 모습을 신화는 생생히 보여준다.

오늘날 예술이라고 일컫는 인간의 행위는 신을 향한 욕망의 산물이었다. 목자 마르샤스는 신의 노래를 흉내 내는 음악가였을 것이다. 여신 아테네가 버린 피리를 마르샤스가 주웠다는 이야기는 그가 샤먼이었음을 암시한다. 그런데 어이하여 그가 올림포스 12신 가운데 하나이며 제우스의 아들인 아폴론에게 도전했는가. 그것은 엄청난 불경일 뿐 아니라 예술의 본질을 모르는 이의 만용이다. 불경의 죄는 산 채로 가죽이 벗겨지고, 수족이 토막 나는 형벌로 이어졌다. 하지만 이 이야기에 대한 나의 상상적 해석은 약간 엉뚱하다. 마르샤스의 처참한 형벌은 신성에 대한 불경 때문이 아니라, 신성을 지키려 했기 때문이라고 나는 생각한다.

그리스 신화는 정말 신성이 살아 있었던 황금빛 세계의 이야기인가? 이 물음에 나는 고개를 흔든다. 그리스 신화는 신들이 세계를 창조한 것이 아니라, 세계가 신들을 창조했다는 사실에 토대를 둔 이야기다. 하늘인 우라노스가 땅인 가이아와 몸을 섞음으로써 신들이 태어난다. 그런데 우라노스는 자식에게 자신의 자리를 빼앗길까 두려워 막내아들 크로노스를 제외한 모든 아들을 땅속 깊은 곳인 명부에 가둔다. 우라노스의 처사에 노여워한 가이아는 크로노스에게 강철로 만든 낫을 주었다. 어느 날 우라노스가 가이아의 몸을 덮쳤을 때 크로노스는 낫으로 아버지의 생식기를 절단했다. 아버지를 내침으로써 우주의 지배자가 된 크로노스는 명부에 갇힌 형제들을 해방시키기는커녕 오히려 더 깊은 곳에 가두었다. 분노한 가이아는 크로노스에게 '아버지를 해한 벌로 아들에게 자리를 빼앗길 것'이라는 저주의 예언을 했다. 어머니의 예언이 실현될까 두려워한 크로노스는 아내인 레아가 아기를 낳으면 삼켰다. 하지만 용케 살아난 제우스는 다른 신들과 힘을 합쳐 아버지와 전쟁을 벌여 승리함으로써 아버지의 자리에 앉았다.

이 이야기에서 내가 확인하는 것은 권력의 원형적 얼굴이다. 자신의 권력이 강탈당할까 두려워 아들을 삼키는 아버지, 아버지를 살해하고 권력을 빼앗는 아들의 모습은 권력의 원형적 표징이다. 이런 상상이 허용된다면 목자 마르샤스와 아폴론과의 관계 역시 새로운 상상의 가능성이 열린다.

신은 인간에게 최초의 권력자였다. 광대무변한 자연과 생명의 비밀스러운 탄생과 죽음은 신의 보이지 않는 힘의 현현이었다. 이 압도적 힘 앞에 인간은 무릎을 꿇을 수밖에 없었다. 그러나 지혜가 축적되면서 천둥이란 신의 소리가 아니라 자연의 현상이며, 산천초목의 생명 현상들 속에는 신의 의지와는 관계없는 어떤 법칙이 있음을 알게 되었다. 지혜는 신성을 추방하면서 인간에게 새로운 욕망을 잉태시켰다. 신이 되고자 하는 욕망이었다. 이 욕망의 흔적들은 과거의 시간 곳곳에서 발견된다.

이집트의 파라오 투탕카멘은 살아 있는 아몬 신이었다. 왕을 보는 것은 신을 보는 것이며, 왕의 행동은 곧 신의 행동이었다. 이 모습은 거대한 제국 로마에서도 재현된다. 그전에는 누릴 수 없었던 풍요로운 문화를 구가했음에도 정치 의식은 오히려 퇴보하고 있었다. 최고의 권력을 장악한 자의 인격과 권위는 신성의 빛을 띤다. 그는 아우구스투스, 신적 권력의 보유자, 신성의 현신이었다. 꿈과 환상과 욕망, 무지와 미망의 피라미드 위에서 신으로 변신한 권력자는 자신의 피조물인 인간을 내려다본다. 인간이 신으로 변신하는 과정에서 내가 가장 궁금해한 것은 샤먼의 역할이었다. 신의 목소리를 들을 수 있고, 신의 모습을 볼 수 있는 자가 권력자를 신으로 변신시키는 작업에 관여하지 않았다는 것은 거의 불가능하다.

인간이 신적 존재로 상승한다는 것은 엄청난 변신이다. 그 변신을 공식적으로 인정받기 위해서는 엄격한 절차가 요구되었을 것이다. 그 절차의 주재자가 샤먼이었을 가능성이 크다. 그렇다면 샤먼에게 부여된 새로운 역할이야말로 예술의 저주스러운 운명이 아니었을까. 여기에서 목자 마르샤스의 이야기를 되새겨볼 필요가 있다.

마르샤스 이야기에 대한 나의 상상은 아폴론이 신화 속의 아폴론이 아니라 신으로 변신하려는 권력자로 간주하는 데서 시작된다. 권력자는 마르샤스에게 자신이 신적 존재임을 증거하라고 요구한다. 마르샤스는 고뇌했을 것이다. 그가 신성을 지녔다는 짧은 말 한마디만 하면 자신이 누리고 있는 지위와 명예는 보장된다. 거부하면 참혹한 고통이 닥칠 것이다. 어떤 것을 선택하든 그 속에는 자신의 전부가 들어가 있다. 마르샤스는 결국 거부했고, 그의 거부는 신에게 도전한 모습으로 나타난다. 패배할 수밖에 없는 마르샤스는 산 채로 가죽이 벗겨지고, 수족이 잘린다. 암흑에서 암흑으로 가는 통로이며, 강의 물소리가 들리는 동굴에 유폐된 마르샤스의 가죽은 예술의 영혼이며, 그 영혼은 지금도 살아 있다고 이야기는 전한다. 이 이야기 속에서 나는 권력과 예술의 관계를 드러내는 상징을 찾아내었고, 그 상징을 소설을 통해 형상화하고 싶었다.

거실의 열린 문으로 차가운 바람이 들어왔다. 하지만 나는 꿈쩍도 않고 노트를 뚫어질 듯 들여다보았다. 내가 쓴 소설은 아무런 감흥을 불러일으키지 않았다. 감흥은커녕 황무지처럼 메마르고 황량했다. 이틀 전까지만 해도 꽤 만족스러웠다. 이틀 사이에 무엇이 달라졌는가. 다음 날에는 책상 앞에 앉는 것을 두려워하고 있는 나 자신을 발견했다. 몸에 친숙했던 의자가 돌처럼 딱딱했고, 책장의 책들은 나에게 적의를 품고 쏘아보는 것 같았다.

3

오랜만에 본 K 선배의 얼굴이 늙어 보였다. 수염을 말끔히 깎았는데도 얼굴에 생기가 없었고, 눈빛이 흐려진 것 같았다.

"소설은 잘돼갑니까?"

나는 그의 술잔을 채우면서 넌지시 물었다. 그는 고개를 외로 틀며 묘하게 웃을 뿐 아무런 말이 없었다. 어둑한 주막집에는 우리뿐이었다.

내가 K 선배에게 마음이 끌린 것은 문학을 자신의 삶 중심부로 깊숙이 끌어들이는 강렬한 열정 때문이었다. 그의 열정은 쉽게 흉내 낼 수 없는 어떤 것이었다. 유년 시절의 지독했던 가난이 할퀸 상처는 깊었다. 그가 상처에 함몰되지 않았던 것은 가느다란 한 줄기 빛을 발견했기 때문이다. 문학이었다. 빛을 발견했다고 해서 상처가 끝난 것이 아니었다. 새로운 상처가 시작되었다. 오직 소설만으로 세상을 살아가려고 했던 그의 우직한 열정은 곳곳에 잠복한 가시에 찔렸다. 그는 안간힘을 썼으나 무책임한 가장이 될 수밖에 없었고, 족히 10년 동안 처자식을 고생시켰다. 그들의 살림이 안정되기 시작한 것은 지방 신문에 소설을 연재하면서부터였다. 그가 꿈꾸어온 소설은 아니었으나 어쩔 수 없었다.

"요즘 펜을 들어도 신명이 안 나."

술이 한 순배 돈 후 그가 슬며시 내뱉었다.

"이데올로기의 신비는 깨어졌지, 세상은 전문화·기계화되어가지, 소설은 자꾸만 쪼그라들지……"

"선배에게 이데올로기의 퇴조는 무슨 관계가 있습니까?"

그는 이념의 열정으로 소설을 쓰는 작가들을 오래전부터 회의해왔다. 그의 소설은 삶의 부대낌 속에서 우러나오는 신명에 바탕을 두었고, 그 신명은 지난 시절의 궁핍과 상처의 뿌리에 긴밀히 닿아 있었다. 그의 신명은 소설로 세상을 변혁시키려는 민중적 관념주의자를 수용하지 않았다.

—머리로 세상을 변혁시킨다구? 그 사람들, 돌대가리 아냐?

또한 그는 존재론적 상상주의자를 싫어했다.

—몸은 가만히 있고 무게 없는 상상으로 세상을 훨훨 날아다니는 자들을 보면 부아가 치밀어.

구체적인 생활에 바탕을 둔 그의 신명은 나의 신명과도 달랐다. 내가 정신만으로 세상을 앓았다면, 그는 육체의 앓음을 동반했다. 그의 육체의 상처가 두 종류의 관념주의자에 대해 본능적인 적의를 드러내는 것이라고 나는 생각했다. 적의가 때로는 편견으로 나타나곤 했으나, 나에게는 그것을 물리칠 힘이 없었다. 그런 그가 어둑한 주막에서 신명을 잃고 이데올로기의 퇴조에 대해 허망해하고 있었다.

"내가 이데올로기 소설을 쓰지 않는다고 해서 그것의 퇴조와 전혀 상관이 없다고 생각한다면 착각이야. 집단이 희구하는 진보적 이념은 어떤 경향의 소설가든 알게 모르게 연결되어 있거든. 보이지 않는 끈이라고나 할까. 비록 내가 그 끈을 직접 사용하지 않았다 하더라도 끈의 존재는 소중해. 인간을 상승시키는 끈이기 때문이지. 인간은 아무리 상승해도 지나치지 않아. 현실의 삶은 언제나 잔인하니까."

"그것 때문에 신명을 잃었습니까?"

나는 왠지 초조해지고 있었다. 내가 그를 찾은 것은 그로부터 무엇이든 조그마한 위로를 받기 위함이었다.

"소설이 점점 왜소해지는 걸 느껴. 신비감이 사라져간다고나 할까. 지금도 그렇지만, 옛날에는 나에게 문학이 없으면 죽은 삶이라는 생각이 들었지. 외경도 빼놓을 수 없어. 문학이 스스로 발하고 있는 황홀한 빛에 대한 외경이라고 할까. 옛날에는 많은 사람이 황홀한 빛에 취해 있었어. 지금은 그런 사람들이 몇이나 될까? 소설이 상품으로 전락된 지는 오래지만, 상품의 물신성이 점점 노골화되어 가는 느낌이 드니……"

그는 급속한 분화 사회 속에서 지식인 그룹들이 팽창하고 세분화되면서, 작가란 단지 지식인 그룹의 한 분화라고 생각하는 사람들이 빠르게 늘고 있다고 한탄했다.

"공학의 한 분야에 정통한 이와 문학에 정통한 이와는 아무런 차이가 없다는 뜻이란 말이야. 그러니 황홀한 빛은 눈을 씻고 찾아도 찾을 수 없지."

"작가들에게도 책임이 있지 않을까요?"

"당연한 말이지. 작가들이 너도 나도 어떻게 하면 잘 팔리는 상품을 만들까 머리를 굴리고 있으니…… 하지만 그것도 쉬운 일이 아냐. 어중간한 화장으로는 시선을 끌 수조차도 없는 세상이 되어버렸거든."

"화장술이 탁월하다고 무작정 욕만 할 수 없겠네요."

"그렇지. 세상 돌아가는 것을 빤히 내려다보고 재빨리 변신하는 친구들. 잘하는 짓이지. 돈을 벌어야지."

그는 허허 웃으며 술잔을 기울였다.

그날 밤 K 선배와 어떻게 헤어졌는지 기억나지 않는다. 그와 어깨동무를 하고 고래고래 소리 지른 것은 어렴풋이 떠오른다. 집으로 가려면 차도로 내려와야 한다. 그런데 엉뚱하게도 나는 산으로 통하는 가파른 길에 혼자 누워 있었다. 무슨 까닭으로 거기까지 올라갔는지 알 길이 없었다. 불빛이 없어 주위가 캄캄했다. 나는 어둠을 응시했다. 어둠은 이제 더 이상 어둠이 아니었다. 어둠이 어둠이었던 시절에는 어둠에 대한 외경이 있었다. 알 수 없는 세계, 신성이 깃들인 세계에 대한 외경이었다. 문학도 하나의 어둠이었다. 문학은 신성한 세계였고, 신성에 대한 외경이 있었다. 그 신성이 어디로 사라져버렸는가. 마르샤스의 가죽이 떠올랐다. 암흑에서 암흑으로 가는 통로에 유폐된 외로운 혼이 사무치게 보고 싶었다. 암흑에서 암흑으로 가는 통로는 어디인가. 어쩌면 인간 세계의 중심부일지도 모른다는 생각이 들었다. 인간이 스스로 만드는 어둠만큼 더 깊은 어둠이 또 있을까.

이상했다. 그것은 꿈이었던가, 아니면 환상의 풍경이었던가. 세계는 밤이면서 동시에 낮이었다. 밤이라고 하기에는 세계를 비추는 빛이 너무 밝았다. 낮이라고 하기에는 빛이 지나치게 화려하고 인공적이며, 농밀하고 음탕했다. 빛 속에 수많은 사람이 있었다. 어떤 이들은 술을 마시고, 노래를 부르고, 춤을 추었다. 또 어떤 이들은 기계 앞에 앉아 두 손으로 무엇인가를 미친 듯이 두드렸다. 사각의 화면에는 비행기가 날고, 폭탄이 작렬하며, 칼을 든 무사가 공룡의 목을 치고 있었다. 다른 한쪽에는 벌거벗은 남녀가 뒤엉킨 채 헐떡였고, 그 뒤에는 거대한 컴퓨터가 자본의 끊임없는 운동을 추적하고 있었다. 사람들은 행복해 보였다. 모두가 웃고 있었고, 모두가 황홀한 표정을 짓고 있었다. 하지만 바짝 다가가보니 그게 아니었다. 웃고 있다고 생각했는데, 웃는 것이 아니었다. 근육의 격렬한 떨림으로 얼굴이 일그러지고 있을 뿐이었다. 도대체 여기가 어딘가. 주위를 두리번거렸다. 스모그에 잠긴 대형 빌딩이 눈에 들어왔다. 그 옆에는 토템 기둥이 있었고, 질주하는 차들이 있었고, 천국에서나 볼 수 있는 정원이 있었고, 카누가 가로지르는 황홀한 강이 있었고, 벌거벗은 무희들의 춤이 있었고, 황금으로 만든 가면이 있었고, 하늘을 찌를 듯한 탑이 있었고, 마르샤스의 동굴이 있었다. 나는 마르샤스의 동굴을 향해 걸었다. 대형 빌딩과 토템 기둥과 차들이 질주하는 아스팔트를 건너자 풍경이 갑자기 달라졌다. 인공의 빛이 사라졌고, 황량한 들판이 아득히 펼쳐졌다. 나무도 풀도 없었다. 주위를 두리번거렸으나 마르샤스의 동굴은 보이지 않았다. 암흑에서 암흑으로 흘러가는 강물 소리도 들리지 않았다. 들판 속으로 몇 걸음 들어갔을 때였다. 가슴속에서 무엇이 일어서는 기척과 함께 날카로운 통증을 느꼈다. 나는 비명을 지르며 가슴을 움켜쥐었다.

—그것이 무엇인지 아느냐.

별 없는 하늘에서 낯선 목소리가 들려왔다. 기계에서 흘러나오는 듯한 차가운 목소리였다. 소리가 나는 곳을 쳐다보았다. 아무것도 보이지 않았다.

—가시다.

—가시?

—그렇다. 숭배의 훌륭한 도구인 가시다.

—무엇을 숭배하는 도구인가?

—황금을 숭배한다. 욕망과 탕진을 숭배하고, 질주를 숭배하고, 감금과 거짓을 숭배한다.

—세상에 그런 가시가 어디 있는가?

—그대들의 영혼 속에 있다.

—누가 가시를 넣었는가?

—가시는 넣어진 것이 아니다. 그대들이 스스로 만들었다.

—당신의 말을 이해할 수 없다.

—가시는 물질이면서 생명이다. 훼손된 세계, 훼손된 영혼을 받아들일 때 가시는 물질일 뿐이다. 그것은 아문 상처 딱지처럼, 존재하지 않는 것처럼 영혼 속에 가만히 누워 있다. 하지만 훼손된 세계, 훼손된 영혼을 거부할 때 가시는 눈을 뜬다. 그리고 싸늘한 몸뚱이를 일으켜 영혼의 살을 찌른다. 저들을 보아라. 문명을 숭배하고, 문명이 요구하는 욕망과 탕진을 숭배하는 저들을 보아라. 저들이 하염없이 즐겁고 행복해하는 까닭은 자신들의 영혼 속에 가시가 있는지조차 모르기 때문이다. 그대를 둘러싸고 있는 이 광야에서 가장 무서운 게 무엇인지 아느냐? 어둠도 아니고, 들짐승도 아니다. 목마

름도 아니고, 굶주림도 아니다. 그대의 영혼 속에 있는 가시다. 마르샤스의 동굴은 가시의 고통 너머에 있다.

목소리는 사라졌고, 주위는 여전히 캄캄했다. 들판 속으로 조심스럽게 발걸음을 옮겼다. 거친 짐승의 숨소리와 함께 가시의 끝이 일어섰다. 세계는 거대한 가시의 형상이었고, 그 가시는 나를 향해 날을 치켜세웠다. 나는 비명을 지르며 눈을 떴다. 조그만 창이 보였고, 밝은 빛이 있었다. 조금 후 그곳이 작은 여관임을 알았다. 늙은 주인 여자는 나를 보자 혀를 차며 말했다.

"쯧쯧, 별로 젊지도 않은 양반이 무슨 술을 그리 퍼먹노. 무슨 한 맺힌 일이 있다고 소리를 그렇게 지르요."

길 속의 길

1

저녁 9시경 회사에서 돌아온 아내는 얼굴을 생글거렸다. 아이와 놀고 있던 나는 아내를 멀뚱히 쳐다보았다.

"오늘은 정말 기분 좋은 날이에요."

아내는 아이를 안으면서 말했다.

"무슨 일인데?"

"휴가를 무려 열흘이나 받았어요. 게다가 휴가비까지 듬뿍 나왔어요. 10년 근속 보너스예요."

"벌써 10년이 됐나……"

나는 지난 세월을 가늠하듯 눈을 가느스름하게 떴다. 외국인 회사에 근무하는 아내의 월급은 꽤 많은 편이었다. 덕분에 나는 직장을 갖지 않고 소설을 쓰는 팔자를 누리고 있어 아내에게 고마워하고 있었고, 아내는 아이에 대한 불안에서 벗어날 수 있는 처지를 다행으로 여겼다. 무엇보다 내가 고마워하는 부분은 가장으로서의 경제활동보다 나의 소설 작업에 가치를 더 두고 있는 아내의 마음이었다.

돌이켜보면 아이 보는 일이 그리 힘들지 않았다. 젖먹이 때는 어머니가 와 계셨고, 어머니의 체력이 아이를 감당할 수 없게 되자 장모가 나섰다. 아이가 유치원을 다니면서 그럭저럭 제 앞가림을 할 즈음 가정부가 들어왔다. 그동안 나는 그저 집 안에 아이와 함께 있음으로써 엄마의 부재에서 오는 아이의 정서적 불안을 해소하는 역할을 해왔다. 집에 대한 집착이 강했던 아내는 결혼 2년 만에, 상당 부분 융자에 의존한 것이긴 했지만 서울 변두리의 조그만 아파트를 샀고, 3년 후 강남에 신축 중인 35평 아파트를 분양받았다. 아내의 용의주도한 계획의 결과였다. 35평 아파트로 입주했을 때 세 식구의 집으로 너무 넓다고 생각했다. 하지만 새집이 갖춘 쾌적함에 젖어들면서 넓다는 생각이 희미해져갔고, 심지어 더 넓었으면 좋겠다는 생각까지 들곤 했다. 내 소설이 평론가에게 비판을 받은 것은 그즈음이었다. 살은 없고 뼈만 앙상한 소설, 육체는 보이지 않고 정신으로만 가득한 기형적 소설이라는 혹평이 가슴에 박혔다.

내 소설에 대한 비평의 일차적 기준은 나의 눈이다. 내 눈이 신뢰하지 않는 소설을 나는 발표하지 않는다. 그럼에도 비평가의 말에 귀를 기울이지 않을 수 없는 것은, 작품 속에 갇혀 있어 작품 전체를 볼 수 없는 나와 달리 그들은 작품 바깥에서 작품 전체를 살필 수 있는 거리를 확보하고 있기 때문이다. 그들의 자질과 속류 취향을 탓할 수 있을지언정 작품과의 거리를 확보하고 있는 시선의 힘을 무시할 수 없는 것이다. 광역의회 선거가 있었음에도 종일 집 안에 틀어박혀 있었던 것은 비평가의 혹평이 불러일으킨 괴로움 때문이었다.

선거 결과는 여당의 압승이었다. 신문은 중간층의 정치적 무관심, 개혁 진보 세력에 대한 불신과 안정 희구의 결과로 분석했다. 내가 투표를 했다면 야당 후보를 선택했을 것이다. 하지만 나는 투표하지 않았고, 내 한 표는 어둠에 묻혔다. 신문은 중간층의 보수적 시각과 정치적 무관심을 비판하고 있었다. 그해 5월과 6월 정권의 학생 타살과 개혁 진보 세력의 잇따른 분신에 침묵하던 중간층이 총리 폭행 사건에 크게 분노한 것은, 사회 비판에 대한 균형 감각의 상실 때문이라고 했다. 중간층은 계층 간의 갈등을 완화하는 역할을 하는 집단이다. 그런 그들이 체제 폭력에 의한 살인 행위를 애써 외면했을 뿐 아니라, 그것에 대한 항변으로 일어난 개혁 진보 세력들의 잇따른 분신에 차가운 시선을 보내고 있었다. 서울을 시작으로 광주, 안동, 성남에서 불과 한 달 사이에 열한 명의 젊은이가 똑같은 이유로 자신의 몸에 불을 질렀는데도 중간층의 차가운 시선에는 변화가 없었고, 심지어 사회 혼란을 조장하는 불순 세력의 음모로까지 볼 정도로 얼어붙어갔다. 중간에서 다리가 되어야 할 계층이 오히려 한쪽으로 치우침으로써 공동체의 중심적 가치관을 허물고 있다는 것이 비판의 핵심이었다.

그날 밤 거실에서 술을 홀짝였다. 아내는 출장으로 집에 없었다. 주방과 가까운 거실 한쪽에 놓인 나무 탁자가 스탠드 불빛을 받아 밤색으로 빛났고, 빛 뒤의 흰 벽에는 검정 프레임의 액자가 단아하게 걸려 있었다. 거실 벽이 흰색이라 검정색 프레임의 액자를 골랐다고 아내는 말했다. 액자 속의 풍경 사진도 아내가 고른 것이었다.

집 안 장식에 대한 아내의 정성은 섬세한 감각과 맞물리면서 종종 나를 감탄케 했다. 내 서재를 회색 카펫과 회색 의자로 꾸민 것도 아내였다. 회색은 안정감을 불러일으킨다고 했다.

나는 천천히 주위를 둘러보았다. 화사한 블라인드 커튼과 정갈한 주방, 앤티크 원탁 테이블과 흔들의자, 싱그러운 꽃들. 단아하고 쾌적한 풍경이었다. 이 풍경 속에 내가 갇혀 있지 않나, 하는 생각이 든 것은 거실 창가에 걸린 마른 장미를 멍하니 보고 있을 때였다. 안락을 추구하는 손이 만들어놓은 인공의 풍경에 내 눈이 익어 있고, 내 몸은 그것의 안락에 길들여져 있다. 길들여진 내 몸은 풍경이 조금만 달라져도 불편을 느낀다. 풍경은 집 안에만 머물지 않는다. 아내가 운전하는 차 속에는 부드러운 쿠션의 소파가 있고, 인공의 향기와 잘 닦인 창이 있다. 레스토랑에서 보이지 않는 손이 만든 깔끔한 음식을 즐기며, 커피의 향기와 샹들리에를 음미한다. 풍경에 갇힌 내 눈은, 풍경 이면의 풍경, 풍경 너머의 풍경을 볼 수 있는가? 소설가의 눈과 풍경에 갇힌 눈은 같은 눈인가? 다르면 어떻게 다른가? 아내가 생글거리며 10년 근속 기념 특별 휴가와 보너스를 가져왔노라고 말한 것은 그로부터 닷새 후였다.

2

아내가 10년의 직장 생활에서 얻은 휴가를 가족과 함께 기쁘게 누려야 했다. 하지만 그렇게 하지 못했고, 그런 내가 혼란스러웠다. 휴가를 누린다고 해서 달라질 게 없었다. 어쩌면 나에게도 휴가가 필요할지도 몰랐다. 너무 오랫동안 집에 갇혀 있었고, 소설을 써야 한다는 강박관념에서 좀처럼 벗어나지 못했다. 그러다 보니 소설에 대한 성찰이 부족하다는 느낌을 지울 수 없었다. 성찰이야말로 좋은 소설의 밑거름임을 나는 잘 알고 있었다. 나에게는 그전과는 다른 성찰, 머릿속의 성찰이 아닌 몸으로의 성찰, 내 몸을 가두는 풍경에서 벗어나 새로운 몸으로 일구는 성찰의 시간이 필요했다. 그런 생각들을 아내에게 솔직히 털어놓았다. 아내는 침묵했다. 아내에게 침묵은 노여움의 표현이었다. 침묵의 시간은 노여움의 깊이와 비례했다. 집 안은 얼음처럼 싸늘해졌다.

사흘째 되던 날 일요일 오후 서재에서 책을 뒤적이다 잠이 들었다. 깨어났을 때 저문 햇살이 창으로 스며들고 있었다. 집 안이 고요했다. 아내는 물론 아이의 소리조차 들리지 않았다. 얼마나 시간이 지났을까, 낮은 울음소리가 들렸다. 거실로 살며시 나왔다. 아이는 소파에서 잠들어 있었고, 아내가 소파 옆에서 웅크리고 앉아 울고 있었다. 먹먹했다. 나는 무릎을 꿇고 아내의 손을 잡으며 잘못했다고 말했다. 진심이었다. 그날 저녁 식탁에서 아내에게 뜻밖의 제의를 들었다. 휴가 동안 자신이 아이를 볼 테니까 나보고 여행을 다녀오라는 것이었다.

3

밤은 깊었지만 잠이 올 기미가 없었다. 아내와 몸을 섞은 후 이부자리 속에서 한참 뒤척였는데도 정신이 또렷했다. 아내의 고른 숨소리를 확인하고 살며시 방을 빠져나와 냉장고에서 술을 꺼냈다. 독한 술은 목구멍에서부터 자극적으로 파고들었다. 나는 조금씩 마시면서 아내의 제의를 곱씹었다. 그녀의 속 깊은 배려가 고마웠다. 하지만 고마움만큼이나 부담도 컸다. 직장 생활 10년의 대가로 얻은 휴가의 기쁨을 내가 깨뜨렸다는 사실이 가슴 아팠다. 사라져버린 기쁨을 되찾아주고 싶었다. 내일 아침 식탁에서 아내가 나에게 했던 것처럼 내가 아내에게 가족 여행을 제안하는 게 최선이라고 생각했다.

취기가 올랐다. 머릿속이 몽롱해지면서 현악기의 가늘고 투명한 소리가 들려왔다. 어디에서 나는 소리인지 알 수 없었다. 내가 전축을 틀어놓았나? 다른 집에서 흘러들어 오는 소리인가? 무엇이 일어서고 있었다. 기척도 없이 일어서는 그것은 소리가 아니었다. 빛살 한 가닥이었다. 어둠 속에서 빛살 한 가닥은 부드럽고 강인하게 서 있었다. 부드러움은 어둠을 밀어내지 않았다. 어둠을 껴안으면서, 어둠과 함께 숨을 쉬고 있었다. 숨을 쉬면서 강철 같은 강인함으로 홀로 꼿꼿이 서 있었다. 눈을 감았다. 빛살이 사라지지 않았다. 눈을 떴다. 빛살이 움직이기 시작했다. 바람에 흔들리는 풀잎처럼 부드럽게 움직이면서 소리가 들려왔다.

찰캉 찰캉 찰캉.

소리와 함께 무언가가 떠오르고 있었다. 나무 담장이었다. 오래되어 검게 변색한 나무 담장 너머 한 노인이 보였다. 25년 전에 돌아가신 외할머니였다. 귀에 들려오는 소리가 외할머니의 베틀 소리임을 비로소 깨달았다.

진주에 있는 외가에 처음 간 것은 여섯 살 때였다. 어머니와 함께 검은 나무 담장의 집으로 다가갈 때 담장 너머에서 미소를 지으며 우리를 가만히 내려다보고 있던 외할머니의 얼굴이 어렴풋이 떠올랐다. 그로부터 7년 후 어머니와 함께 다시 외가에 갔다. 중학교 2학년 겨울방학 때였다. 외할머니는 몰라보게 컸다면서 내 머리를 쓰다듬었다.

"누에 한 마리가 뽑아내는 실이 참으로 길제. 그 누에 여덟 마리를 물에 넣어 비단실을 뽑는 기라."

겨울 삭풍 소리가 들려오는 작은 방에서 외할머니의 명주 짜는 이야기를 나는 시큰둥하게 듣고 있었다. 재미도 없을 뿐 아니라 무슨 말인지 얼른 알아들을 수 없었다.

"실 써는 일이 참 어렵지러. 실 써는 게 뭔가 하몬 뜨거븐 물에 있는 고치에서 실올을 뽑아내 자새로 감아 푼사를 물레에 감는 일을 말하는 기라."

외할머니가 명주 짜는 이야기를 하면 겁이 덜컥 났다. 눈빛과 몸놀림에서 느껴지는 에너지가 외할머니의 본래 모습과 너무 달랐기 때문이다. 그런 느낌을 어머니에게 말하자 어머니는 내 손을 가만히 잡았다.

"할머니가 이상하고 무섭더라도 재미있는 척하고 들어라."

나는 눈을 동그랗게 떴다.

"할머니에게 길쌈은……"

어머니의 말에 따르면 외할머니가 어릴 적부터 보고 듣고 배운 것이 길쌈이라 했다. 외할머니의 어머니는 눈 밝고 손끝이 야무져 무명을 많이 했는데, 일손이 모자라 목화 따는 일은 자연히 어린 딸의 차지였다. 목화 따는 일이란 하염없는 것이어서 짜증과 부아를 끊임없이 삭여야 했다. 삭임은 외할머니를 평생 따라다녔다. 16세에 시집와서 외삼촌과 어머니를 낳았다. 외할아버지는 만주로 돈 벌러 간다면서 집을 떠난 후 영영 돌아오지 않았다. 청상이 된 외할머니에게 길쌈은 유일한 호구지책이었다.

"할머니는 길쌈으로 네 외삼촌과 나를 키우고 공부시키셨다. 곡식 거둘 남정네가 없으니 무엇으로 먹고살겠니? 시세가 좋을 때는 명주 두 자 머리로 땅 한 평을 샀다. 할머니의 길쌈 솜씨는 근동에서 다 알아주었지. 달이 밝은 밤이면 찰캉찰캉하는 베 짜는 소리가 참으로 듣기 좋았다."

그러나 외할머니의 명주 짜기 속에 는 삶의 피고름이 배어 있었다. 집 뒤 터에 베틀 짜는 작은 움집이 있었는데 여름에는 바람 한 점 없이 덥고, 겨울에는 발이 얼어터질 지경으로 추웠다. 움집의 바닥은 마당보다 낮아 바깥에서 보면 땅속으로 푹 꺼진 것처럼 보였다고 어머니는 회상했다.

"할머니가 바깥나들이를 하시거나, 딴 일을 하실 때 움집 안을 엿보곤 했지. 베틀 하나만으로도 꽉 차버리는 좁고 낮고 어둡고 냉기에 차 있는 그곳이 이상한 무섬증을 불러일으켰어. 무섬증은 나를 복잡한 감정 속으로 빠뜨렸지. 베틀 때문에 우리 식구가 먹고 입고 한다는 생각에 이르면, 어린 마음이었지만 죄의식 같은 감정에 사로잡히곤 했으니까. 그리고…… 또 있었어…… 뭐라고 할까…… 낯선 세계에 대한 외경이라고 할까. 움집의 그 어두컴컴한 곳에 어린 내가 알 수 없는 어떤 세계가 있다는 생각…… 생각이라기보다 일종의 느낌이었지만, 그 느낌이 불러일으키는 호기심, 두려움, 혹은 그리움 같은 것…… 아무튼 나는 뭐라고 말할 수 없는 복잡한 감정을 보듬고 할머니의 움집을 엿보았어."

어머니는 착잡한 표정으로 말했다.

"할머니는 베틀 때문에 온몸이 다 아프다고 어린 나에게도 종종 푸념하셨는데, 철없던 내가 무얼 알았겠니. 그나마 철이 조금 들어 할머니의 말에 귀를 기울일 나이가 되었을 때엔 할머니의 그 고운 얼굴은 어디론가 다 가버리고, 희끗희끗한 머리와 주름살만 남아 있었지. 외삼촌이 벌어 오는 돈만으로도 그럭저럭 살 수 있게 되었을 때도 외할머니는 베틀을 붙잡고 계셨어. 피 말리고 살 내린 그 베틀을 말이다."

어머니의 목소리가 잠기고 있었다.

"할머니에게는 길쌈 자체가 삶이었어. 네 외할아버지가 만주로 떠나신 후 할머니의 가슴은 기다림이 응어리로 차 있었는데, 그 응어리를 길쌈으로 삭이셨으니. 몸을 혹사하면서, 혹사를 통해 기다림의 응어리를, 삶의 신산함을 푸신 것이지. 세월이 흐르면서 베틀이 점차 사라져갔어. 기계가 베틀을 대신하는 세상이 된 거야. 할머닌들 어쩔 수 있겠니. 이곳 진주로 이사를 오고 길쌈에서 비로소 손을 놓으셨던 게야. 최근 몇 년 동안 길쌈 이야기를 통 안 하셨는데, 왜 네 앞에서 갑자기 그 이야기를 하셨을까?"

다음 날도 그다음 날도 외할머니의 길쌈 이야기는 멈추지 않았다. 내가 꾹 참고 들은 것은 어머니의 간곡한 부탁 때문이었다. 우리가 집으로 돌아가던 날 외할머니는 나무 담장 너머에서 마른 손을 흔들었다. 집으로 돌아온 지 한 달이 채 안 된 어느 날 어머니가 부엌에 웅크리고 앉아 울고 있었다. 내가 부엌문에서 머뭇거리자, 어머니는 나를 불렀다.

"할머니가 돌아가셨다."

어머니는 내 손을 잡으며 울음 섞인 목소리로 말했다.

4

대전역에 머물던 기차가 출발했다. 아내와 아이의 생각을 일단 떨쳐버리기로 했다. 기차가 대전에 이르는 동안 내내 그 생각에 갇혀 있었다. 아이는 하루만 지나도 나를 찾을 게 뻔했다. 언젠가 하루 집을 비운 일이 있었는데, 아이가 밤새 보채며 울었다고 했다. 오늘 밤도 아이가 나를 찾으며 보채지 않을까? 아내가 아이 걱정을 하지 말라고 말했을 때 왜 시선을 다른 곳에 두었을까? 마음속으로 나를 원망하고 있는 게 아닐까? 생각이 꼬리를 물고 떠오르자 이 여행 자체가 잘못된 것이 아닌가 하는 회의까지 들었다.

어젯밤 나는 나만의 여행을 포기하기로 결심했다. 그 결심을 아내에게 어떤 방식으로 알릴까, 궁리까지 했다. 마음이 바뀐 것은 외할머니의 베틀 소리 때문이었다. 베틀 소리가 까맣게 잊고 있었던 외할머니의 모습과 함께 외할머니의 이상한 죽음을 떠올리게 한 것이었다.

우리가 진주를 떠난 지 며칠 후 외할머니가 사라졌다. 식구들은 외할머니가 갈 수 있는 곳은 다 찾아다녔지만 찾지 못했다. 일주일 후 한 경찰관이 외할머니의 죽음을 알리러 왔다. 나중에 안 사실이지만 외할머니는 진주에서 무려 70리 떨어진 고향 마을까지 걸어갔다. 외삼촌은 처음엔 믿지 않았다. 기동이 온전치 못한 노인이 그 먼 길을 걸어갔다는 것은 비현실적이었다. 산골 마을이라 길이 험하고, 노인의 기억도 온전치 못한 상태였다. 하지만 고향 마을에서 외할머니를 알아본 마을 사람이 몇몇 있었다. 외할머니의 빼어난 길쌈 솜씨 덕분이었다.

외할머니는 자신을 알아보는 이들을 붙들고 베틀을 찾아달라고 했다. 영문을 모르는 그들은 무슨 베틀이냐고 물었고, 외할머니는 베틀 소리를 듣고 왔는데 왜 시치미를 떼느냐고 반문했다. 그것은 옛날 일이고, 지금은 베틀 짜는 이가 한 사람도 없다고 하자 내 귀로 분명히 들었는데 무슨 소리냐고 벌컥 화를 냈다. 어디에서 들었느냐는 물음에 외할머니는 오늘 새벽 베틀 소리 때문에 잠을 깼다고 하면서 그 소리를 따라 여기까지 왔다고 했다. 외할머니가 노망한 것이라고 판단한 마을 사람들은 가족에게 알리려 했으나 외할머니 집 주소를 아는 이는 아무도 없었다. 막무가내 떼를 쓰는 외할머니를, 지금 밤이 늦었으니 내일 아침에 찾아드리겠다는 말로 간신히 달랬다.

다음 날 아침 일찍 일어난 외할머니는 베틀을 찾아주겠다던 이를 찾았다. 하룻밤 자고 나면 정신이 조금 돌아올 줄 알았던 마을 사람들은 난감했다. 지금은 옛날과 다른 시절이라고 아무리 설명해도 소용이 없었다. 그들이 베틀을 숨기고 있다면서 아침을 거른 채 베틀을 찾아다녔다. 파출소에 연락은 했으나 그쪽에서도 거주지를 좀처럼 못 찾는 모양이었다. 마을 사람들은 마을을 뒤지다시피 하여 창고에 폐품으로 버려져 있는 베틀 한 대를 겨우 찾아냈다. 외할머니는 썩어서 거무튀튀해진 베틀을 어루만지며 뭐라고 중얼거렸다. 외할머니가 숨을 거둔 것은 몇 시간 후였다. 숨지기 직전 어떤 아낙

네가 외할머니의 노랫소리를 들었다고 했다. 부엌에서 일을 하고 있는데 외할머니의 흥얼거리는 소리가 들려왔고, 그것이 점차 노랫가락으로 바뀌었다고 아낙네는 말했다.

장례를 치를 때 친척 어른들은 외할머니의 죽음에 대해 저마다 수군거렸다. 그 몸으로 고향 마을까지 간 것과, 없는 베틀 소리를 들었다든지 낡은 베틀에 앉아 숨을 거두었다는 사실이 믿기지 않는 모양이었다. 친척 어른들의 이야기를 들으면서 나는 미소 지었다. 어른들은 모르고 있었지만 나는 알고 있었다. 할머니 속에 깃든 어떤 힘, 어른들이 보지 못한 낯선 힘을 나는 보았던 것이다.

어둠 속에서 베틀 소리와 함께 담장 너머 외할머니의 얼굴이 떠올랐을 때 나는 흠칫 놀랐다. 왜 놀랐을까. 돌연한 떠오름 때문만은 아니었다. 정신을 찌르는 어떤 힘 때문이었다. 25년 전에 죽은, 그동안 기억 속에서조차도 바래져버린 외할머니의 얼굴이 어떤 연유로 내면으로 파고드는지 이해할 수 없었다. 조금 전에 보았던, 어둠 속에서 부드럽고 강인하게 서 있던 빛살 한 가닥이 떠올랐다.

—누에고치에 서린 실올은 작은 바람기에도 날아가버리제.

나의 입에서 낮은 탄성이 새어 나왔다. 어둠 속의 빛살은 누에고치에 서린 실올이었다. 무언가가 이마에 닿고 있었다. 관념이 아닌 것, 안락 속에 갇힌 정체된 정신이 아닌 것. 인공의 풍경이 아니라 한숨이 있고, 탄식이 있고, 삭풍이 있고, 무거운 삶을 지탱하는 뼈의 무게가 실려 있는 세계가 이마에 차갑게 닿고 있었다. 다음 날 아침 식탁에서 나는 여행을 다녀오겠다고 말했다.

5

외할머니의 집으로 이어지는 작은 골목과 낡은 담장들은 놀랍게도 거의 옛 모습 그대로였다. 하루가 다르게 변화해가는 서울에 비해 진주라는 외지고 한적한 도시는 경탄스러울 정도로 옛 모습을 간직하고 있었다. 물론 변화가 없는 것은 아니지만, 그동안의 세월을 감안하면 놀라웠다. 이끼 낀 기와, 세월을 지고 있는 나무들, 맑은 남강의 물. 마치 옛 고향에 온 기분이었다. 하지만 외할머니의 나무 담장은 없었다. 집을 헐고 새로 지었는지 낯선 2층 양옥집이 서 있었다. 나는 한동안 주변을 서성거리다가 발걸음을 돌렸다.

외할머니의 무덤은 잡초가 무성했다. 외할머니가 돌아가신 지 3년 후 외삼촌은 마산으로 이사했고, 먼 거리 탓인지 무덤을 제대로 보살피지 못한 모양이었다. 가져온 술을 붓고 절을 했다. 산은 낮고 아늑했으며, 하늘은 맑았다. 무덤 앞에 쭈그리고 앉아 외할머니에게 바친 술을 마셨다.

치열한 관념은 허약한 육체를 용납하지 않는다. 그 섬세한 장인의 손은 시간의 무게를 견디는 뼈를 세운다. 깊고 맑은 눈을 만들며, 아름다운 혀를 빚는다. 그것은 정신의 뼈이며, 정신의 눈이며, 정신의 혀이다. 그러면서 동시에 뼈로 이루어진 정신, 눈과 혀로 이루어진 정신이다. 하지만 나는 관념에 짓눌려 있었다. 정신과 육체가 분리되어 있었기 때문이다. 분리된 정신과 육체는 서로를 해친다. 관념이 비대하면 육체를 짓누르고, 육체가 비대하면 관념을 짓누른다. 왜 관념이 비대해졌는가. 안락한 인공의 풍경에 갇혀 있었기 때문이다. 갇힌 정신은 치열한 관념을 견디지 못한다. 어떻게 견딜 수 있겠는가.

취기가 올랐다. 풀밭에 누웠다. 나무 담장이 보였다. 담장 너머에서 외할머니가 나를 내려다보고 있었다. 외할머니가 나에게 보여준 것은 누에고치에 서린 실이었다. 실은 누에에서 얻는다. 누에는 피부가 투명해져야 입에서 실을 토한다. 그 실로 제 몸을 둘러싸는 집인 고치를 만든다.

—고치를 따서 햇볕에 잘 말려야 되제. 그냥 하몬 실 썰 때 물이 탁해져버려 안 되지러. 그러타꼬 오래 묵혀두몬 번데기가 나비 되어 구멍 뚫블까 걱정인 기라. 실 써는 일도 참 어렵지러. 실 써는 물은 자주 갈아주어야 한다이. 멩지실은 워낙 염색이 잘 되이께 물이 탁하몬 누렇게 변색되어버리제.

어디 그뿐인가. 물이 너무 뜨거워도 실올이 까실까실해진다. 반면 덜 데워져도 실이 서걱거려 좋은 명주를 만들 수 없다. 몇십 올의 실올을 고르게 뽑아내는 것도 오랜 숙련을 요구한다. 숙련공도 날 끊어진 줄 모르고 얼지운 채 짜는 서투름을 종종 저지른다. 바람기 있는 데서 날을 잘못 매어 씨실이 삐딱하게 짜이기 시작하면 수습하기가 여간 힘들지 않다.

—무멩은 보통 아홉 새가 좋다지만 멩주는 보름 새가 제일 좋지러.

'새'란 피륙 날의 촘촘함을 표시하는 계산 단위다. 한 새는 바디의 실 구멍이 40개로 짜이는 것을 일컫는데, 한 구멍에는 두 가닥의 실이 꿰어지므로 80가닥이다. 15새면 바디 구멍 6백 개에 1천 2백 가닥의 날실을 꿰게 된다. 누에고치로 환산하면 3만 6천 개. 아득했다. 나무 담장 너머를 보았다. 외할머니가 보이지 않았다. 담장 너머가 텅 비어 있었다. 눈을 감았다. 몸이 어디론가 가라앉았다. 나는 가만히 있었고, 몸에 무엇이 닿았다. 물질이면서 물질이 아닌 것, 물질로 파악하는 순간 증발해버리고 마는 것이었다.

찰캉 찰캉 찰캉……

베틀 소리였다. 무엇이, 어떤 그리움이 외할머니로 하여금 피를 말리고 살을 내리게 한 소리를 찾아 그 먼 길을 가게 했는지 알고 싶었다. 베틀 소리가 인도한 길은 길 속의 길이 아니었을까. 외할머니에게만 보였던.

찰캉 찰캉 찰캉.

베틀 소리는 물처럼 부드럽게 내 몸속으로 스며들고 있었다.

영산홍 추억

1

"형근아, 밥 먹어라."
어머니가 손자 부르는 소리를 들으며 시를 눈으로 읽었다.

그 눈 덮인 산하, 붉은 피를 흘리며 끝내 숨져간
이름 없는 해방전사들의 끊어질 듯 끊어질 듯
끝내 이어지는 저 붉은 핏자국을 누가 잊는가.*

"형근아, 뭐 하니. 빨리 오너라."
늙은 어머니의 목소리에 푸근한 애정이 담겨 있다. 형근이 태어나던 날, 고추를 확인한 어머니는 활짝 웃었다. 나는 눈을 뜨지 못하

* 이산하 장편서사시, 「한라산」에서. 이하 인용은 같은 시.

는 작은 생명을 내려다보면서 대숲 소리를 생각했다. 유년 시절 어머니와 함께 동네에서 떨어진 쇠락한 기와집에 살았다. 가을이 깊어지면 집 뒤 대나무밭에서 바람에 쓸리는 대숲 소리가 들려왔다.

네 아버지는 물 건너 공부하러 가셨다. 속삭이는 듯한 어머니의 목소리가 슬펐다. 나에게 아버지는 미지의 존재였다. 얼굴조차 몰랐다. 하지만 어머니는 아버지에 대해 더 이상 말하지 않았다. 어른의 세계는 언제나 어둠이었다. 전쟁이 끝났다고 했지만 산속에는 총을 든 사람들이 있다고 어른들은 수군거렸다. 가끔 순경이 집 안을 살피고 가곤 했다. 그럴 때마다 어머니의 얼굴은 낭패감과 노여움으로 일그러졌다. 표정을 감추려 했지만 어머니는 어린 아들의 예민한 감각을 간과했다. 어머니가 아버지에 대해 무엇을 감추고 있음을 나는 진작부터 알고 있었다.

"우리 형근이 밥 참 잘 먹는다."

어머니는 아이를 보며 흐뭇한 표정을 지었다. 나는 입에 밥을 가득 문 채 시로 눈을 돌렸다.

> 검은 상복을 입고 40년 만에 처음 찾은 한라산
> 내가 나를 운구하듯 걷는 이 학살의 숲은
> 조금도 변한 것이 없다
> 산등성이마다 뼛가루처럼 쌓여 있는 흰 눈이며
> 나뭇가지마다 암호를 주고받는 새들의 울음소리며

벨 소리가 났다. 어머니가 일어나 현관으로 나갔고, 문 따는 소리가 들렸다.

그 빈산에 그들은 다시는 돌아오지 않았다.
살아도 흘러가고
죽어도 흘러가고
마침내 살아 있는 모든 것들이 흘러갔다.
죽은 자들은 말이 없고 산 자들은 더 말이 없는
이 참혹한 한라산
마지막 몇 사람이 기적처럼 살아
이젠 상주가 되어 걷는 이 학살의 숲

어머니의 짧은 비명이 들렸다. 두 남자가 구두를 신은 채 성큼성큼 들어왔다.

"옷을 입으시죠."

한 남자가 낮게 말했다.

"명령입니다."

어처구니없어 하는 나에게 남자는 짧게 내뱉었다. 새벽녘의 잠 속에서 끌어내는 날카로운 벨 소리, 문짝이 흔들리는 발길질 소리와 함께 집 안으로 뛰어 들어오는 남자들, 손가락 끝에서 펄렁이는 수색영장. 나는 입술을 깨물며 일어났다. 옷을 다 입자 수갑을 채웠다. 고개를 돌려 아이를 보았다. 불빛을 등지고 서 있는 아이의 얼굴이 그늘져 있었다. 그들은 대기시켜놓은 차의 뒷좌석 가운데에 나를 앉히고는 점퍼를 벗어 내 머리에 씌운 후 짓눌렀다. 어둠 속에서 아이의 얼굴이 떠올랐다. 저 아인 얼마나 알고 있을까. 자신이 견뎌야 하는 어둠의 깊이를.

2

—우리는 너를 깨부술 것이다.

낮고 건조한 목소리였다. 몸은 꼼짝도 할 수 없을 정도로 단단히 묶여 있었다. 누군가가 수건으로 얼굴을 덮더니 물을 부었다. 차갑던 물이 조금 후 살을 태워버릴 것 같은 뜨거운 물로 변했다. 핏줄이 뒤틀리고 신경이 마디마디 끊어지는 듯했다. 뜨거운 물이 전기임을 아는 순간 시간이 뾰족한 가시가 되어 일어섰다.

내 몸은 가시투성이였다. 가시는 손바닥에 박혀 있었고, 이마에 박혀 있었고, 목을 꿰고 있었고, 가슴을 어깨를 허벅지를 다리를 발바닥을 뚫고 있었다. 내 몸을 가시투성이로 만드는 이들은 누구인가? 가면을 쓴 것 같은 납빛 얼굴, 싸늘한 웃음, 석고로 빚은 듯한 냉랭한 손. 그들은 살아 숨 쉬고 있는 내 몸을 종이 구기듯, 나무를 깎듯, 쇠붙이를 썰듯 무심히 다루었다.

—지금 우리는 자백을 필요치 않는다. 너에 대한 정보를 하나도 빠짐없이 쥐고 있으니까. 우리가 원하는 것은 너를 파괴하는 것이다. 완벽한 파괴를 원한다. 너는 가루가 될 것이다. 손으로도 쥘 수 없는, 바람에 먼지처럼 흩날리는 가루 말이다. 우리의 이 작업이 파괴적 열정으로 보이는가? 천만에! 우리는 너희들보다 훨씬 더 차갑고 냉정한 이성을 갖고 있다. 체제의 질서를 위태롭게 하는 너희들은 체제의 객관적 적이다. 체제를 책임지고 있는 우리는 객관적 적을 제거해야 할 의무를 갖는다. 적의 제거 작업은 너희들처럼 지붕 위에서 소리치며 하지 않는다. 지하의 땅에서 아무도 모르게, 조용히 수행한다. 우리는 작업의 결과인 가루를, 너희들의 정신과 육신

의 가루를 대중에게 뿌린다. 그들이 놀랄까? 그들이 소리치며 우리를 비난할까? 천만에! 그들은 아무것도 모른다. 너희들의 뼈와 살이 그들의 얼굴에 어깨에 손등에 내려앉는 것을. 식탁에 내려앉아 음식과 함께 목구멍 속으로 들어가도 그들은 까맣게 모른다.

한 여인이 아이를 안고 있다. 흰 무명옷을 입은 여인은 아이를 껴안고 하늘을 두리번거린다. 하늘은 흐리고, 여인의 얼굴은 늙고 지쳐 보인다. 어디선가 물 흐르는 소리가 난다. 강물 소리다. 붉은 강이 여인의 발아래로 흐르고 있다. 강물이 왜 붉은지 알 수 없다.

—인간은 늘 상처를 입고 있지. 그 상처에서 흘러내리는 피가 저 강물로 흘러들어 가고 있어. 여인이 서 있는 강둑을 보아라. 둑 위의 꽃들마저 붉게 피어 있지 않느냐.

그랬다. 여인이 서 있는 둑은 온통 붉은 꽃으로 덮여 있다. 여인의 발은 붉은 꽃 속에 묻혀 있고, 흰 무명옷에 안긴 아이는 하늘을 두리번거린다. 저 아이는 하늘에서 무얼 찾고 있는가?

—새를 찾는다.

새를?

—그렇다. 하늘을 나는 새.

왜 새를?

—여인은 아들을 기다리고, 아이는 새를 찾는다. 여인은 아이에게 말하지. 아가야, 하늘에 있는 새 이름을 부르면 안 된단다.

무슨 뜻인지 알 수 없군요.

—새는 집을 나간 여인의 아들이고, 아이는 집 나간 아버지를 그리워하며 부르고 있지.

왜 아버지의 이름을 부르면 안 됩니까?

—여인은 아들의 이름을 숨기고 있다. 빨갱이에겐 이름이 곧 그물이며 흉기이기 때문이지. 그것을 모르는 아이는 아버지의 이름을 자꾸 부른다. 이름이 하늘에 퍼지면 새는 날개를 잃게 된다. 날개를 잃으면 저 붉은 강으로 추락하는 거지. 그래서 여인은 목멘 소리로 아이에게 새를 찾지 말라고 애원하는 것이다.

목소리가 멀어지고 있다. 여인을 자세히 보려 눈에 힘을 모은다. 어머니다. 어머니의 품에 안긴 아이의 얼굴은 주름져 있고 눈에는 눈물이 그렁그렁하다. 내가 저 눈물을 닦아주고, 저 주름살을 펴주어야지. 나는 아이에게 가기 위해 오므렸던 다리를 펴고, 날개 면적을 좁히면서 빠르게 하강한다. 아이의 목소리가 점차 또렷해지면서 내 텅 빈 뼈를 채운다.

—새가 왜 하늘을 날 수 있는가? 뼈가 종이처럼 얇고, 속은 대나무처럼 텅 비어 있기 때문이다. 그런데 아이의 목소리는 텅 빈 뼈를 채우고 있다. 여인은 그것을 알고 아이의 입을 막으려 하지만 아이는 받아들이지 않는다. 이제 너는 아이의 무게에 못 이겨 추락할 것이다. 붉은 강으로.

새는 빠른 속도로 추락한다. 날개는 뼛속을 가득 채운 소리의 무게를 이기지 못한다. 날개를 아무리 파닥거려도 뼈의 무게를 감당할 수 없다. 붉은 강이 보인다. 핏빛처럼 붉다. 눈을 감는다. 붉은색은 눈꺼풀을 뚫고 동공 속으로 파고든다. 세상이 핏빛이다. 피의 강에 빠져 허우적거린다. 의자가 보인다. 붉은 강 위에서 조금도 흔들리지 않는다. 저 의자에만 올라가면 피의 강을 벗어날 수 있을 것 같다. 검은 하늘에서 손이 불쑥 내려온다. 쇠처럼 단단하고 완강한 손이다. 손은 나를 가볍게 들어 올려 의자에 앉힌다.

—네가 앉아 있는 의자가 무엇인지 아느냐?

조금 전과는 전혀 다른, 냉랭하고 위협적인 목소리다.

—전기의자다. 전기를 넣으면 너의 몸이 새까맣게 타버릴 것이다.

나는 의자에서 내려오려고 버둥거리지만 손은 내 몸을 완강히 틀어쥐고 있다. 내 입에서 나의 의지와는 상관없이 비명이 터져 나온다. 목 안에서 뜨거운 김이 피어오르고, 샛노란 살갗 위로 핏줄이 일어선다. 죽음이 파고든다. 죽음을 지시하는 자의 눈이 보인다. 빛 한 점 없는 눈, 인간의 고통에 무관심한 눈, 생명을 철저히 모독하는 눈이다. 나는 고개를 흔든다. 너를 인정할 수 없어. 내가 숨을 쉬는 한 너를 인정할 수 없어. 절대로, 절대로 무릎 꿇을 수 없어. 목에서 피가 나도록 소리를 지르다 눈을 뜬다. 아무것도 보이지 않는다. 붉은 강도, 전기의자도, 강둑에 서 있는 어머니도, 아이도. 회색의 시멘트 벽과 차가운 철창만이 희미한 빛 속에 떠 있다.

—우리들은 너희들을 타락시킬 수 있다. 이 세상 가장 낮은 곳까지.

그래, 그들은 나를 타락시켰지. 발가벗기고, 바닥을 기게 하고, 구두를 핥게 하고, 어떤 말도 하겠으니 제발 고통을 멈추게 해달라고 눈물을 흘리며 빌도록 만들었지. 겨우 일어나 철창으로 다가간다. 철창 너머 저문 하늘이 보인다.

—인간은 늘 상처를 입고 있지. 그 상처에서 흘러내리는 피가 저 강물로 흘러들어 가고 있어. 여인이 서 있는 강둑을 보아라. 둑 위의 꽃들마저 붉게 피어 있지 않느냐.

목소리가 다시 들린다. 붉은 꽃들이 떠오르면서 입에서 신음이 새어 나온다. 강둑의 붉은 꽃들은 영산홍이다. 유년 시절의 영산홍.

대숲 바람이 고요히 잠을 자던 5월 어느 날, 저녁을 먹자마자 곯아떨어졌다가 오줌이 마려워 눈을 떴다. 어머니가 보이지 않았다. 달빛이 스며드는 방 안이 텅 비어 있었다. 졸음에 겨운 눈을 비비며 일어나 마당으로 나왔다. 치자나무 아래에서 바지를 내렸다. 무서움에 주위를 두리번거리다가 불빛을 보았다. 불빛은 별채에서 새어 나오고 있었다. 오래전부터 사용하지 않아 쥐들만 들락날락하는 곳이었다. 발소리를 죽이며 별채로 갔다. 대숲으로 이어지는 별채 끝에서 두런두런 이야기 소리가 났다. 한 목소리는 어머니였고, 다른 목소리는 남자였다. 장지문에 바짝 붙어 서서 귀를 곤두세웠다. 워낙 소리가 낮아 무슨 말인지 알아들을 수 없었다. 어조로 보아 어머니가 남자에게 간절히 애원하고 있었고, 남자는 받아들이지 않는 듯했다. 어머니의 목소리가 높아지더니 터지는 울음과 함께 뜻밖에도 내 이름이 튀어나왔다.

"성수가 불쌍하지도 않아요."

화들짝 놀랐다. 네 아버지는 물 건너 공부하러 가셨다. 어머니의 목소리가 귓전을 맴돌았다. 가슴이 쿵쿵거렸다. 멀리서 여우 울음소리가 들렸다. 무서웠다. 여우의 울음소리가 무서웠고, 내가 알 수 없는 어른의 세계가 무서웠다. 울음은 무서움의 표현이었다. 울음을 삼키려고 애를 썼으나 울음소리가 새어 나오고 있었다. 문이 열리면서 어머니가 허겁지겁 나왔다. 어머니는 눈물 젖은 내 얼굴을 품었다. 어머니의 품에 안겨 어머니의 말을 기다렸다. 하지만 어머니는 내가 기다린 말을 하지 않았다. 그사이 남자는 사라졌다. 다음 날에도 어머니는 침묵했다. 그날 밤에 아무런 일이 없었던 것처럼.

내가 꿈을 꾸었던 게 아닐까, 하는 생각까지 들 정도였다.

그러던 어느 날 어머니는 아침밥을 먹자마자 목욕을 해야 한다면서 나를 부엌으로 데려갔다. 목욕물은 데워져 있었다. 때를 미는 어머니의 손은 여느 때보다 세심했다. 목욕을 마치자 어머니는 경대 앞에서 참빗에 길든 머리를 땋아 틀어 올려 쪽을 찐 후 자주 고름 단 연분홍 저고리와 비둘기색 치마를 입었다. 어머니가 가장 아끼는 옷이었다. 나는 흰색 깃이 달린 옷을 입었다. 집 밖을 나서는 어머니의 손에는 커다란 보자기가 들려 있었다. 어디로, 누구를 찾아가는지에 대해 한마디도 하지 않았다. 마을을 벗어나자 어머니는 신작로를 버리고 산길로 들어섰다. 한 시간쯤 걸었을까, 조그만 절이 보였다. 어머니는 절을 돌아 숲속으로 들어갔다. 조금 걸으니 빈터가 나타났고, 주위에는 붉은 꽃들이 탐스럽게 피어 있었다. 빈터에 자리 잡은 어머니는 보자기에서 물통을 꺼내더니 물을 떠 오라고 했다.

"위로 올라가면 물이 있을 게다."

어머니의 말대로 조금 올라가자 물이 흐르는 계곡이 있었다. 물을 가득 채운 병을 들고 내려오니 어떤 남자가 어머니와 이야기하고 있었다. 그날 밤 별채에서 본 남자임을 직감했다. 나는 쭈뼛쭈뼛 다가갔다.

"네 아버지다."

어머니는 담담히 말했다. 남자를 올려다보았다. 키가 몹시 컸고, 까맣게 탄 얼굴이 말라 보였다. 그는 빙그레 웃으며 손을 내밀었다. 나는 주춤주춤 손을 잡았다. 따뜻했다. 알 수 없는 슬픔이 일었다. 어머니는 가져온 보자기를 풀었다. 술이 나왔고, 닭고기가 보였다.

"아버지께 술 한잔 따라드려라."

나는 떨리는 손으로 술병을 기울였다. 투명한 술이 졸졸 흘러내렸다. 어머니는 말없이 닭고기를 뜯었다.

"저 꽃이 무언지 알아?"

내가 따른 술을 쭉 들이켠 남자는 주위에 피어 있는 붉은 꽃을 가리키며 물었다. 나는 고개를 흔들었다.

"영산홍이란다."

영산홍. 나는 그 말을 가만히 되뇌었다.

"성수야, 계곡에 가서 씻고 오너라."

어머니의 말뜻을 금방 알아차렸다. 나는 쓸쓸히 빈터를 떠나 계곡으로 향했다. 계곡에 얼마나 있다가 내려가야 하는지 알 수 없었다. 계곡을 따라 무작정 올라갔다. 숨이 턱까지 차오르자 걸음을 멈추고 계곡물에 얼굴을 씻었다. 물은 얼음처럼 차가웠다. 외로움이 밀려왔다. 나를 이곳까지 보낸 어머니가 야속했다. 바위에 누워 손으로 뺨을 가만히 만졌다. 아버지의 체온이 남아 있는 것 같았다. 바람에 흔들리는 붉은 꽃이 어른거렸다. 영산홍. 낯선 꽃 이름을 조심스럽게 발음해보았다. 눈물이 핑 돌았다.

얼굴에 무언가가 닿았다. 부드러운 깃털 같기도 하고, 마른 나뭇잎 같기도 했다. 눈을 뜨려고 했지만 눈꺼풀이 너무 무거웠다. 여기가 어딘지, 언제 잠이 들었는지 생각이 나지 않았다. 간신히 눈을 떴다.

"이제 잠을 깼구나."

아버지였다. 아버지가 미소를 머금고 나를 내려다보고 있었다.

"엄마가 걱정하신다. 빨리 내려가자."

아버지는 나를 번쩍 들어 안았다. 내 몸이 새처럼 붕 뜨는 것 같았다. 금방이라도 하늘로 날아오를 듯했다. 하늘이 빙글빙글 돌았다. 아버지는 가파른 계곡을 성큼성큼 내려갔다. 계곡이 끝나고 빈터가 보이자 나를 내려놓았다. 어머니는 혼자서 술을 마시고 있었다. 기척에도 고개조차 돌리지 않았다. 아버지는 나무처럼 서서 어머니의 뒷모습을 내려다보다가 나지막이 말했다.

"가야 할 시간이 됐소."

목소리가 슬펐다.

"잘 있어라."

아버지는 내 머리를 쓰다듬으며 미소를 지었다.

"엄마 말 잘 듣고……"

무어라고 말하고 싶었으나 목이 메어 말이 나오지 않았다.

"가겠소."

어머니는 뒤돌아보지 않았다. 해가 지면서 서녘 하늘은 노을로 가득했고, 술에 취한 어머니는 노래를 부르기 시작했다.

> 광막한 황야에 달리는 인생아
> 너의 가는 곳 그 어디이더냐.**

담홍의 꽃잎은 바람에 흔들렸고, 어머니의 얼굴은 발갛게 달아 있었다.

> 쓸쓸한 세상 험악한 고해에

** 윤심덕 작사, 「사의 찬미」에서. 이하 인용은 같은 노래.

너는 무엇을 찾으러 가느냐

나는 웅크리고 앉아 아버지가 사라진 숲을 멍하니 보았다. 새는 내가 아니라 아버지였다. 내 몸 어디에도 날개가 없었다. 날개는 아버지의 겨드랑이에 있었다. 나는 잠시 아버지의 몸에 달려 있었을 뿐이다. 아버지는 나를 다시 세상의 땅에 내려놓고 어디론가 훌훌 날아간 것이다. 서녘 하늘에 시선을 놓고 있던 어머니가 흐트러진 옷을 추스르며 일어섰다.

"너네 아버지는 이제 오지 않는다."

어머니의 목소리가 머릿속에서 빙글빙글 돌았다.

3

멀리서 기차 소리가 어렴풋이 들려왔다. 눈을 감았다. 기차는 지금 교도소 담장 밖 야산 모퉁이를 돌고 있을 것이다. 산을 넘고 들판을 가로질러 교도소의 회색 벽을 지나 차가운 쇠창살을 스치며 귓속으로 바람처럼 스며드는 소리의 모습을 상상했다. 바람처럼 부드럽게, 새처럼 자유롭게 움직이는 소리가 부러웠다. 눈을 떴다. 처마 밑에 웅크리고 있는 비둘기가 보였다. 옥사 지붕 구석구석에 알을 낳아놓고는 제대로 품어주지 않는 저 둔감한 날짐승은 아침마다 음울한 울음소리로 수인들의 잠을 깨웠다.

단식한 지 일주일째 접어들어 몸은 삐쩍 말랐지만 머릿속은 맑았다. 단식은 갇힌 자가 할 수 있는 가장 적극적인 저항 행위다. 스스로 제 살을 깎음으로써 폭력에 대한 근원적 저항을 나타낼 뿐 아니라 몸을 투명하게 함으로써 시들어가는 정신을 일깨운다. 어제는 어머니가 예정일도 아닌데 면회를 왔다. 교도관들이 나의 단식을 중단시키려고 어머니를 부른 것이다.

"형근이는 잘 있다."

입을 꾹 다물고 내 얼굴만 보고 있던 어머니가 물기 어린 목소리로 말했다. 아이의 작은 얼굴이 아련히 떠올랐다.

"곡기를 언제까지 끊을 참인가."

어머니의 물음에 눈을 내리깔았다.

"꼭 네 아버지를 닮았구나."

어머니는 한숨을 쉬면서 중얼거렸다. 아버지. 참으로 오랜만에 어머니의 입을 통해 듣는 말이었다.

숲속의 빈터에서 아버지와 헤어진 이후 어머니는 며칠 동안 넋을 놓고 있었다. 한밤중 잠결에 어머니의 흐느껴 우는 소리가 어렴풋이 들리는가 하면, 마루에서 술을 마시며 구슬픈 노래를 부르곤 했다. 며칠 후 낯익은 순경이 집으로 와 어머니에게 무어라고 말하고 총총히 갔다. 다음 날 어머니는 나를 이모에게 맡겨놓고 어디론가 떠났다. 닷새 후 돌아온 어머니는 자신의 외출에 침묵했다. 아버지에게 무슨 일이 일어났는지 묻고 싶었으나 어머니의 음울한 침묵에 입이 떨어지지 않았다. 그 후 어머니는 아버지라는 존재가 애초부터 이 세상에 없었던 것처럼 처신했다. 그 모습이 너무나 완강해 아버지라는 말조차 입에 올리지 못했다.

아버지가 다시 내 앞에 나타난 것은 1973년 가을이었다. 군대에서 제대한 나는 가을 학기 복학을 놓치고 비교적 한가한 시간을 보내고 있었다. 해가 질 무렵, 시골에 사는 이모가 불쑥 나타나 뜰에서 나무 손질을 하고 있는 어머니를 다짜고짜 방으로 끌어들였다. 분위기가 심상치 않아 방 안의 소리에 귀를 기울였다. 목소리가 너무 낮아 알아들을 수 없었지만 간혹 이모의 높은 언성이 새어 나오곤 했다. 멀쩡히 살아 있는 본처도…… 첩 주제에…… 송장과 다름없는 사람을…… 빨갱이…… 앞뒤가 툭툭 잘린 채 들려오는 이모의 노여운 목소리가 가슴속으로 아프게 파고들었다. 그날 밤 어머니는 나를 불렀다.

"내가 네 아버지를 숨긴 것은 우리를 위해서였다. 아버지는 전쟁 중 인민군 치하에서 어쩔 수 없이 부역을 하셨는데 그것 때문에 여태껏 감옥에 계셨다."

영산홍이 떠올랐다. 바람에 흔들리는 담홍의 꽃잎, 저녁노을, 어머니의 노랫소리.

"출옥을 하셔도 마땅히 가실 데가 없고…… 우리가 모셔 와도 괜찮을지……"

어머니는 말끝을 흐리며 내 표정을 살폈다.

이모의 말대로 아버지는 송장과 다름이 없었다. 들것에 실려 왔고, 어머니가 쑨 죽조차 넘기지 못했다. 아버지가 운명한 것은 그로부터 한 달이 채 못 되어서였다. 운명 직전 아버지의 왼쪽 발을 우연히 보았다. 발바닥이 이상한 형태로 움푹 패어 있었다. 살이 뭉텅 잘려 나간 것 같았다. 뼛가루를 강물에 흘려보낼 때 어머니는 낮게 울었다. 나는 무심히 흐르는 강물을 보며 아버지가 나에게 남긴 말을 생각했다.

"나는 무릎을 꿇지 않았다."

헐떡이면서, 힘들고 고통스럽게 말했다.

"아버지의 본관은 금녕 김씨다. 신라 경순왕에서 시작되어 사육신 김문기로 이어져 너에게까지 내려왔다."

어머니는 긴 울음 끝에 말했다. 하지만 나는 김씨가 아니었다. 강씨였다.

4

내가 강제로 의무과로 끌려오자 건장한 남자들이 주전자와 깔때기가 달린 빨간 고무호스를 갖고 들이닥쳤다. 강제 급식 기구들이었다. 완강히 저항했으나 그들을 이길 수 없었다. 그들은 나를 진찰대에 눕히고 나무쐐기와 함께 고무호스를 입안으로 밀어 넣었다. 목 안으로 물처럼 미끄러운 것이 흘러들어 왔다. 미음이었다. 구역질이 나면서 숨이 가빴다. 노여움에 혼신의 힘으로 소리쳤다. 입에서 나온 미음이 코와 눈두덩으로 흘러들었다. 숨을 쉴 수 없었고, 기관지가 찢어지는 듯 아팠다. 얼마 후 고무호스와 나무쐐기가 빠져나가고, 주삿바늘이 몸에 꽂혔다. 의식이 혼미해지면서 몸이 풀어졌다. 흐릿한 빛 속에서 무엇인가 움직였다. 아버지의 손이었다. 뼈처럼 앙상한 아버지의 손이 허공에 걸려 있었다.

"나는 무릎을 꿇지 않았다."

아버지의 마지막 말은 내 머릿속을 좀처럼 떠나지 않았다. 그 속에는 담홍의 꽃잎도, 바람의 자취도 없었다. 아무것도 보이지 않았고 아무것도 들리지 않았다. 그저 삐쩍 마른 말에 불과했다.

1975년이 되자 유신 정권은 저항 세력에 대한 탄압의 강도를 높였다. 이듬해 나는 지하 유인물을 만들다가 긴급조치 9호 위반으로 투옥되었다. 견고한 벽, 우중충한 색깔들, 옥사 지붕 위의 풀포기, 창살로 스며 들어오는 한 줌의 햇빛. 나의 첫 감옥살이는 이런 풍경들 속에서 시작되었다. 처음에는 낯설고 두려웠으나 시간이 감에 따라 조금씩 적응되어갔고, 갇힌 삶의 질서를 터득해갈 무렵 옥사 선배에게 비전향 사상범에 관한 이야기를 들었다.

햇볕 따사로운 오후, 우리는 교도소 운동장 구석에 쪼그리고 앉아 이런저런 이야기를 하고 있었다. 내가 갇힌 자로서의 절망과 기다림을 조심스럽게 이야기하자 선배는 배시시 웃었다. 경멸도 아니고, 그렇다고 공감의 표정도 아닌 묘한 웃음이었다. 그러면서 한 이야기가 비전향 사상범의 역사였다.

“6·25전쟁 발발 직후 좌익 사상범들은 몇 개의 감옥에서 풀려난 경우를 제외하고 대부분 학살되어 지금은 1950년 이전부터 계속 구금된 좌익 사상범들은 한 사람도 없다. 지금의 좌익 사상범들은 전쟁의 와중에서, 혹은 정전 후 혼란한 시기의 사법 체계에 의해 재판을 받은 이들이다. 그때 무기징역을 받은 사람들은 4·19 직후 대부분 20년으로 감형되어 1960년 중반부터 시작된 만기 출옥이 1970년에는 본격적으로 이루어졌다. 이에 불안을 느낀 유신 정권은 1973년 전향 공작 전담반을 설치한 후 전향 강요 고문을 집중적으로 실시했다. 그 결과 비전향 사상범들은 세 가지 인간으로 분류되었다. 고문을 이기지 못해 전향한 이, 고문으로 죽은 이, 고문을 이겨내고 자신의 사상을 지킨 이들이다.”

죽은 이는 사인이 조작된 채 흙 속에 묻혔고, 사상을 지킨 이는 새로운 족쇄에 갇혔다고 했다.

"그것이 바로 사회안전법이라는 괴물이다. 간단히 말하면 전향을 하지 않으면 만기가 되어도 출소를 허락하지 않는 법이다. 1953년 빨치산 신분으로 체포되어 22년째 옥살이를 하고 있던 황 선생은 1973년의 그 살인적 고문을 이겨낸 분이었다. 황 선생이 받은 고문은 끔찍했다. 매타작에서부터 물고문, 전기 고문, 바늘로 온몸 찌르기, 관절 뽑기, 비녀 꼽기, 불에 달군 쇠꼬챙이로 살 태우기 등등 상상을 초월하는 고통을 그분은 담담히 회상하고 있었다. 나는 진저리를 치며 물었다. 전향이라는 것이 얼마나 무거운 죄이기에 그토록 끔찍한 고통을 감내하느냐고. 그분은 말했다. 인간 앞에서는 무릎을 꿇을 수 있지만 역사 앞에서는 무릎을 꿇을 수 없다고."

그 말을 듣는 순간 섬광처럼 파고드는 목소리가 있었다. 아버지가 나에게 했던 마지막 말, 어둠 속에서 홀로 앙상한 뼈처럼 서 있는 말이었다.

"그동안 나는 역사라는 말을 수없이 해왔고, 또 들어왔지만, 그토록 무게가 실린 말은 처음이었다. 이데올로기는 관념이지만, 그것을 실천하는 인간의 운동에 의해 현실적이고 구체적인 힘, 즉 권력으로 전화된다. 그러므로 역사란 이데올로기를 권력화하려는 인간의 끊임없는 운동이라 할 수 있다. 역사가 살아 있는 생명체의 모습을 가질 수 있는 것은 권력화로의 운동 때문이다. 역사가 수레라면 권력은 바퀴이며, 인간은 이 바퀴를 굴린다. 역사에 철저히 복무한다는 것은 이데올로기를 권력화하는 운동에 철저히 복무함을 뜻한다. 철저한 역사의식은 철저한 권력화 의지를 뜻한다. 여기에서 황 선생은 어떤 모습으로 역사 앞에 서 있는지를 묻게 된다."

선배의 눈이 빛나고 있었다.

"황 선생은 신체의 자유를 철저히 박탈당한 감금된 존재이다. 권력이란 살아 있는 자, 운동하는 자만이 움켜쥔다. 죽은 자, 감금된 자는 권력을 잃은 자이다. 권력자는 권력을 잃은 자를 죽일 수 있고, 유폐할 수도 있다. 황 선생은 권력을 잃었기에 유폐된 것이다. 권력자는 죽임과 유폐를 통해 자신의 권력을 강화한다. 이것은 역사의 바퀴를 굴리는 인간이 피할 수 없는 냉혹한 법칙이다. 그런데 유신 권력자들이 사회안전법이라는 새로운 감금의 틀을 씌우는 순간, 황 선생은 새로운 모습으로 솟구쳐 올랐다. 사회안전법을 생각해보자. 그것은 사상 전향을 강제하는 법이다. 전향을 하지 않으면 감금에서 벗어날 수 없다. 황 선생은 전향을 거부했다. 가슴에 품은 이데올로기를 버리지 않음으로써 스스로 유폐를 선택한 것이다. 유폐의 주체는 유신 권력이 아니라 황 선생 자신이었다. 스스로에게 유폐를 명령한 황 선생의 모습은 권력자의 모습이다. 자신이 선택한 이데올로기를 온몸으로 권력화하는 치열한 인간의 모습인 것이다. 유신 정권은 사회안전법을 만듦으로써 어리석게도 자신의 권력을 송두리째 황 선생에게 바쳤다. 나에게 황 선생은 관념이 아니다. 그는 내 영혼에 숨소리를 불어넣는 생명체다. 그 생명체가 유폐의 굴속에서 이데올로기의 뼈를 안고 시간과 싸워왔다. 그 싸움에서 황 선생은 권력을 획득했다. 움직이지 않는 역사에 바퀴를 단 것이다. 황 선생은 나에게 진실을 말했다. 역사 앞에서 무릎을 꿇지 않았다는 말은 진실이다. 권력자는 무릎을 꿇지 않는다. 권력을 잃은 자만이 무릎을 꿇는다. 그는 역사에 바퀴를 달았다. 역사의 바퀴는 결코 정지하지 않는다."

5

바람이 뺨을 스쳤다. 바람이 여기까지 들어오는 게 신기했다. 육중한 철문과 두꺼운 통나무 문짝. 창은 특수 유리로, 벽은 두꺼운 스티로폼과 합판으로 되어 있어 주먹으로 쳐도 아프지 않다. 바깥과 통하는 유일한 출구는 변소 천장에 방사형으로 뚫린 작은 환기구였다.

정당한 이유 없이 식사를 거부했으며, 금지된 구호를 외쳤고, 국가의 재산인 교도소 기물을 파손했으므로 금치 20일에 처한다고 소장이 준엄하게 선고했고, 나는 곧 특수 독방으로 옮겨졌다. 그곳은 진공의 공간이었다. 기차 소리도, 새들의 지저귐도, 바람 소리는 물론 취침나팔 소리조차 들리지 않았다. 살아 있는 것들을 사무치게 그리워하게 만들고, 과거의 기억들을 끊임없이 되새기게 하는 유폐의 공간임을 처음에는 몰랐다.

눈을 감았다. 어둠은 깊은데 벽은 움직이지 않고 시간은 늪이 되어 차올랐다. 유폐된 자만이 느낄 수 있는 늪이 발바닥에서부터 천천히 차올라 무릎, 허리, 어깨, 목을 휘감았다. 몸은 본능적으로 늪에서 벗어나기 위한 동작을 취한다. 발바닥으로 바닥을 더듬고, 무릎을 오므리고, 두 팔을 뻗어 새의 날갯짓을 한다. 하지만 달라지는 것은 아무것도 없다. 아무리 안간힘을 써도 늪은 꿈쩍하지 않는다. 육체가 그토록 발버둥 칠 때 정신은 무엇을 하는가. 정신 역시 늪의 탈출을 꿈꾼다, 추억을 통해서. 늪 속에 잠긴 정신은 본능적으로 추억의 밧줄을 찾는다. 아이의 얼굴, 어머니의 얼굴, 결혼식 날의 웨딩 드레스, 인간 스크럼 속에서 터져 나오는 장엄한 함성. 내 손의 유인물들이 새털처럼 흩날리고, 정신의 맥박은 힘차게 뛴다. 그러나 늪은, 그 늪은 여전히 목을 조르고 있다. 맥박이 떨어지고, 핏줄이 가라앉고, 심장은 늪 아래로 가라앉는다.

유폐된 자에게 추억은 위험했다. 정신의 에너지를 끊임없이 죽였다. 그렇게 죽임으로써 늪의 힘을 높였다. 그 죽음 속에서 무엇을 해야 하는지를 생각했다. 식물이 되는 것이다. 추억을 깡그리 지우고 늪 속에 뿌리를 내려, 숨구멍으로 늪의 양분과 늪의 공기를 빨아들이고, 늪의 구조와 늪의 체온에 맞는 자세를 취하는 식물이 되는 것이다. 고통을 거스르고 저항한다는 것은 부질없는 짓이었다. 고통을 받아들이고, 고통에 몸을 맡길 때 고통은 약화되었다. 아버지가 떠올랐다. 햇살이 닿지 않는 0.75평의 방에서 아버지는 어떤 식물이 되어 고통을 견뎠는지 알고 싶었다.

"미전향 사상범에게 햇빛을 보게 해서는 안 되는 것이 유신 권력의 의지였고, 그 의지의 실천이 사회안전법이었다."

하지만 아버지는 짧은 시간이나마 햇빛을 보았다. 영산홍을 가슴에 새기고 있는 아들의 방에서, 파괴적 고문이 집중적으로 자행되고 있던 1973년 가을에. 아들에게, 아들이 서 있는 세상을 향해 던진 마지막 말이 '나는 무릎을 꿇지 않았다'였다. 바람이 불었다. 싱그러운 바람이었다. 바람 속에서 무언가가 흔들리고 있었다. 영산홍이었다. 물결치는 담홍의 꽃잎 사이에서 슬픈 노랫소리가 흘러나오고 있었다.

얼음의 집

천황의 죽음

1

겨울의 뜰은 차갑고 황량했다. 짚으로 감싸인 나무와 얼어붙은 흙이 스산한 풍경을 만들고 있었다. 이곳은 높은 지대라 얼음 박힌 바람이 자주 불었고, 정면으로 바람을 받는 나무들은 그만큼 더 견뎌야 했다. 하지만 저 흙 속에 묻힌 뿌리는……

나는 코를 흙에 가까이 댔다. 뿌리들은 지금 얼어붙은 이 흙 속에서 숨을 쉬고 있을 것이다. 봄이 오면 검은 흙을 밀고 올라올 보이지 않는 작은 생명들의 숨. 손바닥으로 가만히 흙을 눌렀다. 기분 좋은 냉기가 손안에 가득했다.

뜰 한쪽에 우뚝 서 있는 나무가 시선 속으로 들어왔다. 산수유였다. 식물들이 싹 틀 엄두도 내지 못하는 이른 봄에 홀로 황금빛 꽃을 피우는 나무. 계곡의 얼음이 녹고, 그 녹은 물이 흘러내리고, 아지랑이가 아른거리기 시작하면 저 산수유는 갈색의 꽃눈을 연다. 겨울

동안 굳게 닫혀 있던 네 장의 비늘잎이 벌어지면서 좁쌀 알 같은 노란색 꽃봉오리가 모습을 드러낼 것이다.

이른 봄의 황량 속에서 겨울을 이겨낸 생명의 모습을 확인한다는 것은 참으로 가슴 설레는 기쁨이다. 꽃눈이 부풀어 오르면서 꽃이 보일 듯 말 듯 터져 올라오는 것을 보는 즐거움이란…… 나는 미소를 머금고 뜰을 둘러보았다. 땅의 새로운 기운이 몸에 닿는 듯했다.

나의 기억 속에 심어진 최초의 식물은 옥수수였다. 다섯 살 때였던가, 여섯 살 때였던가. 어머니 등에 업혀 바라본 옥수수는 유년의 풍경 속에서 지금까지 한 폭의 그림처럼 떠오른다. 옥수숫대는 가끔 흔들렸고, 아삭아삭하는 소리가 났다. 산수유 잎이 흔들리는 소리와 흡사했다. 바람에 둔감한 여느 나무와 달리 길고 가는 잎자루를 달고 있는 산수유는 잔바람에도 아삭아삭 소리를 내며 흔들린다.

유년의 시절, 굶주림이 흙처럼 널려 있었던 궁핍한 시절. 멀건 시래기죽을 핥고, 만주에서 왔다는 썩은 옥수수로 만든 죽을 핥아도 허기는 여전히 목을 조른다. 해가 기울고 파란 보리들이 저녁 바람에 흔들리면 밭일을 마친 어머니는 허우적허우적 집으로 들어온다. 신발도 없이, 흙투성이 몸뻬 차림새로, 머리에 누런 수건을 접어 쓴 채. 하루 종일 뙤약볕에서 허리 굽혀 일해도 주린 배를 채울 수 없었던 그 가련한 여인은 배고파 칭얼거리는 어린 아들을 느릅나무 속껍질을 찧어 만든 죽으로 달랬다. 아버지는 동네 농장의 탱자 울타리를 가리키며 말했다. 저 왜놈 농장은 본래 조선 사람 것이었단다. 그놈들이 빼앗은 거지. 우리가 이렇게 가난한 것은 다 왜놈들 때문이야.

대문에서 무엇인가가 툭 떨어졌다. 신문이었다. 이른 아침에 신문을 읽는 일은 즐거움 중의 하나였다. 종이를 통해 세상을 읽는다는 것, 신음과 비명이 끊이지 않는 세상을 얇은 종이를 통해 바라본다는 것, 그것은 나에게 더없는 안온함을 주었다. 피투성이 세상에서 벗어나 있다는 안온함이었다. 정원 의자에 앉아 신문을 펼쳐 든 나는 눈을 크게 떴다.

히로히토 日王 死亡

어제 87세로, 아키히토 즉위…… 연호는 平成

내 입에서는 신음이 흘러나왔고, 신문을 쥔 두 손은 부들부들 떨고 있었다.

히로히토 일본 국왕이 1989년 1월 7일 오전 6시 33분 투병 1백 11일 만에 87세를 일기로 사망. 이로써 1926년부터 시작되어온 쇼와[昭和] 시대는 63년 만에 막을 내렸다…… 부왕인 다이쇼[大正]의 뒤를 이어 지난 1926년 12월 25일 26세로 즉위했던 히로히토는 일본의 상징적 존재로, 한때는 유일신으로 국민 위에 군림하기도 했으며, 특히 한국에 대한 일제 식민 통치 36년 중 후반 20년이 그의 재위 기간이었다.

내 손에서 신문이 툭 떨어졌다. 천황이 죽었다고…… 내 삶을 뒤흔들다 못해 결정적으로 바꾸어놓은 그 천황이 마침내. 나는 비틀거리며 의자에서 일어났다. 온몸이 뜨거운 열기로 달아오르고 있었다. 황혼의 몸으로는 감당할 수 없는 열기였다.

작년 9월 19일, 천황이 다량의 피를 토하고 쓰러졌다는 보도를 접한 후 내 눈과 귀는 일본 열도를 향해 열려 있었다. 그뿐이 아니었다. 내 손과 혀는 황궁 속으로 은밀히 숨어들어 그의 병든 육신을 더듬고 있었다. 살아 있는 신의 육신이 언제 싸늘한 주검이 되어 지상의 바닥에 묻힐 것인가 생각하면서.

천황이 피를 토하고 쓰러진 후 수많은 일본인은 연일 황거(皇居) 앞 광장에 모여 쾌유를 빌었다. 집회는 물론 결혼식들도 연기되었으며, 가을철의 각종 축제들은 모두 취소되었다. 일본 신문들은 1면에 고정란을 마련, 그날의 천황 병세 기록을 일기예보처럼 매일 알렸다. 하지만 그들은 알고 있었을까. 그동안의 총 수혈량이 3만 시시를 넘어섰으며, 87세 노인이 넉 달 가까이 미음 한 숟가락 제대로 넘긴 적이 없었음을. 나는 그의 죽음을 예감했지만, 그러나 불안했다. 그는 자연인이 아니었다. 그는 선택받은 자로서 신의 얼굴을 하고 있었다. 그 신의 기(氣)가 생명체의 법칙을 뛰어넘는다면…… 참으로 음습한 불안이었다. 하지만 결국 그는 죽었다. 이제 그는 죽었고, 나는 살아 있다. 나는 지금 살아 있는 자로서 그의 죽음을 내려다보고 있다. 더없는 황홀 속에서.

왜 천황은 나의 운명 속으로 파고들었는가. 왜 그가 내 운명을 움켜쥐고 흔들었는가. 그처럼 격렬히. 그와 나의 운명적 관계는 내가 일본 땅을 밟고부터 시작되었다. 어린 시절, 그 멀고 까마득한 시절부터.

눈이 흐려지면서 대숲 소리가 일어났다. 황토 빛 땅이 보였고, 누렇게 뜬 어머니의 얼굴이 떠올랐다. 가난에 찌든 그 여인은 진달래꽃 화사하게 핀 4월에 아이를 낳다 죽었다. 그해 겨울 아버지는 누나와 할머니를 남겨놓은 채 내 손을 잡고 삼촌이 있는 일본 땅으로 향했다. 내가 처음 본 도쿄의 하늘은 잿빛으로 잔뜩 흐려 있었고 거리는 음침했다. 1922년 12월, 내 나이 열세 살이었다.

2

아버지가 짐을 푼 곳은 조선인 노동자들이 집단으로 거주하는 판자촌이었다. 본래 그곳은 석탄 하치장이었는데, 부근 공장에 다니는 조선인 노동자들이 널빤지와 양철 조각 등으로 오두막을 지어 살면서 거주지로 탈바꿈했다. 판자촌 입구에는 공장에서 갖다 버린 석탄재가 늘 쌓여 있었다. 조선인들은 그 속에 섞인 코크스를 주워 연료로 사용했다. 비가 와서 일을 할 수 없는 날이면 코크스로 화덕에 불을 피우고 소 내장을 구워 먹곤 했다.

아버지는 저탄장에서 석탄 나르는 일을 했다. 컴컴한 새벽에 나가 해가 져서야 집으로 들어왔다. 그의 얼굴은 언제나 음울했다. 가끔 미소 지으며 내 머리를 쓰다듬기는 했으나 미소마저 음울했다.

당시 내가 가장 궁금했던 것은 아버지가 어린 아들을 낯선 일본 땅에 데려온 이유였다. 아버지에게 나는 아무런 도움이 되지 않았다. 오히려 짐이었다. 삼촌이 내가 할 수 있는 일거리를 마련해 왔음에도 아버지는 무슨 이유인지 거절했다. 게다가 나를 학교에도 보내지 않았다. 이 모든 것이 궁금했으나 어떤 것도 물을 수 없었다. 아버지의 침묵 때문이었다. 아버지는 꼭 필요한 말 이외는 좀처럼 입을 열지 않았다. 말없이 술을 마셨고, 취기가 돌면 뭐라고 웅얼거리다 잠이 들었다. 그가 잠든 모습을 보고 있노라면 꼭 죽은 사람 같았다. 때로는 정말 죽은 게 아닌가 해서 그의 얼굴에 귀를 바짝 갖다 대기도 했다.

아침에 눈을 뜨면 아버지는 보이지 않았다. 나는 옷을 껴입고 제주도에서 왔다는 할머니의 밥집으로 갔다. 아버지와 나는 거기서 밥을 먹었다. 나의 경우 밥만 먹는 게 아니었다. 물을 길어 오고, 아궁이에 불을 때고, 야근하고 들어와 곤히 자는 어른들을 깨우러 이 집 저 집 뛰어다녔다. 그 일로 내 밥값을 벌었다.

햇빛이 들지 않는 방 안은 굴속처럼 컴컴했다. 낡은 다다미 밑 나무판자가 썩어 몸을 움직이기만 하면 불쾌한 소리가 났다. 벽은 눅눅했고, 여기저기 곰팡이가 피어 있었다. 그곳에서 나는 작은 짐승처럼 웅크리고 있다가 무료해지면 슬며시 일어나 밖으로 나갔다. 더러운 개천가에서 풀을 뜯기도 했고, 시커멓게 썩어들어 가는 판자벽에 기대어 흙냄새와 나무 냄새가 뒤섞인 거리를 멍하니 보기도 했다.

판자촌에 내 또래의 아이는 한 명도 없었다. 그래서 간혹 판자촌을 벗어나 일본인 동네 쪽으로 가곤 했다. 그들은 나를 언제나 이상한 시선으로 보았다. 비록 어린 나이였지만 그들의 시선 속에 서려 있는 차가운 멸시를 나는 느끼고 있었다. 아이들도 마찬가지였다. 저희들끼리 수군거리면서 손가락질을 했고, 돌멩이를 던지기도 했다. 꿈에 죽은 어머니가 자주 보였고, 바람에 흔들리는 보리밭이 나타나곤 했다.

3

1923년 9월 1일, 도쿄와 요코하마 일대에 강한 바람이 불기 시작했다. 처음에는 동풍이었으나 해 뜰 무렵 저기압이 간토[關東]평야 남부를 덮으면서 남풍으로 바뀌었고, 비가 내리기 시작했다. 10시경 비가 그치면서 하늘에 구름이 걷혔다. 날씨가 무더워지고 있었고, 매미 소리가 유달리 요란했다. 다음 날은 일본인이 싫어하는 '니하쿠 도카'(210일)였다. 입춘날에서 210일째 날이라는 뜻인데, 이날을 전후해서 태풍이 자주 들이닥쳐 불길한 날로 생각했다.

오전 11시 58분 44초. 벽과 천장이 흔들리기 시작했다. 지진이었다. 첫 진동이 너무나 강력하여 중앙기상대의 지진계는 관측 불능 상태에 빠졌다. 늘상 경험하고 있던 지진이었기에 주민들은 크게 놀라지 않았다.

일본에서는 해마다 2백 회에서 3백 회 정도의 지진이 일어났다. 대부분 별다른 피해가 없었지만 간혹 큰 지진이 내습하곤 했다. 하지만 '니하쿠 도카'를 하루 앞둔 지진은 달랐다. 금방 진동이 커지면서 3~4초 후에 사람들에게 강한 충격을 주었고, 7~8초 후에는 건물이 흔들리기 시작했다. 사람들은 비로소 겁을 먹기 시작했다. 12초가 지나자 엄청난 진동이 내습했다. 대개의 경우 이것을 고비로 진폭이 줄어드는데 그날은 아니었다. 줄어들기는커녕 급속도로 커졌다. 도쿄 주변의 넓은 평야에 경련이 잇달아 일어났다. 집들이 무너지면서 기와가 물처럼 쏟아져 내렸다. 담장들이 넘어지고 가로수가 춤을 추었다.

대부분의 집들이 목조건물이었다. 장작개비와 다름없는 벽과 지붕 들이 점심 준비를 위해 피워놓은 풍로 위로 떨어졌고, 아궁이의 불길이 밖으로 튀어나왔으며, 가스관이 터지면서 불길이 치솟았다. 여름이 끝나가는 철이었기에 공기는 건조했다. 게다가 바람은 초속 10에서 15미터 속도로 불었다. 좁은 가로를 뚫고 질주하는 불길은 회오리바람을 일으켰다. 이 회오리에 휩쓸린 건물의 파편들이 눈보라치듯 사람들에게 달려들었다. 도쿄에서 가장 높은 건물인 아사쿠사의 12층 건물은 갈대처럼 흔들리다 무너졌다.

시간이 갈수록 가속이 붙은 불길은 한 시간에 8백 미터 이상의 거리를 잠식해 들어갔다. 태양은 황색 먼지 속에서 진홍빛을 띠고 있었고, 화염이 몰고 오는 열풍은 윙윙 소리를 내며 거리를 휩쓸었다. 도시는 아비규환이었다. 신음과 비명이 끊이지 않았고, 잃어버린 가족을 찾아 헤매는 사람들의 소리는 처참하고 구슬펐다.

4

눈부신 햇살이 비치는 제방가에 벚나무들이 있었다. 나무들이 붉게 보이는 것은 가지에 매달려 있는 사람들 때문이었다. 피투성이가 된 그들은 가지에 길쭉한 열매처럼 주렁주렁 걸려 있었다. 그 아래 강은 핏빛이었다.

나와 아버지가 어떤 과정을 거쳐 피로 물든 벚나무 아래로 끌려왔는지 지금도 정확하게 기억하지 못한다. 무너지는 집들과 종이처럼 날아다니는 기왓장, 치솟는 불길의 모습들은 생생히 떠오르건만 일본인들에게 붙잡힌 이후의 일들은 꿈속처럼 흐릿하다. 공포가 기억을 억제했는지도 모른다. 하지만 아버지의 마지막 모습은 가장 끔찍했음에도 머릿속에 생생히 각인되어 있다.

일본도에 손가락이 끊기고, 죽창에 찔린 옆구리에서 피가 흘러내리고 있음에도 아버지는 일본인들의 어릿광대 노릇을 하고 있었다. 그들의 입에서 내가 알아들을 수 없는 말이 튀어나오면 아버지는 엉금엉금 기기도 하고, 깡충깡충 뛰기도 하고, 흙을 입에 틀어넣어 우물우물 삼키는가 하면, 땅바닥을 혀로 핥았다. 그들은 명령했고, 아버지는 복종했다. 완전한 복종이었다.

아버지의 마지막 어릿광대 모습은 일본인들의 신발 밑창을 핥는 일이었다. 아버지는 혀를 길게 내밀고 그들의 신발 밑창을 열심히 핥았다. 그들은 좀처럼 만족하지 않았고, 아버지는 신발 밑창이 하얗게 되도록 핥고 또 핥았다. 하지만 그 대가는 죽음이었다. 일본도가 허공에서 번뜩였다. 피가 솟구쳐 올랐고, 아버지의 목은 옆으로 기울어졌다. 아버지는 죽음 직전까지 애걸하고 있었다. 칼이 허공으로 치솟을 때도 일본말로 뭐라고 외치며 빌었다. 무엇을 빌었을까? 일본말을 알아들을 수 없는 나는 알 수 없었다.

웬일인지 그들은 나를 죽이지 않았다. 살육에 싫증이 났던 것일까. 나는 누군가에게 이끌려 가메도 경찰서 안에 있는 임시 수용소로 들어갔다. 다음 날 아침 변소를 가던 중 3, 40구의 시체가 쌓여 있는 것을 보았다. 근처 무도장에는 조선인 3백여 명이 묶인 채로 뒤엉켜 있었다.

얼마 후 그중의 몇 사람을 뜰로 끌고 와 눈을 가리고 옷을 벗긴 후 총검으로 찔렀다. 시체가 치워지면 똑같은 일을 반복했다. 학살은 종일 계속되었다. 시체가 볏섬 쌓이듯 쌓여갔다. 나는 숨을 죽이며 시체 더미를 보았다. 차마 볼 수 없는 광경임에도 내 시선은 못 박힌 듯 꼼짝도 하지 않았다. 나는 알고 있었다. 나 역시 저 시체 더미 속으로 들어가리라는 것을. 학살을 멈춘 것은 다음 날 저녁이었다. 경찰들은 소방서의 손수레로 쌓인 시체들을 어디론가 다급히 운반하기 시작했다. 국제적십자사의 조사단이 온다는 소식에 시체를 아라가와[荒川] 방수로의 요츠기바시[四本橋]로 옮긴 후 장작과 석유로 태웠다는 사실을 훗날에 알게 되었다.

살아남은 이들은 무장한 기병대의 감시 아래 나라시노 연병장으로 끌려갔다. 조선인들은 자신들을 죽이기 위해 끌고 간다고 생각했다. 나 역시 그렇게 생각했다.

연병장에는 수많은 조선인이 수용되어 있었다. 상당수가 부상자들이었고, 굶주림에 시달렸다. 하루 한 개의 주먹밥은 허기를 채우기에 너무 부족했다. 사지가 멀쩡한 이들도 걸을 힘이 없어 엉금엉금 기어 다녔다. 밤에는 판자 위에서 담요 한 장을 덮고 잤다. 꿈에 아버지가 자주 나타났다. 피투성이가 된 그는 하얀 햇살 속에서 쉼없이 울부짖었다. 그 뒤에는 팔다리가 찢긴 채 벚나무에 걸려 있는 어린아이의 몸뚱이가 보였다.

보름 후 나는 그곳에서 풀려났다. 삼촌이 연병장 바깥에서 기다리고 있었다. 그는 뼈만 앙상히 남은 나를 부둥켜안고 울었다. 하지만 내 눈에서는 눈물 한 방울 나오지 않았다. 그날 저녁 나는 처음으로 따뜻한 밥을 먹고 깊이 잠들었다. 내가 깨어났을 때 삼촌은 근심스러운 표정으로 나를 내려다보고 있었다. 고열 속에서 헛소리를 하다 사흘 만에 깨어났다는 사실을 그를 통해 알았다. 그 후에도 고열과 혼수상태는 단속적으로 찾아와 나를 괴롭혔다. 의식이 끊어지는가 하면 다시 이어지고, 체중은 서서히 감소했다. 이러다가 죽을지도 모른다는 생각에 사로잡혔는데, 삼촌 역시 나의 상태를 지극히 우려하고 있었다.

그러던 어느 날 나는 늪 같은 잠에서 벗어나 겨우 눈을 떴다. 사방은 고요했고, 서녘 빛이 낡은 다다미 위에 괸 물처럼 고여 있었다. 썩은 나무 냄새가 역하게 났다. 방에서 엉금엉금 기어 나와 마당으로 내려갔다. 창 밑의 바싹 마른 땅에 돋아난 작은 분꽃이 보였다. 분꽃은 시들어가고 있음에도 담홍빛 꽃을 피우고 있었다. 나는 그것을 물끄러미 내려다보고 있었는데, 돌연 살아 있다는 느낌이 가슴 밑바닥에서부터 솟구쳐 올랐다. 그 느낌은 너무나 생생하고 강렬해 몸속에서 뜨거운 불이 타고 있는 듯했다. 열네 살 소년이 감당하기 힘든 그것은 황홀한 불꽃이었다.

죽음의 땅에서 빠져나왔다는 것. 아버지조차도 피할 수 없었던 죽음이 나를 비껴 나갔다는 것. 불과 연기와 시체로 가득 차 있었던 곳에서, 상상조차 할 수 없었던 죽음의 폭풍 속에서 시체 더미를 헤치고 홀로 걸어 나왔다는 것. 이 황홀한 사실이 왜 지금에야 떠오르는지 안타까울 지경이었다. 아버지의 죽음이 나의 황홀을 조금도 해치지 못하고 있으며, 오히려 황홀을 한층 빛나게 하고 있음을 깨달았을 때 흠칫 놀랐으나, 황홀의 압도적인 불꽃 앞에서 곧 스러지고 말았다.

해는 지고, 창 밑의 분꽃이 어둠에 덮여가도 몸속의 불은 좀처럼 꺼지지 않았다. 나는 살았다. 그들은 죽었는데 나는 살아 있다. 상처 하나 없이. 죽음은 그들을 덮쳤는데 나는 죽음을 뛰어넘었다. 나는 죽은 그들과 다른 존재다. 나는 선택받았다. 누군가에 의해. 어둠이 분꽃을 덮었을 때 가슴속의 불은 사위어갔다. 하지만 결코 사라지는 것이 아님을 나는 알고 있었다. 내 정신 깊숙한 곳으로 숨어 들어 갈 뿐이다. 어둠 속에 묻혀 있을 뿐 여전히 담홍의 꽃을 피우고 있는 분꽃처럼.

그날 이후 내 몸은 빠르게 회복되어갔다. 고열과 혼수는 씻은 듯이 사라졌고, 마른 뼈 위로 뽀얀 살이 돋았다. 갑작스러운 변화에 삼촌은 어리둥절하고 있었지만 나는 조금도 놀라지 않았다. 죽음의 늪에서 나를 일으켜 세운 것은 불이었다. 내 정신의 은밀한 골짜기에서 뜨겁게 타오르고 있는 황홀한 불이 나를 일으켰던 것이다.

내가 건강을 되찾자 삼촌은 고향에 데려다주겠다고 말했다. 나는 거절했다. 나는 홀로 설 자신이 있었다. 이 땅은 나에게 불을 주었다. 강한 생명, 선택받은 존재만이 획득할 수 있는 불이 내 가슴속에서 타오르고 있었다. 그런데 무엇 때문에 그 가난한 땅으로 돌아갈 것인가. 삼촌은 내 고집에 손을 들었다.

대역 사건

1

1923년 10월, 열네 살이었던 나는 아버지 없는 삶을 시작했다. 내가 맨 처음 한 일은 넝마주이였다. 일본말 못하는 조선인 아이가 그나마 할 수 있는 몇 안 되는 일 중의 하나였다. 이듬해 봄, 삼촌은 나를 야간학교에 보냈다. 1년 후 일본말을 어느 정도 할 수 있게 되자 제사 공장에 들어갔다. 그 후 전구 염색 공장, 건전지 공장, 철 공장, 공사판 등을 전전했다.

당시 일본인이 조선인에 대해 갖고 있는 전형적 관념은 조포(粗暴)하고, 흥분을 잘하고, 쉽게 부화뇌동하고, 근검 위생 사상이 모자라고, 낭비벽이 있고, 게으르며, 불결하고, 더럽다였다. 일본인의 이러한 생각은 조선인을 대하는 태도에서 고스란히 나타났다. '조센징'이라는 소리가 사사건건 따라붙었다.

내 가슴속의 불은 이것을 용납하지 않았다. 너는 선택받은 존재다. 죽음조차 너를 비껴 나가지 않았는가. 그런 네가 왜 멸시와 박해를 받아야 하는가. 나는 분노했고, 분노가 깊어질수록 가슴속의 불은 고통을 받았다. 게다가 노동의 가혹함에 비하면 대가는 너무나 보잘것없었다. 가난은 요지부동이었다. 인간의 삶이 아니었다. 짐승의 삶이었다. 그것도 덫에 걸린 짐승이었다. 덫은 완강하고 단단했다. 열쇠는 어디에도 없었다. 내가 열쇠의 빛을 감지하게 된 것은 인쇄공으로 취직했을 때였다.

인쇄소 주인은 사회주의자였다. 사회주의에 관한 팸플릿과 책을 접할 기회가 많았을 뿐 아니라, 사회주의자들의 잦은 방문과 회합으로 그들의 대화가 자연히 귓속으로 흘러들어 왔다. 시간이 지남에 따라 그들의 낯선 말이 익숙해지고 팸플릿과 책 속의 글들이 점차 선명해졌다. 내 눈은 빛나기 시작했고, 상처로 일그러진 가슴은 설렜다.

일본 제국주의가 지배하는 땅은 수많은 피압박 인민의 피를 뽑아 착취계급의 혈관 속에 처넣는 무자비한 기계이며, 인민이 받는 대가는 착취계급의 호화스러운 식탁에서 던져주는 뼈다귀일 뿐이라고 사회주의자는 외쳤다.

그래, 내 삶은 그 뼈다귀를 핥는 짐승의 모습과 조금도 다를 바 없지. 하지만 난 짐승이 아니야. 짐승의 삶에서 빠져나와야 해. 어떻게? 혁명이었다. 모든 착취와 악의 원천인 일본의 군국주의적 지배체제를 타도하는 혁명만이 해방의 열쇠를 움켜쥐는 유일한 방법이었다.

—유일의 관심, 유일의 사상, 유일의 열정, 유일의 고통. 그것은 곧 혁명이다. 혁명은 파괴다. 파괴는 혁명의 꽃이다. 완전한 멸망 속에서 완전한 창조가 솟아오른다. 파괴를 망설이고 두려워하면서 창조를 탐하지 말라. 파괴는 유일의 목적이며, 유일의 과학이다.

이 무정부주의적 혁명의 목소리는 나의 고통을 위무하고 있었다. 그것은 놀랍게도 상처로 사위어가는 가슴속의 불을 일으켰다. 황홀의 불이 다시 일렁이기 시작했다. 이제 더 이상 박해받지 않을 것이며, 더 이상 상처 입지 않을 것이다. 나는 더 이상 짐승일 수 없었다. 내 나이 17세였던 1926년 9월, 나는 무정부주의자들의 그룹에 들어갔고, 거기서 정준영과 운명적인 해후를 했다.

2

"세계는 썩고 타락했다. 너무나 썩고 타락해 인간의 자유와 이상이 숨 쉴 공간이 없다. 순결은 죽었고, 아름다움은 부패했다. 이 세계의 죽음에서 우리는 자유롭다고 생각하는가? 세계가 죽었는데 우리의 생명력은 용납될 수 있는가? 한없이 푸른 하늘을 보면서 아름다움을 꿈꿀 수 있는가? 천만에! 그것은 반역이며 죄악이다. 세계의 아름다움은 이미 죽었다. 그러므로 우리는 아름다움의 감정을 죽여야 한다. 자신의 내면을 끊임없이 살해하는 일. 이것이야말로 이 시대에 우리가 할 수 있는 유일한 도덕적 실천이다."

정준영의 눈이 차갑게 빛나고 있었다. 저 차가운 눈빛을 나는 사랑했다. 그를 통해 나는 세계의 죽음을 느꼈고, 그를 통해 주검에서 피어오르는 부패의 냄새를 맡았다. 정준영의 내면은 가혹한 폭풍을 내장한 황량한 사막이었다. 그가 원하든 원치 않든 폭풍은 파괴를 향해 질주했다. 그의 생명을 지탱하는 폭풍은 격렬한 파괴를 통해 소멸하는 불꽃이었다.

정준영은 공사판을 찾아 떠도는 뜨내기 노동자였다. "막노동꾼을 죽이려면 칼 따위는 필요 없다. 비 내리는 궂은 날이 며칠만 계속되면 충분하다"라는 말이 생길 정도로 그들은 하루살이 같은 삶을 영위하고 있었다. 도쿄에서 멀지 않은 시바우라 항구 매립지에서 일하고 있었던 정준영이 시나노강 댐 공사장에 가면 높은 임금을 받을 수 있다는 말에 솔깃해 동료 몇 명과 함께 짐을 싼 것이 새로운 운명의 시발점이었다.

속칭 지옥의 골짜기라고 하는 작업장의 1천 2백여 명 노동자 가운데 절반 가까이가 조선인이었다. 선불 40원에 한 달 69원의 임금으로 고용된 조선인 노동자들은 새벽 4시부터 밤 8~9시까지 가축처럼 혹사당했다. 탈출자들이 속출했고, 붙잡힌 이들은 가혹한 벌을 받았다. 벌거벗겨 나무둥치나 천장에 매달아 곡괭이나 곤봉으로 무차별 구타한 후 피투성이가 된 살갗에 염수를 퍼붓고, 철판 위에 앉혀놓고 시멘트를 쏟은 후 물을 부어 꼼짝 못 하게 하고, 실신하도록 구타한 후 눈과 얼음 위에 버려두었다. 이 과정에서 수많은 이가 죽었는데, 증거 인멸을 위해 시체를 시나노강에 버렸다.

발전소 공사장에 들어간 지 며칠 만에 자신이 끔찍한 곳으로 들어왔음을 깨닫게 된 정준영은 탈출을 시도했으나 발각되어 가혹한 린치를 당했다. 죽었다고 판단한 일본인들은 그를 강에 던졌다. 그가 눈을 떴을 때는 강 하류에 떠내려와 있었다. 오른손이 으깨지고, 한쪽 다리가 부러진 상태였다. 노동의 능력을 상실한 그는 거지가 되어 도쿄를 떠돌아다녔다. 그의 생명을 지탱하게 한 것은 적의였다.

그는 평생을 지독한 가난 속에서 살았다. 일본인의 멸시와 박해는 말할 것도 없었다. 하지만 몸이 튼튼한 그는 일을 열심히 하다 보면 언젠가 살 만한 때가 오리라 믿었다. 그러나 시나노강 발전소 공사장에서 받은 학대와 고통은 정신의 건강과 균형을 무너뜨렸다. 천변에서, 다리 밑에서, 폐가에서, 버려진 생명체로서 하루하루 숨을 쉬는 동안 적의와 다른 감정이 차곡차곡 쌓이고 있었다. 생명에 대한 허망이었다. 묘하게도 허망은 적의를 조금도 해치지 않았다. 서로 공존하는 모습이랄까. 적의가 뜨거운 몸을 일으키면, 허망은 슬며시 그 자리를 비켜줌으로써 적의의 공간을 조금도 훼손하지 않았고, 허망이 일어서면 적의가 물러남으로써 허망의 흐릿한 배경으로 머물렀다.

그러던 어느 날 정준영은 자신의 목을 조르는 죽음의 손을 느꼈다. 다리 밑에서 꼼짝도 않고 누워 있었던 그는 몸에서 생명이 빠져나가고 있음을 알았다. 며칠 동안 일절 먹지 않았다. 조금도 먹고 싶지가 않았다. 허망이 정신을 채우고 있었던 탓이다. 허망은 좀처럼 자리를 비키지 않았고, 흐릿한 배경으로 물러나 있던 적의마저 웬일인지 시름시름 꺼져갔다.

적의는 그에게 생명의 버팀목이었다. 버팀목이 여느 때처럼 일어서지 않으니, 허망이 정신을 채울 수밖에 없었다. 움직인다는 것 자체가 부질없이 느껴졌다. 굶주려도 고통스럽지 않았고, 생명이 사라지고 있다고 해도 두렵지 않았다. 자신의 목을 조금씩 파고들어오는 죽음의 손을 물끄러미 내려다보았다. 의식은 점차 흐려졌으며, 천 근 같은 몸뚱이는 깊이를 알 수 없는 늪 속으로 가라앉고 있었다. 세계는 물속처럼 고요했고, 마음은 평안했다. 그런데 그 세계가 흔들렸다. 누가 죽음의 손을 떼어내고, 늪 속으로 가라앉는 그의 몸을 들어 올렸다. 티끌 같은 생명을 누가 보았으며, 더러운 몸뚱이를 왜 만지는지, 알 수 없었다. 죽음의 손을 떼어낸 낯선 손이 그의 몸을 쓸었다. 그 손은 따뜻하고 부드러웠다. 눈물이 흘렀다.

"나를 살린 이는 사생아로 태어나 일곱 살 때 아버지와 헤어졌고, 어머니마저 재가하여 부모에게 완전히 버림받은 일본 여인 가네코 후미코였다."

추억에 갇힌 정준영의 눈은 흐려져 있었다.

"후미코는 왜 그때 거기 있었을까? 누가 그녀를 그곳으로 이끌었던가? 참으로 아름다운 그 여인을, 죽어가는 생명 곁으로."

정준영이 내 운명을 바꿀 수 있었던 것은 그에게 후미코라는 일본 여인이 있었기 때문이다. 그 여인을 향한 정준영의 가눌 길 없는 사랑이 없었다면 나는 조악과 혐오의 삶에서 결코 빠져나오지 못했을 것이다. 내 운명을 바꾼 것은 정준영의 내부에 깃든 후미코였다.

다리 밑에서 죽어가고 있는 정준영을 구한 후미코는 정성스럽게 그를 보살폈다. 생명을 다시 얻은 정준영은 자신의 새로운 삶은 후미코에 의해 이루어진 것이라고 나에게 말했다.

"후미코가 흙이라면, 나는 흙 위에 핀 작은 풀이었다. 후미코가 물이라면, 나는 물을 헤치며 노는 작은 고기일 뿐이었다. 후미코의 생명의 샘이 마르면 내 생명의 샘 역시 마를 것이며, 후미코의 생명의 물이 힘차게 흐른다면, 내 생명 역시 힘차게 흐를 것이다."

당시 후미코에게는 동거하는 남자가 있었다. 조선인 무정부주의자 박열(朴烈)이었다. 후미코가 시골 마을에서 도쿄로 올라온 것은 열일곱 살 되던 해인 1921년 4월이었다. 그녀의 도쿄행은 학대와 능욕으로 얼룩진 삶과의 절연을 의미했다. 그녀는 학비를 벌기 위해 신문팔이, 가루비누 장사, 식모, 인쇄소 직공 등 온갖 일을 다 했다. 그녀의 희망은 검정고시 합격 후 의학 전문 학교를 가는 것이었다. 하지만 세이소쿠 영어 학원을 다니면서 사회주의 이론에 경도하고부터 자신의 삶을 다시 생각하기 시작했다. 이제까지 막연히 품고 있었던 권력자와 유산계급을 향한 증오심이 얼마나 온당한 감정인가를 절실히 깨달았다. 그녀가 좀더 체계적인 독서를 하게 된 것은 여자친구 하츠요를 통해서였다. 열렬한 사회주의자인 하츠요는 영어가 능숙했고, 자아의식과 세계관이 분명했다. 후미코는 그녀를 통해 사회주의 이론은 물론 바쿠닌과 크로폿킨의 무정부주의 사상을 접하는 한편 베르그송, 스펜서, 헤겔, 니체의 철학적 세계에 눈을 떴다.

그러던 어느날 『청년조선』이라는 사회주의 계열의 잡지를 보던 중 「개놈의 새끼」라는 시가 눈길을 끌었다. 몇 행의 짧은 시였는데, 그 강렬한 내용이 폐부를 찔렀다. 뜨거우면서도 황량한 시의 내면세계가 쓰디쓴 굴욕과 허무로 가득 찬 자신의 내면과 일치함을 느꼈다. 지은이의 이름은 박열이었다. 그날 이후 한 아름다운 남자가 후미코의 가슴속에 깃들었다.

날씨가 몹시 추운 1922년 2월 후미코는 마침내 박열과 첫 대면을 했다. 머리가 어깨까지 닿는 장발의 그는 색이 바랜 푸른색 작업복을 입고 있었다. 얼굴은 창백했고 가늘고 긴 눈은 차가워 보였다. 한 달 후 후미코는 박열에게 "만약 배우자가 있다면 동지로서 가까이 지낼 수 있게 해달라"는 사랑의 고백을 했다. 박열은 "배우자가 없다"고 대답했다. 그녀는 다시 "일본인인 자신을 미워하지 않느냐"고 물었다. 박열은 "자신이 미워하는 이들은 일본의 권력 계급"이라고 대답함으로써 후미코의 고백에 화답했다. 두 달 후인 1922년 5월, 그들은 동거에 들어갔다.

1922년 7월 말, 시나노강 하류로 한국인 사체가 계속해서 떠내려왔다. 그것은 단순 익사체가 아니었다. 사체의 상태가 너무나 끔찍해 조사하던 중 발전소 공사장의 참혹상이 드러났다. 후미코가 다리 밑에서 죽어가고 있는 정준영을 구한 것은 그즈음이었다.

시나노강 사건으로 세론이 들끓고 있을 때인 9월 7일, 도쿄 간다의 기독교청년회관에서 시나노강 학살 문제 대강연회가 박열의 주도로 열렸다. 여기서 박열은 증인으로 정준영을 내세워 만행의 실상을 폭로하려 했으나 일본 경찰이 강연회를 중단시킴으로써 좌절되었다.

3

"대역 사건을 아는가?"

"모릅니다."

정준영의 물음에 나는 고개를 가로저었다.

"대역이란 천황을 살해하는 행위를 말함이다."

"천황을?"

"일본의 형법 제73조에는 일본 황실에 대한 범죄를 저질렀을 경우 그에 따른 처벌이 규정되어 있다. 즉 천황이나 황후, 태황, 황태후, 황태자, 황태자비 등 천황의 직계 존속과 비속 누구에 대해서든 위해를 가했거나, 위해를 가하려 하는 자는 사형에 처하되, 재판도 대심원에서 단 한 번만 하게 되어 있다. 이것이 바로 일본인들이 말하는 대역죄이다."

첫번째 대역 사건은 일본 사회주의의 개척자였으며 무정부주의자였던 고토쿠 슈스이[幸德秋水]가 일으켰다. 그는 동지 열한 명과 함께 1911년 1월 처형되었다. 두번째 대역 사건은 1923년 12월에 일어났다. 난바 다이스케[難波大助]라는 한 일본인이 의회 개원식에 가는 황태자에게 스티크총으로 저격을 시도했으나 실패하고 그 자리에서 체포되었다. 조선인 학살의 책임을 천황에게 묻는다는 것이 저격의 목적으로 밝혀졌다.

"관동대지진이 발생한 지 이틀 후인 1923년 9월 3일, 일본 경찰은 보호 검속이란 명목으로 박열과 후미코를 체포했다. 당시 그들은 동경에서 불령사(不逞社)란 결사를 조직하고 "후도이 센진(위대한 한국인)"이란 이름의 팸플릿을 발행하고 있었다. 경찰은 구류 기간

만료에 맞추어 치안경찰법 위반으로 기소했다. 그로부터 반년 후인 1924년 2월 15일, 폭발물 취체 규칙 위반을 추가하여 기소했다. 이것이 바로 일본 전국을 뒤흔든 세번째 대역 사건의 시작이었다."

1924년 5월 12일, 예심 법정에서 박열은 "내가 폭탄을 구하려 한 것은 일본의 정치적·경제적 실권을 가진 모든 계급 및 그 간판(천황과 황태자를 지칭)과 더불어 이에 종속하는 자들을 멸하기 위함이었다"라고 말한 후 "그들을 전부 멸하고 싶었지만 불가능했기 때문에 조선인으로서 일본의 천황과 황태자를 첫 대상으로 선택했다"라고 진술하면서 "천황과 황태자에게 개인적으로는 하등의 원한이 없으나 그들을 택한 이유는 첫째로 일본 민중에게 황실의 허구성을 알림으로써 거짓된 신성을 폭로하기 위함이었고, 둘째는 조선 민중의 독립투쟁에 대한 열정을 고취시키기 위함이었으며, 셋째는 침체되어 있는 일본 사회주의 운동가들에게 혁명적 기운을 고취하기 위함이었다"라고 밝혔다.

사흘 후인 5월 14일, 후미코는 "왜 일본 황실에 위해를 가하려고 했는가"라는 재판장의 물음에 "모든 인간은, 인간이란 단 하나의 자격에 의해 인간으로서의 권리를 완전히 그리고 평등하게 누려야 함을 믿었다. 이러한 권리가 인위적으로 만들어진 법률에 의해 거부되고 있다. 국가나 사회, 민족, 혹은 군주라는 것은 하나의 개념에 지나지 않는다. 군주에게 존엄과 권력과 신성을 부여하기 위해 그 개념을 조작한 것이 신수군권설(神授君權說)을 바탕으로 한 일본의 천황제"라고 하면서 "신의 현현인 천황이 지상에 실재하고 있음에도 그 아래에 있는 백성들은 기아에 울고, 탄광에서 질식하고, 기계에 끼여 무참히 죽어가는 현실이야말로 천황이란 한갓 고깃덩어리며, 소위 신민과 조금도 다를 바 없는 존재임을 증명하는 비극적인 진실을 민중에게 알리고자 했다"라고 진술했다.

1926년 3월 25일, 재판장은 박열과 후미코에게 사형을 언도했다.

—피고 박준식(박열의 본명)은 유년 시절의 궁핍과 함께 희망 없는 자신의 삶 및 조선 민족의 처지에 대한 불만의 염(念)으로 인해 편협한 정치관과 사회관에 빠져, 드디어는 자신의 죽음은 물론 궁극적으로 지상의 모든 생명의 절멸을 희구하는 허무주의 사상을 가지게 되었고, 이 사상을 실현하기 위해 우리 황실을 위해하려는 망상을 품었다. 피고 후미코는 유년시 부모의 사랑을 받지 못하고 황폐한 가정에서 자라 일찍부터 참경에 빠져 유리신고(流離辛苦)한 나머지 골육의 사랑을 불신하고, 효도를 부정하며, 권력을 저주하여 황실을 멸시하고, 현 사회가 자신을 절망으로 빠뜨리게 했다고 증오함으로써 모든 생물의 절멸을 시도하는 허무주의 사상을 갖게 되었다. 1922년 2월경 피고 양인이 서로 알게 된 후 양인의 일치된 극단의 사상은 더욱 고조되어 그 이상을 실현시키기 위해 구체적인 계획을 세우게 되었다.

이날 박열은 흰 한복을 입었고, 후미코는 메이센(銘仙: 평직으로 거칠게 짠 비단)의 옷 위에 하오리(일본의 덧저고리)를 걸치고 있었다. 조선식으로 가다듬은 후미코의 머리는 볼을 살짝 가리고 있었다.

재판장의 언도가 끝나자 후미코는 두 손을 번쩍 들고 감격적인 목소리로 만세를 외쳤고, 박열은 "내 육체야 자네들 마음대로 하게나. 하지만 내 정신은 어찌 자네들 마음대로 할 수 있을 것인가" 하고 말했다.

후미코는 체포 이후 적극적으로 자신의 죄를 인정했다. 그녀는 박열보다 먼저 폭탄 사용 계획을 진술했다. 그런 까닭에 다데마츠 예심판사의 취조는 후미코에게 얻은 진술을 박열에게 확인하는 방식이 되어버렸다. 박열은 후미코의 진술을 들을 때마다 그녀가 자신과 함께 죽으려 한다는 것을 느꼈지만 후미코를 구하기 위한 노력을 포기하지 않았다. 그럼에도 후미코는 처음부터 끝까지 죽음을 재촉하는 진술뿐이었다. 예심조서를 통해 박열에게 자신의 뜻을 호소하기까지 한 그녀는 2회 공판에서는 "재판관에게 요청하겠다. 박열 선생과 함께 나를 길로틴에 목매어다오. 박열 선생과 함께 죽음을 맞이한다면 나는 더없이 만족할 것이다. 박열 선생께 말씀드립니다. 불행히도 재판이 저희 사이를 갈라놓더라도 저는 당신을 결코 홀로 돌아가시게 하지 않을 것입니다"라고 자신의 마음을 전했다.

박열은 1925년 5월 2일에 열린 16회 예심부터 "후미코가 진술한 모든 사실을 명확히 긍정한다"라고 진술함으로써 자신의 죽음 속으로 후미코를 끌어들였다. 이날을 기점으로 다데마츠 판사는 그때까지 폭발물 취체 규칙 위반 사건에서 단번에 대역 사건으로 변모시킬 수 있었다.

사형선고 열흘 후인 4월 5일, 박열과 후미코는 이치가야 형무소장실로 호출되었다. 후미코가 처형을 예감하며 소장실로 들어가니 먼저 와 있던 박열이 웃음으로 맞았다. 소장은 긴장한 표정으로 "오늘 폐하의 황공한 어인자(御仁慈)로 은사가 내렸다"라고 하면서 "사형에서 무기징역으로 감형한다"는 특사장을 낭독한 후 박열에게 먼저 특사장을 주었다. 박열은 비웃는 듯한 표정으로 그것을 받았다. 그런데 후미코는 특사장을 받자마자 조각조각 찢어버렸다. 대경실색한 소장은 박열에게서 황급히 특사장을 빼앗았다. 그것마저 찢기면 큰일이라고 생각한 모양이었다.

죄인이 천황의 특사장을 찢는다는 것을 상상조차 못 했던 소장은 다급히 행형(行刑)국장에게 보고했고, 행형국장은 이 사실이 절대 외부로 새어 나가지 않도록 하라고 엄중 지시한 후 신문기자들에게 "두 죄인이 천황의 은사에 감격한 나머지 눈물까지 흘렸다"고 말했다. 그 후 박열은 지바 형무소로, 후미코는 우츠노미야 형무소의 도치기 지소로 각각 이감되었다. 박열과 함께 죽음 속으로 나란히 들어가려는 자신의 꿈이 산산조각 났음을 사무치게 깨달은 후미코는 작별 때 박열의 옷깃을 잡고 하염없이 눈물을 흘렸다.

이 사건은 고토쿠의 대역 사건처럼 실행한 행위가 아닐 뿐 아니라, 무엇보다도 고토쿠 사건과 달리 예비 음모의 물적 증거가 없었다. 그럼에도 대역 사건으로 엮은 것은 정치적 필요성 때문이라는 견해가 유력하게 제기되었다.

관동대지진 이후 극도로 불안해진 민심을 수습해야 하는 정부의 입장에서 일본인 난바의 대역 사건은 큰 부담이었다. 게다가 지진 후 자행된 조선인 학살에 대한 국제적 비난도 곤혹스러웠다. 그리하여 난바의 대역 사건을 희석시키는 한편, 조선인 학살에 대한 비난을 방어하기 위해 박열을 주인공으로 한 대역 음모를 만들어냈다는 견해가 세간을 떠돌고 있었다. 심지어 이 사건을 박열과 후미코, 다데마츠 판사 세 사람이 엮은 휘황한 신파 연극이라고까지 꼬집는 이들도 있었다. 허무주의 사상에 사로잡힌 박열과 후미코는 죽을 때를 찾고 있었고, 다데마츠 판사는 대역 사건이야말로 자신을 일약 유명인으로 만들 수 있는 절호의 기회로 생각하고 있었다는 것이다.

4

1926년 7월 23일 아침, 간수가 후미코의 독방을 넘어다보았을 때 그녀는 여름 아침 햇살이 스며드는 창가에서 고요한 표정으로 삼실 뽑기에 열중하고 있었다. 간수의 입장에서는 퍽 다행스러운 모습이었다. 자살의 기미가 보이는 데다가, 작업은 물론 식사마저 거부해 골치를 앓고 있었는데 뜻밖에도 스스로 작업을 청해왔던 것이다. 그런데 10분이 지났을까, 간수가 다시 후미코의 독방을 순찰했을 때 허공에 떠 있는 후미코의 몸뚱이가 보였다. 그녀의 목을 감고 있었던 질긴 끈은 그녀가 삼실을 꼬아 몰래 만든 것이었다.

형무소 측은 외부에 누설되는 것을 막는 한편, 야마나시현에 사는 후미코 어머니에게 딸의 죽음을 알리면서 사체 인수 의사를 타진했다. 하지만 그녀가 현재의 시가(媤家)에 누가 된다는 이유로 거부함에 따라 형무소 측은 24일 밤 비밀리에 사체를 변두리 외딴 묘지에 매장했다.

여드레 후인 8월 1일 새벽, 묘지 주위는 소름이 끼치도록 고요했다. 축축이 내린 밤서리는 잡초 위에서 하얗게 빛나고 있었다. 몇 송이 들국화가 놓인 묘를 발견한 정준영은 일행들을 불렀다. 조금 후 그들은 지하 습지 속에서 부풀어 오른 후미코의 시체를 꺼냈다. 넓은 이마, 두꺼운 입술, 손을 대면 피부가 벗어지는 부패된 몸. 후미코를 어루만지는 정준영의 가슴은 비통과 환희로 물결쳤다.

후미코, 내가 왔어요. 내 생명의 어머니인 당신을 보러 왔어요. 당신의 따뜻하고 부드러운 손은, 티끌 같은 내 생명을 어루만지던 그 아름다운 손은 어디로 갔나요? 어머니의 숨결 같은 당신의 숨소리는 어디로 사라졌나요? 눈물이 뚝뚝 떨어지고 있었다.

정준영 일행은 질퍽하게 물이 고인 관을 손수레에 실어 20리쯤 되는 화장터로 운반했다. 화장터에 도착했을 때 동녘 하늘이 희미하게 밝아오고 있었다.

"교도소의 석연치 않은 사후 처리 과정 때문에 자살 발표를 의심하는 동지들이 있어 시체를 발굴하기로 했던 거지. 하지만 난 후미코가 살해당했다고 절대 믿지 않는다. 자신의 생명을 권력에게 빼앗길 후미코가 아니다. 스스로 목숨을 거둠으로써 존재의 인과관계를 초월한 곳으로 떠난 것이다."

정준영은 후미코의 뼈를 두 손으로 받쳐 들었다. 지상에서 가장 무거운 것인 동시에 가장 가벼운 것이었다. 그는 미소를 지으며 뼈를 입으로 가져갔다. 혀가 뼈에 닿았다. 그는 뼈를 핥기 시작했다. 천천히 정성스럽게 핥았다. 이 뼈는 그녀의 영혼이며, 이제 그녀의 영혼은 머나먼 여행을 할 것이다. 그것은 이 세상의 기억과 완전히 끊어진 곳으로의 유영이다. 그러므로 이 세상의 물질, 이 세상의 냄새, 이 세상의 흔적이 남아 있어서는 안 된다. 지금 나는 혀로 뼈를 씻고 있다. 세상의 모든 것을 완전히 지움으로써 후미코의 영혼이 평화로운 유영을 할 수 있도록.

"후미코는 죽음의 선택, 죽음의 방식, 죽음의 모습에 이르기까지 철저히 자신의 사상을 구현했다. 국가권력을 부인하는 그녀의 사상에 따라 일본 제국주의 권력의 핵심인 천황을 멸하기 위해 죽음을 스스로 선택했고, 그 죽음을 유예시킨 권력의 기도를 거부하고 스스로 목숨을 끊음으로써 자신의 사상을 완성시켰던 것이다. 뜨거운 아침 햇살이 가득한 창가에서 이루어진 그녀의 죽음은 뼛속에서 우러나오는 니힐리스트의 장려한 죽음이었다."

정준영의 얼굴에는 비통과 황홀이 뒤섞여 있었다.

"후미코는 떠났다. 후미코가 없는 이 세상에서 왜 나는 생명을 부지하고 있는가? 공허한 이 지상에서."

눈물에 젖은 정준영의 눈에서 빛이 튀었다. 뜨거운 빛이었다. 그 눈빛이 나에게 왠지 낯익다는 느낌이 들었다.

"후미코의 사상을 완성시키는 것. 후미코가 죽었음에도 내가 지금까지 숨 쉬고 있는 이유는 이것 때문이다. 뼈를 핥고 먹으면서 나는 맹세했다. 당신이 못다 한 일을 완성한 후 당신에게로 가겠노라고."

나는 흠칫 놀랐다. 그것은 천황의 암살이었다. 정준영의 얼굴을 멍하니 보았다. 이글거리는 그의 눈빛이 너무나 강렬해 얼굴 전체가 불꽃처럼 보였다.

"아!"

나의 입에서 신음이 새어 나왔다. 낯익은 느낌을 불러일으키는 그의 눈빛은 바로 황홀의 빛이었다. 어두운 창가에서 분꽃을 내려다보며 타올랐던 황홀의 빛, 내 가슴속 불이 정준영의 눈 속에서 타오르고 있었다. 나는 뜨거운 욕망의 눈으로 그 불을 보았다.

왜 너는 저 불을 부러워하는가? 너에게는 그것이 없는가? 물론 있었다. 죽음의 땅에서 살아난 선택받은 존재의 가슴속에서 뜨겁게 타올랐던 불이 있었다. 하지만 짐승의 삶이 그 불을 끊임없이 할퀴고 훼손시켰다. 그 후 무정부주의적 혁명의 목소리가 상처받고 신음하는 내 불꽃을 다시 피워 올렸다. 하지만 혁명은 홀로 할 수 없었다. 조직에 가입하고, 조직의 규칙과 명령에 복종해야 했다. 그런데 규칙과 명령은 나의 불을 죽이고 있었다. 나는 죽음의 더미에서 홀로 살아난 존재였다. 죽음조차 비껴 나간 선택된 존재가 바로 나였다. 불은 이 존재의 중심에서 타올랐다. 그럼에도 조직은 나를 그렇게 대접하지 않았다. 수많은 조직원 중의 한 사람일 뿐이었다. 내 가슴속의 불은 또다시 모욕과 박해를 받았고, 상처를 입었다. 불은 분노했으며, 황홀은 죽어가고 있었다. 짐승의 삶이 다시 시작되었다. 그런데 지금 그 황홀이, 내가 잃어버린 황홀이 정준영의 눈 속에서 저토록 뜨겁게 타오르고 있지 않은가. 그의 불을 움켜쥐고 싶었다. 움켜쥐어 내 것으로 하고 싶었다. 짐승의 삶은 지긋지긋했다. 더 이상 그렇게 살고 싶지 않았다.

나는 그의 불꽃을 찬찬히 뜯어보았다. 천황. 정치·군사상의 세속적 차원의 대권과 종교적 차원의 제사 대권을 한 손에 움켜쥐고 있는 절대적 존재. 인간의 얼굴을 한 살아 있는 신. 이 천황을 죽인다는 것. 지상에 우뚝 서서 쓰러진 천황의 몸뚱이를 내려다본다는 것. 모든 일본인이 꿇어앉아 머리를 조아리는 그를, 나를 박해하는 자들이 감히 쳐다볼 수조차 없는 그 존재를 움켜쥔다는 것. 그것은 상처받고, 훼손된 내 삶을 완벽하게 치유시킬 수 있는 유일한 방법이었다. 이 엄청난 일은 죽음을 뚫고 지상에 살아 있는 유일한 존재만이, 오직 선택받은 자만이 할 수 있는 일이었다.

그날 이후 천황은 내 머릿속에서 떠나지 않았다. 심지어 꿈속으로까지 파고들어 나를 황홀에 떨게 했다. 박해와 상처로 얼룩진 삶은 흔적도 없이 사라지고 경탄과 숭앙과 복종이 비처럼 쏟아져 내리는 황금빛 옥좌가 나를 기다리고 있었다. 내가 그 자리에 앉으면, 나를 박해했던 모든 이들이 일제히 무릎 꿇고 이마를 조아릴 것이다. 나는 하늘에 떠 있는데, 그들은 땅에 머리를 박고 있을 것이다. 나는 그들을 처형할 수 있고, 그들은 처형을 기다리며 떨고 있을 것이다. 나는 하늘이고, 그들은 땅이다. 나는 명령하는 존재이고, 그들은 복종하는 존재다. 나는 선택된 인간이고, 그들은 한갓 무리일 뿐이다.

5

이듬해 봄, 정준영이 최근 총을 구했으며, 황성 앞의 사쿠라다몬[櫻田門] 부근을 매일 산책하고 있음을 알아내었다. 천황 암살의 구체적인 계획이 마련되었다는 증거였다. 초조했다. 그 황홀한 불을 빼앗긴다고 생각하면 끔찍했다. 짐승 같은 내 삶을 더 이상 용납할 수 없었다. 더 이상 무릎 꿇을 수 없으며, 더 이상 상처에 신음하기 싫었다. 하지만 그에게 묻지 않았다. 내 숨겨진 욕망을 그에게 드러낸다는 것은 극히 위험했다. 그는 후미코의 뼈를 핥고 먹으면서 천황 암살을 맹세했다고 나에게 말했다. 암살 계획이 구체적으로 세워졌다면 나에게 털어놓을 가능성이 있었다. 엄청난 비밀일수록 남에게 보이고 싶어 하는 것이 인간의 심리다. 예상은 적중했다.

4월 어느 날 밤 정준영이 불쑥 찾아왔다. 그는 목소리를 낮추며 내 귀에다가 가슴속 비밀을 소곤소곤 불어넣었다. 그의 입에서 짙은 술냄새가 났다. 열흘 후 천황은 능행(陵行)을 하며, 그가 돌아오는 길에 그를 죽이고 자신도 자살할 것이라고 했다. 총은 자신의 다다미방 밑에 숨겨두었다고 고백하는 정준영의 얼굴은 황홀에 싸여 있었다. 나는 격렬히 뛰는 가슴을 진정시키기 위해 입술을 깨물었다. 여태껏 불은 존재하고 있었으나 환각의 모습이었다. 뜨겁게 타오르고는 있었으나 형상이 없었다. 그 불이 마침내 형상으로 떠올랐다. 문제는 한 사람밖에 움켜쥘 수 없는 불이라는 사실이었다. 불의 공간은 홀로의 공간이며, 홀로의 황홀이었다. 정준영의 황홀과 나의 황홀이 동시에 존재할 수 없었다.

이틀 후 비가 추적추적 내리는 밤에 정준영의 방으로 몰래 들어가 다다미 밑에 숨겨두었다는 권총을 찾았다. 권총을 품 안에 넣은 나는 방을 나와 골목에서 그를 기다렸다. 먼 곳의 불빛이 골목을 어슴푸레 비추기는 했으나 달빛 없는 어둠은 깊고 음습했다. 이윽고 발소리가 났고, 정준영의 모습이 보였다. 나는 그에게로 천천히 걸어갔다. 어둠 속에서 불쑥 나타난 검은 그림자에 놀라는 정준영의 창백한 얼굴이 희미한 불빛 속에 떠올랐다. 나는 움켜쥔 칼로 그의 가슴을 정확히, 깊숙이 찔렀다. 내 손은 인간의 살을 헤치고 불로 다가간다. 황홀한 불로. 칼은 불에 닿고, 불은 칼을 통해 흘러나와 내 몸속으로 들어오리라. 내 눈이 축축이 젖어들 때 정준영은 힘없이 쓰러졌다.

내 운명은 정준영의 숨이 끊어지는 순간 바뀌었다. 그랬다. 정준영은 마술사처럼 내 운명을 감쪽같이 바꾸어놓고 세상을 떠났다. 차가운 땅에 쓰러진 그를 내려다보며 나는 무엇을 생각했던가. 새로운 운명의 모습을 그리고 있었던가. 아니었다. 나는 나의 운명을 몰랐다. 짐작조차 할 수 없었다. 상상조차도 불가능했다.

그날로부터 엿새 후, 그러니까 천황의 능행을 이틀 앞두고 나는 체포되었다. 내가 집으로 들어가자마자 들이닥친 형사들은 눈을 가린 후 어딘지 알 수 곳으로 끌고 갔다. 지하실이었다. 체포의 이유에 대해 일절 말이 없었다. 다만 정준영과의 관계, 최근 그와 어디서 무슨 이야기를 했는지 낱낱이 밝히라면서 펜과 종이를 남기고 나갔다.

나는 혼란에 빠졌다. 그들이 나를 체포한 이유가 무엇인지 궁금했다. 혹시 나를 정준영의 살해범으로 지목한 게 아닐까. 고개를 저었다. 같은 조직원인 내가 그를 살해할 이유가 없었다. 경찰이 우리들을 감시했다면 정준영과 나 사이에 아무런 문제가 없음을 알았을 것이다. 그런데 왜? 혹시 천황 암살에 대한 정준영과 나와의 내밀한 관계를 탐지했을까? 하지만 그것은 불가능했다. 나는 누구에게도 천황을 향해 타오르는 내 가슴속 불을 보여준 적 없었다. 그것은 이 세계에서 유일한 불이며, 그 불을 가진 이는 유일한 인간으로서 세계를 심판하고 처형할 수 있다. 그러한 불을 정준영은 어리석게도 나에게 보여주었던 것이다. 하지만 나는 누구에게도 나의 불을 보여주지 않을 것이다. 내 몸이 갈기갈기 찢겨도 내 불을 지킬 것이다. 한 점 불빛도 새어 나가지 않도록.

진술서를 가져간 지 얼마 후 쇠문이 열리고 건장한 사내 세 명이 들어왔다. 처음 보는 이들이었다. 한 사내가 나에게 옷을 벗으라고 했다. 내가 주춤거리자 구둣발이 날아왔다. 나는 배를 움켜쥐었다. 숨을 쉴 수가 없었다.

"벗어."

쇳소리 같은 목소리였다. 나는 후들후들 떨면서 옷을 벗었다.

"넌 거짓말을 했어."

비웃는 듯한 목소리와 함께 두 사내가 내 양팔을 잡고 비틀면서 나무로 만든 의자 모양의 틀에 눕히고는 발목을 동여매고 팔을 뒤로 젖혀 꼼짝 못 하게 했다. 물이 코와 입속으로 쏟아져 들어왔다. 숨이 막히면서 위를 중심으로 심줄을 갈퀴로 긁어모으는 것 같은 고통이 왔다. 물이 계속 쏟아지자 위가 부풀어 터질 듯했다. 언제 의식을 잃었는지 알 수 없었다. 깨어나자 사내들은 기다렸다는 듯이 나를 틀에서 일으켜 세워 두 무릎 근처와 발목을 사다리처럼 묶은 후 정강이뼈 가운데를 나무 게다짝으로 후려쳤다. 살이 터지고 뼈가 드러나도 멈추지 않았다.

"모든 것을 자백할 때까지 고문은 결코 쉬지 않는다."

한 사내가 나직이 말했다.

"닭 소리를 내어라."

내가 머뭇거리자 게다짝이 드러난 정강이뼈 속으로 바늘처럼 파고들었다. 황급히 닭 소리를 냈다.

"돼지 소리를 내어라."

나는 꿀꿀 하며 돼지 소리를 냈다.

"개 소리를 내어라."

나는 개 소리를 냈다.

"고양이 소리를 내어라."

나는 고양이 소리를 냈다. 그들은 온갖 짐승들을 끄집어냈고, 더 이상 끄집어낼 수 없게 되자 다시 물고문을 시작했다.

"이제 너의 폐는 망가질 것이며, 정강이는 썩어들어 갈 것이다."

나는 그 말이 사실임을 알았다. 그러나 내 몸이 썩어 문드러져도 나의 불을 내주지 않을 것이다. 나는 피가 맺히도록 입술을 깨물었다. 고문은 멈추지 않았다. 온갖 짐승 소리가 내 입에서 나왔다. 닭이 되었다가 돼지로 변하는가 하면, 새가 되었다가 쥐로 변하기도 했다. 소리가 신통치 않으면 게다짝은 어김없이 정강이뼈 속으로 파고들었다. 사흘째 접어들자 그들은 고문을 멈추고 나를 의자에 앉혔다. 잠을 거의 자지 못한 나는 쏟아지는 잠과도 싸워야 했다. 조금이라도 졸기만 하면 내 머리를 두들기며 소리를 질렀다. 나는 이것이 새로운 수법의 고문임을 곧 깨달았다. 정신이 점차 흐려졌다. 무엇인가 나로부터 빠져나가고 있는 것 같았다.

"나흘이 지났다."

사내의 목소리가 멀리서 아득하게 들렸다. 시간은 고통스럽게 흘렀다. 고통은 점점 날카로워지면서 예리한 칼로 변해갔다. 시간의 칼은 내 정신을 썰기 시작했다. 조금씩 조금씩, 정확하고 빈틈없이. 세상이 흔들리고 있었다. 벽이 기울어지기도 하고, 천장이 원을 그리듯 돌면서 내 머리로 내려오기도 했다. 나를 감시하고 있는 사내의 얼굴이 풍선처럼 부풀어 오르는가 하면, 종이처럼 납작해지기도 했다. 흔들리는 세상이 어두워지기 시작했다. 어둠은 검은 액체가 되어 세상을 덮었다. 액체는 내 몸에도 달라붙었다. 감촉이 몹시 불쾌했다.

어둠에 덮인 세상은 어느새 거대한 동굴로 변해 있었다. 그 동굴 속에서 짐승의 울음소리가 들려왔다. 나는 귀를 기울였다. 닭 울음, 돼지 울음, 고양이 울음, 개 울음, 새 울음, 늑대 울음 등 온갖 짐승의 울음소리가 들려왔다. 능욕당한 내 육신이 떠올랐다. 무자비한 능욕이었다.

나는 고개를 끄덕였다. 저 소리는 바로 나의 울음소리구나. 그래, 그들은 나를 짐승으로 만들었지. 개를 요구하면 개가 되었고, 돼지를 요구하면 돼지가 되었으니까. 아, 내가 지금 저 동굴에서 울고 있구나. 개가 되어 울고, 닭이 되어 울고, 돼지가 되어 울고 있구나. 노여움이 치솟았다. 나는 짐승이 아니다. 짐승이기는커녕 이 세상에서 유일한 인간이다. 너희들이 무릎 꿇고 고개조차 들지 못하는 천황의 존재를 움켜쥐고 있는. 가슴속 불이 타오르고 황홀이 나를 에워싸기 시작했다. 어둠이 벗겨지면서 세상은 밝아지고 있었다. 동굴이 사라지고, 짐승의 울음소리도 멀어져갔다. 나는 의자에서 천천히 일어나 몸을 꼿꼿이 세우고 사내들을 내려다보았다.

"나는 천황을 살해하려 했다."

6

따뜻한 차가 더부룩한 배 속을 한결 푸근하게 했다. 나는 의자에서 일어나 창가로 갔다. 둥근 나무 울타리와 사철나무가 보였다. 여기가 어딘지 도무지 알 수 없었다. 천장이 낮고 방은 작지만 융단이 깔린 바닥과 깨끗한 벽지, 정갈한 창은 나를 놀라게 하기에 충분했다.

나는 사내들에게 내 가슴속 불을 정확히 보여주기 위해 모든 것을 낱낱이 밝혔다. 관동대지진 후의 처참한 경험, 아버지조차 빠져나오지 못한 죽음의 땅에서 살아 나왔다는 황홀감, 황홀의 압도적인 불꽃. 가혹한 노동과 짐승 같은 생활, 분노와 상처, 그 속에서 빛으로 다가온 혁명의 열정, 정준영과의 만남, 그의 황량한 내면과 가혹하고 격렬한 폭풍, 후미코를 향한 가눌 길 없는 사랑, 정준영의 살해, 그리고 천황의 암살.

얼마 후 그들은 나를 음습한 지하실에서 햇빛 가득한 이 방으로 데려왔고, 따뜻한 음식은 물론 고문으로 엉망이 되어버린 내 몸을 세심히 치료했다. 그들은 최대한의 친절로 나를 대했다. 지하실에서 짐승처럼 다루었던 것에 비하면 하늘과 땅 차이였다. 문이 열리고 고문한 이들보다 나이가 들어 보이는 남자가 들어왔다. 처음 보는 얼굴이었다. 몸이 바짝 마르고 모습이 단정했다.

"너는 어리석은 권력자다."

어리석은 권력자? 하도 엉뚱한 말이라 멍청히 그를 올려다보았다.

"왜 네가 어리석은 권력자인지 차츰 깨닫게 될 것이다. 우선 네가 알아야 할 것은 정준영의 계획을 제대로 간파하지 못했다는 사실이다. 한 자루의 총으로 천황을 시해할 수 있다고 믿었는가? 천황의 경호가 그렇게 허술하다고 생각했는가? 정준영의 말대로 그날 천황의 능행은 있었다. 그 능행을 뚫고 낡은 총 한 자루를 존귀한 분을 향해 겨눈다. 정준영의 목적은 여기에서 완성된다. 그 역시 총 한 자루로 천황을 시해할 수 있으리라고 믿지 않았다. 그 불가능함을 알고 있었다. 그런데 왜? 후미코 때문이었다. 그는 후미코가 떠난 곳으로 가고 싶었고, 그러기 위해서는 후미코가 남긴 발자국을 따라가야 했다. 그것이 천황 암살의 시도였고, 자신의 처형이었다. 정준영에게 삶의 유일한 대상은 천황이 아니라 후미코였다. 천황의 목숨은 후미코에 비하면 아무것도 아니었다. 천황이 어찌 되었든 그에게는 상관이 없었다."

그의 목소리는 낮고 침울했다.

"한 여인과 함께 있고자 죽음 속으로까지 뛰어드는 열정. 나는 이것을 사랑이라고 부른다. 이 세상에 사랑이란 말은 도처에 널려 있지만, 그러나 사랑은 희귀하다. 사랑이란 무엇이라고 생각하는가?"

물음을 던지는 그의 목소리가 약간 높아졌다. 하지만 나를 향한 물음이 아니었다.

"내가 생각하는 사랑은 권력의 욕망이 제거된 정신이다. 권력이 없는 정신. 너는 이런 정신을 보았는가. 권력의 욕망은 인간의 본능이다. 본능이 제거된 정신이라니, 놀랍지 않은가? 인간의 정신에서 권력을 제거할 수 있다니…… 그 소름 끼치도록 깊고 완강한 욕망을 지워버릴 수 있다니…… 이것은 기적과 같다. 아니 기적이다. 이해할 수 없는…… 놀라운 기적이다."

그는 나를 향해 말하고 있는 게 아니라 독백하는 자세를 취하고 있었다. 뿌옇게 흐려진 눈은 햇빛 가득한 창을 향했고, 길고 여윈 손은 무엇을 움켜쥐려는 듯한 모습이었다.

"그런데 너는……"

창을 향하고 있던 그의 시선이 나를 향해 천천히 움직였다.

"너의 정신 속에는 사랑이 전혀 없다. 오직 권력의 욕망으로 가득 차 있다. 권력은 한 치의 사랑도 용납하지 않는다. 티끌 같은 사랑도 참지 못한다. 정준영은 사랑에 사로잡혀 스스로 죽음 속으로 들어갔지만, 너는 권력의 욕망에 사로잡혀 죽음 속으로 들어갔다. 정확히 말한다면 죽음조차 잊고 있었다. 권력을 향한 너의 욕망은 그토록 강렬했다."

나는 의혹의 눈으로 그를 보았다. 내가 권력에 사로잡혀 있다니.

도대체 나에게 무슨 권력이 있단 말인가. 참으로 터무니없는 말을 하는 그의 정체가 궁금했다.

"자, 내가 지금 무슨 말을 하고 있는지 네가 알아들을 수 있도록 설명해주마. 지하실에서 한 너의 고백은 훌륭했다. 감동을 불러일으킬 정도로."

그는 빙긋 웃으며 내게로 한 발자국 다가왔다.

"지진이란 천재지변과 조선인 학살의 숲을 뚫고 너는 살아났다. 네가 말했듯 눈앞의 모든 사람들이 죽었는데 너는 홀로 살아났다. 죽음의 땅에서 홀로 살아났다는 사실만큼 황홀한 것이 있겠는가. 왜 황홀한가? 존재의 상승 때문이다. 너의 생각은 정확했다. 산 자는 선택을 받은 자다. 누군가에 의해 선택을 받은 생명만큼 강한 생명이 없다. 그 강한 생명은 죽은 자를 내려다보며 우월감을 느낀다. 이 황홀한 감각이 권력의 감각이다. 너의 가슴속에 타올랐던 불은 바로 권력의 불이었다."

권력의 불이란 말을 할 때 그의 눈이 빛났다.

"권력이란 살아 있는 생명체다. 참으로 놀라운 일이 아닌가. 인간의 정신 속에 또 하나의 살아 있는 생명체가 꿈틀거리고 있다는 사실이. 그때 너는 느끼지 못했는가? 죽음의 올가미에서 벗어나 삶의 땅을 향해 걸어 나올 때 네 안에서 꿈틀거리고 있는 낯선 생명체를. 네가 삼촌의 방에서 사경을 헤매고 있었을 때 너를 일으켜 세운 것은 그 생명체였다. 권력이란 생명체는 다른 어떤 생명체보다 삶에의 열망이 강하다. 왜냐하면 권력의 유일한 목적은 살아남음이기 때문이다. 하지만 더불어 살아남음이 아니라 홀로 살아남음이다. 모든 사람은 죽었고, 오직 자신만이 살아 있다는 감각. 이것이야말로 권력의 심장이며, 상상할 수 없는 쾌감을 불러일으킨다. 이제 알겠는가? 그대가 맛보았던 불꽃같은 황홀의 정체를. 그 황홀을 맛본 자는 평생 잊지 못한다. 그 불꽃을 위해서라면 자신의 생명은 물론 우주의 전 생명이라도 기꺼이 바치는 이유가 여기에 있다."

그는 소리 없이, 창백하게 웃었다.

"홀로 살아 있다는 것은 무엇인가? 자신의 발밑에 수많은 죽음의 더미가 있음을 뜻한다. 홀로 살아 있는 자는 죽음의 더미를 내려다보며 황홀에 젖는다. 권력자만이 누리는 황홀이다. 죽음의 더미란 무엇인가? 군중이다. 군중이 없는 권력자는 권력자가 아니다. 군중을 잃는 순간 그의 권력은 새처럼 날아가버린다. 군중은 권력자의 모습을 규정한다. 권력자가 어떤 군중을 거느리고 있느냐에 따라 그 모습이 달라지는 것이다."

창밖의 사철나무가 바람에 소리 없이 흔들리고 있었다.

"인간에게 최초의 군중은 짐승이었다. 인간은 짐승을 바라볼 때 자신과 다른 생명체임을 느낀다. 인간이 어찌 짐승과 같을 수 있겠는가. 이 우월감이 권력의 감각이다. 짐승에 대해 모든 인간은 권력자다. 그러므로 목에 쇠사슬을 걸고, 우리에 가두며, 거리낌 없이 죽일 뿐 아니라 죽은 시체를 식탁에 올린다. 자, 나는 너에게 군중의 원초적 모습을 보여주었다. 짐승과 죽음의 더미. 이것이 바로 군중이 가지고 있는 원형의 얼굴이다. 권력자 앞에서 복종을 맹세하며 무릎을 꿇는 자들, 권력자를 향해 열광과 찬사를 보내는 자들. 이 군중들이 가진 최초의 얼굴이 짐승이며 죽음이었다. 그런데 너는……"

그는 눈을 가늘게 뜨며 나를 내려다보았다.

"죽음의 땅에서 너는 짐승과 죽음의 얼굴을 동시에 보았다. 땅이 흔들리고, 집이 무너지고, 불길이 치솟는 피의 땅을 가득 채운 것은 짐승의 비명과 죽음이었다. 인간이 어찌 그렇게 죽을 수 있겠는가. 그렇다면 인간을 짐승으로 전락시킨 권력자는 누구였는가? 운명 혹은 신이었다. 운명과 신은 권력자였고, 인간은 군중이었다. 하지만 너는 죽지 않았다. 군중의 대열에서 벗어났기 때문이다. 불행히도 권력자의 가혹한 명령은 거기에서 끝나지 않았다. 제방의 벚나무 가지에 주렁주렁 매달린 사람들. 그 조선인들이 인간이었나? 짐승이었다. 인간이었다면 그토록 참혹하게 학대할 수 없었을 것이다. 누가 권력자였나? 일본인들이었다. 너의 아버지가 죽음에 이를 때까지 당한 치욕스러운 희롱을 생각해보라. 그들은 인간을 희롱한 게 아니었다. 짐승을 희롱한 것이었다. 그 죽음의 희롱에서 너는 다시 벗어났다. 그것은 권력자를 향해 치솟는 그대의 놀라운 도약이었다. 그 희귀한 도약 속에서 너는 불꽃같은 황홀을 맛본 것이었다."

그의 이마에 주름이 깊게 패었고, 미간이 좁혀졌다.

"그런 네가 멸시와 박해 속에서 살아야 했다. 너는 그것을 짐승의 삶이라고 표현했다. 정확한 표현이었다. 권력자는 박해받는 자가 아니다. 박해하는 자다. 너의 정신은 권력으로 가득 차 있었으나, 현실의 삶은 그렇지 못했다. 박해받는 삶이란 군중의 삶이며, 짐승의 삶이다. 길들여진 짐승은 쇠사슬과 우리에서 빠져나오려고 하지 않는다. 쇠사슬을 몸의 일부로 받아들이며 우리를 집으로 생각한다. 그러나 권력으로 가득 찬 정신은 쇠사슬과 우리를 참지 못한다. 꿈에서조차도 탈출을 열망한다. 이런 너에게 무정부주의적 혁명의 목소리가 들려왔다. 쇠사슬과 우리로 뒤덮인 이 세계를 파괴해야 한다는 그 목소리가 너에게 매혹적인 것은 지극히 당연했다. 하지만 넌 혁명가가 될 수 없었다. 참된 혁명가는 권력을 부정한다. 그들의 목적은 권력의 파괴에 있다. 혁명의 열정과 권력의 열정은 서로 손을 잡을 수 없다. 왜냐하면 혁명 속에는 사랑이 있기 때문이다. 인간과 세계에 대한 사랑이 있다. 그러나 권력의 정신에는 사랑이 없다. 군중을 향한 지칠 줄 모르는 욕망만 있을 뿐이다. 군중을 짐승으로 만들며, 죽음의 더미로 만들려는 소름 끼치는 욕망뿐이다."

목소리가 차가웠다.

"붓을 놀리는 자들이 간혹 어떤 인물을 혁명가이면서 권력자로 묘사하곤 한다. 이것처럼 지독한 거짓말은 없다. 진정한 혁명가는 사랑을 버리지 못한다. 그런데 권력이란 생명체는 사랑을 지움으로써 눈을 뜬다. 역사는 혁명을 통해 권력을 잡은 이들의 이야기를 종종 기록하고 있다. 사랑을 버렸기 때문이다. 정신 속에서 마지막 사랑의 알갱이가 떨어지는 순간 혁명가는 권력자의 모습으로 솟구쳐 오른다."

그의 표정은 음울하면서도 묘한 활력이 비쳤다.

"너와 정준영의 만남은 그 자체가 비극이었다. 너의 정신은 권력으로 이글거리고 있었으나, 정준영의 내면은 사랑으로 가득 차 있었기 때문이다. 그는 다리 밑에서 죽어가고 있었다. 왜? 적의가 꺼져가고 있었기 때문이다. 적의란 권력의 싹이다. 적의 없는 권력은 없다. 자신을 박해한 세상에 대한 적의야말로 군중의 존재로서 머물지 않겠다는 정신의 물질적 표현이다. 일본인들의 린치에 의해 노동의 능력을 상실한 정준영에게 적의가 생명의 버팀목이었음은 너무나 당연했다. 그런데 엉뚱하게도 허망이 정신 속에서 자라고 있었다. 정준영은 허망이 적의를 조금도 해치지 않았다고 말했지만 그건 착각이었다. 허망은 적의를 야금야금 갉아먹고 있었다. 그리하여 마침내 적의가 허망에 의해 함몰되었을 때 그의 생명은 죽음으로 기울어져갔다. 다리 밑에서 정준영은 허망에 짓눌려 죽어가고 있었던 것이다. 하지만 뜻밖에도 죽음을 건어내는 손길이 있었다. 후미코였다. 후미코가 누구인가? 정신이 사랑으로 무장된 철저한 혁명가였다. 도쿄 지방재판소에서 그녀가 한 진술을 나는 결코 잊을 수 없다.

—나의 사상, 이에 기초한 나의 운동은 생물의 절멸 운동입니다. 사랑이란 미명하에 나를 유린한 부모의 횡포, 박애란 이름으로 나를 학대한 국가권력. 이 모든 것들이 견딜 수 없을 만큼 나를 괴롭힙니다. 지상에 살아 있는 모든 생물 사이에서 끊임없이 생기는 삶의 투쟁, 삶을 위해 상살(相殺)하는 참혹한 현실을 볼 때, 만일 지상에 절대 보편의 진리라는 것이 있다면 그것은 생물계의 약육강식입니다. 이 절대적인 우주의 법칙은 무권력 무지배의 사회를 건설하고자 하는 우리들의 이상을 가로막고 있습니다. 생물이 이 지상에서 잠적하지 않는 한 권력은 소멸되지 않을 것입니다. 그리하여 권력자는 피권력자를 영원히 학대할 것입니다. 따라서 나는 모든 권력을 부인하고 반역하고, 더 나아가 인류의 절멸을 계획하고 있었던 것입니다.

"후미코의 진술은 황홀의 심연으로 내려가본 자의 사상이다. 그녀의 내면에 어떤 황홀의 불이 타오르고 있길래 자신의 생명은 물론 인류의 절멸에까지 치닫게 하는가?"

그는 다시 독백의 자세를 취했다.

"그녀의 삶은 뼈저린 박해의 삶이었다. 뼈저린 박해 속에서는 뼈저린 적의가 나온다. 적의는 생명에 에너지를 불어넣으며, 그 에너지는 권력이란 새로운 생명체를 창조한다. 그런데 후미코의 정신은 권력이 아니라 사랑을 향해 목을 내밀고 있었다. 나는 이러한 인간의 정신을 이해할 수 없다. 이 세상에는 이해할 수 없는 일들이 헤아릴 수 없을 만큼 많지만 권력의 욕망이 제거되고 사랑이 가득 찬 정신만큼 이해할 수 없는 게 없다. 사랑을 갈구하는 적의. 나에겐 기적이다. 조선인 혁명가 박열과 일체가 되어, 그의 사상 속에서 죽겠다고 스스로 천황 암살이란 대역죄 속으로 뛰어든 여인이 다리 밑에서 죽어가는 정준영을 보았다. 그녀는 무릎 꿇고 더러운 그의 몸뚱이를 일으켜 세웠다. 권력자는 이런 모습을 상상할 수 없다. 생각해보라. 더러운 정준영의 몸뚱이는 짐승의 모습이다. 그리고 죽어가고 있다. 짐승과 죽음. 정준영은 권력자에게 박해받은 군중이었다. 놀랍게도 후미코는 그에게서 짐승과 죽음의 모습을 지웠다. 무엇으로? 사랑으로써. 그 사랑은 정준영의 내면에 생명의 불을 일으켰다. 후미코를 향한 사랑의 불이었다. 그의 황홀한 불을 본 너는 그것을 너의 것으로 만들고자 하는 제어하기 힘든 욕망에 시달렸다. 하지만 그것은 착각이었다. 권력의 불이 사랑의 불을 갈구하다니…… 권력에 사로잡힌 인간이 사랑의 불을 움켜쥐려고 하다니…… 이것처럼 어처구니없는 일이 또 있을까."

그의 목소리에는 깊은 탄식이 배어 있었다. 참으로 알 수 없는 사람이었다. 처음 보는 나를, 더구나 대역죄를 저지른 조선인에게 무엇 때문에 그토록 깊은 관심을 나타내는지 불가사의했다.

"그럼에도 너의 황홀은 위대한 황홀이었다. 왜냐하면, 너의 황홀한 불 위에 천황이 있기 때문이다. 너의 정신은 권력자다웠다. 정준영에게 천황은 후미코에 비하면 하잘것없는 존재였다. 하지만 권력의 불이 이글거리는 너에게 천황이란 엄청난 존재였다. 너는 이 엄청난 존재를 우러러보지 않고 뛰어넘으려 했다. 그를 쓰러뜨리고, 그를 내려다보며 모든 일본인들을 너의 군중으로 만들려고 했다. 그가 누구인가? 천황이지 않은가. 인간이라면 감히 얼굴조차 들 수 없는 천황을……"

그의 입은 벌어져 있었지만 말이 나오지 않았다. 격정 때문이었다. 그는 격정으로 부들부들 떨고 있었다. 나는 흠칫 놀랐다. 서늘한 공포가 엄습하면서 갈기갈기 찢기는 내 몸이 얼핏 떠올랐다.

"나는 상상하지 못했다. 이 세계에 너 같은 존재가 있다는 사실을. 천황의 군중일 뿐인 일본인은 감히 그것을 꿈꾸지 못한다. 너는 묻겠지. 고토쿠와 난바가 천황 암살을 시도하지 않았느냐고. 하지만 그들의 정신 속에는 너와 같은 권력의 불은 없었다. 그들은 세상의 개조를 꿈꾼 혁명가였을 뿐이다. 박열도 후미코도 마찬가지였다. 하지만 너는 이 세계에서 유일의 불을 갖고 있다. 천황의 옥좌로까지 치솟아 오르는 뜨겁고 황홀한 불을. 너무나 뜨거워 그대의 몸뚱이조차도 태워버릴 불을. 다시 말한다. 그대의 불은 너무나 뜨거워 그대의 몸을 태울 것이다. 아니 이미 태웠다. 그대는 몸을 꼿꼿이 세우고 취조관을 내려다보며 말하지 않았는가. 천황을 살해하려 했다고."

창밖의 사철나무를 보았다. 그것은 울타리 곁에서 정물처럼 가만히 서 있었다.

"이제 내가 너를 향해 한 첫말을 상기할 때가 되었다. 되풀이 말하지만 넌 어리석은 권력자다. 천황조차 군중으로 만들려는 네 권력의 불에 찬탄을 금할 수 없지만 넌 가장 중요한 사실을 망각하고 있었다. 네가 권력이란 놀라운 생명체를 획득하게 된 것은 죽음의 땅에서 살아 나왔기 때문이다. 그런데 거꾸로 너는 솟구쳐 오르는 권력의 욕망에 사로잡혀 천황 암살이라는 뜨거운 불을 뱉어냄으로써 스스로 죽음 속으로 뛰어들었다. 진정한 권력자는 늘 살아남음을 꿈꾼다. 설혹 천황 암살이 가능하다 할지라도 그 대가가 죽음이라면 그 길을 선택하지 않는다. 그것은 혁명가나 사랑에 빠진 몽상가의 길이다. 권력자는 살아남기 위해 어떤 짓이라도 할 수 있는 존재다. 어떤 치욕도, 어떤 모멸도 견딘다. 벌써 잊었는가, 네 아버지의 마지막 모습을. 그는 살아남기 위해 아들 앞에서 무슨 짓을 했는가? 엉금엉금 기었고, 깡총깡총 뛰었고, 흙을 입속에 털어 넣었고, 신발 밑창을 핥았다. 그 모습이 너에게는 비굴하게 보였는가? 하지만 나의 눈에는 장엄하게 보인다. 살아남음을 향한 장엄한 욕망으로."

초점이 없는 듯한 그의 눈에 빛이 모이고 있었다. 뜨거운 빛이었다.

"아들에게 아버지는 첫 권력자다. 아버지가 아들의 권력자라는 사실을 너는 몰랐는가? 그대의 아버지는 유독 집착이 강한 권력자였다. 왜 그가 식구들 중 너만 일본으로 데려왔겠는가? 네가 유일한 군중이었기 때문이다. 왜 그는 네 앞에서 침묵했는가? 조선인에게 일본 땅 자체가 거대한 권력의 덩어리다. 그 권력의 덩어리에 짓눌리고 있었던 그는 아들 앞에서 권력자의 자세를 지탱할 수가 없었기 때문이다. 하지만 자신에게도 군중이 있다는 사실만으로 큰 위로가 되었을 것이다. 어쩌면 삶의 유일한 빛이었을지도 모른다. 권력의 세계는 이처럼 역설적이다. 인간과 짐승의 관계가 권력의 원형적 모습의 한 축이라면, 아버지와 아들의 관계는 그것의 또 다른 축이다. 아버지는 권력자로서 너에게 그것을 온몸으로 장엄하게 보여 주었다. 관동대지진 때, 그 죽음의 땅에서."

그는 지하실에서 내가 토해낸 모든 말을 자신의 머릿속에 낱낱이 담고 있었다. 마치 자신이 겪었던 것처럼.

"그는 아들 앞에서 온갖 비굴한 짓을 다 했다. 어떤 아버지가 아들 앞에서 그렇게 할 수 있는가? 혁명가가? 몽상가가? 천만에. 그들은 죽음을 택할지언정 아들 앞에서 그런 짓은 하지 않는다. 권력자만이, 오직 권력자만이 할 수 있다. 살아남기 위해 어떤 짓이든 다 하는 존재가 권력자이기 때문이다. 그럼에도 죽음을 피할 수 없다면 권력을 자신과 똑같은 피가 흐르고 있는 아들에게로 이동시킨다. 자신의 내부에 생명체로 살아 있는 권력만이라도 보존하기를 갈망하는 본능 때문이다. 아들이 아무리 못마땅하더라도 이 본능을 버리기란 참으로 힘들다. 이제 알겠는가? 너를 살리기 위한 네 아버지의 처절한 몸짓을. 그가 더러운 신발 밑창을 핥고 있었을 때 너의 정신 속에서는 권력의 뼈가 자라고 있었다. 나는 지금도 그 소리를 들을 수 있다. 뼈가 자라고, 살이 오르고, 피가 도는 소리를."

그의 입가에 실낱같은 미소가 피어오르고 있었다.

"일본인들이 왜 너를 죽이지 않았는가? 네 아버지가 그들을 만족시켰기 때문이다. 그는 자신의 존재를 철저히 전락시킴으로써 권력자들을 만족시켰다. 권력의 욕망은 식욕의 본능과 흡사하다. 그가 그들의 욕망을 채웠기 때문에 그들은 너를 잡아먹지 않았다. 결국 너는 살아났고, 뜨거운 권력의 불을 가질 수 있었다. 그 불을 누가 피웠는가? 너의 아버지였다. 난 그것을 생각할 때마다 감탄을 금할 수 없다. 어느 누가 권력자의 그 장려한 최후를 비난할 수 있겠는가. 그런데 너는 어리석게도, 참으로 어리석게도 스스로 죽음 속으로 뛰어들었다. 천황의 황금빛 옷자락을 움켜쥐려 했던 네가 죽음의 더미로 추락하기 위해 절벽의 끝에 스스로 서다니. 그런 너의 모습이 내 눈에 환히 보인다. 날카로운 절벽의 끝과, 눈을 시리게 하는 까마득한 허공이. 이제 너의 몸은 산산조각이 날 것이다. 살이 튀고, 뼈가 끊어지고, 혈관은 갈기갈기 찢길 것이다. 너는 죽음의 더미에 던져질 것이며, 네 아버지가 일으킨 권력의 불꽃은 싸늘한 재가 되어 흔적도 없이 사라질 것이다."

그의 눈은 다시 뿌옇게 흐려졌다.

"일본 황실에 대한 범죄, 즉 대역죄에 대한 형벌을 너는 아는가? 대역 죄인인 너는 처형의 칼을 피할 수 없다. 하지만…… 난 너를 죽일 수 없어…… 그 장려한 불의 정신을 가진 너를 죽이기엔…… 내 가슴이 너무 비통해…… 그 비통을…… 난…… 견딜 수가 없어……"

흐려진 그의 눈에 놀랍게도 눈물이 고였다.

"난 너를 살리고 싶다. 너의 아버지가 너를 살렸던 것처럼. 나는 너를 살릴 힘을 갖고 있다. 하지만 다른 방법으로 살릴 것이다. 난 너에게 새로운 권력의 불을 주겠다. 네가 여태껏 가졌던 권력의 불과는 전혀 다른 불을."

전혀 다른 불을? 나는 얼른 머리에 닿지 않는 그의 말을 되뇌었다.

"그렇다, 전혀 다른 불. 그것은 내가 창조한 불이다."

황금 사다리

1

산수유가 흔들렸다. 바람 때문일 터였다. 바람은 산수유 가지를 슬쩍 건드려놓고 겨울 뜰을 지나 어디론가 사라져갔다. 정원 의자에서 천천히 일어났다.

—난 너에게 새로운 권력의 불을 주겠다.

그의 목소리가 귓전을 맴돌았다. 나에게 천황이 관념의 존재였다면 그는 내 운명의 끈을 틀어쥔 실체적 존재였다. 천황 암살 음모라는 대역죄를 범한 나에게 납득할 수 없는 관심과 애정을 쏟았을 뿐 아니라 나를 자신의 유일한 후계자로 선택했던 그는 누구였던가. 대일본 제국이 배출한 최고의 고문(拷問) 기술자, 한때 중국 대륙을 장악했던 장개석의 특무기관 남의사(藍衣社)까지 경탄해 마지않았던 인물 하야시 세이카였다.

그는 자신이 창조한 권력의 불을 나에게 주었다. 거역할 수 없었다. 누가 운명을 거역할 수 있겠는가. 나는 운명을 받아들임으로써 그의 그림자가 되었다. 운명이 나를 위해 마련한 삶은 그림자의 삶이었다. 그는 자신의 그림자인 나에게 말했다.

—고문자는 고문 대상자를 내려다본다. 권력자이기 때문이다. 고문 대상자는 권력자의 군중이며, 따라서 짐승이다. 너 역시 지하실에서 짐승이 되지 않았는가. 닭이 되어 닭 소리를 내었고, 돼지가 되어 돼지 소리를 내었다. 그 짐승을 내려다보는 인간이 고문자의 모습이다. 권력자는 황홀을 추구한다. 무엇으로 추구하는가? 폭력

으로 추구한다. 허약하기 짝이 없는 살과 뼈로 된 인간을 고문할 때 쾌락을 느끼는 것이다. 쾌락을 느낄 때 고문자의 얼굴은 끊임없이 변신한다. 발톱을 세우는 표범, 발정한 고양이, 혀를 날름거리는 뱀, 썩은 시체를 찾아 헤매는 하이에나, 교미의 황홀함에 경련하는 늑대의 얼굴이 된다. 권력의 황홀함이 권력자의 얼굴을 이토록 다양하게 변신시킨다. 놀랍지 않은가. 권력자 역시 짐승이 된다는 사실이. 군중이 짐승이었기에 권력자는 비로소 권력의 자리에 설 수 있다. 그런데 권력의 자리에 서는 순간 권력자는 짐승이 되는 것이다. 짐승이 된다는 것은 군중이 된다는 뜻이다.

그가 무슨 말을 하는지 알 수 없었다. 말을 배배 틀어 희롱하는 것처럼 보였다. 하지만 아니었다. 그는 자신이 창조한 권력의 불을 내게 보여주었다.

—다시 말하면 권력자가 권력의 황홀로 빠져들 때 자신도 모르는 사이에 짐승, 즉 군중의 모습으로 변신한다. 권력자라면 피할 수 없는 운명이다. 왜 너는 내 말을 이해하지 못하는가? 이 운명을 겪지 않았느냐. 너는 모든 일본인을 꿇어앉히다 못해 천황조차 군중으로 삼으려 했던 권력자였다. 그 황홀 속에서 너의 모습은 너도 모르게 군중의 모습으로 전락해갔다. 지하실에서 짐승이 되어 온갖 울음소리를 낸 것이다. 어떤 권력자도 이 운명의 올가미에서 벗어나지 못한다. 너는 짧은 시간 동안 권력자의 운명을 압축적으로 겪었다. 권력자의 황홀이 깊으면 깊을수록 운명의 시간은 빨리 다가온다. 이 참혹한 권력의 운명을 피할 수 없는가?

이 말 속에 그의 삶이 함축되어 있음을 그때는 알지 못했다. 어이 알 수 있으랴. 그의 깊은 운명의 삶을. 더욱이 운명의 까마득한 골짜기에 천황이 육중한 몸뚱이를 틀고 있었음을.

천황은 그에게 운명의 존재였다. 내가 그의 그림자가 될 수 있었던 것은 천황이라는 운명적 존재가 우리의 내부에 공존하고 있었기 때문이다. 하지만 그는 생전에 운명 깊숙이 묻힌 자신의 민얼굴을 나에게 보여주지 않았다. 나는 그의 그림자였으나 그의 민얼굴을 알지 못했다. 그를 통하지 않고서는 내 삶을 회상할 수 없건만 그는 자신의 가장 깊은 얼굴을 숨기고 있었다. 그런데 예사롭지 않은 그의 죽음의 방식이 그 얼굴을 드러내었다.

10년 전 가을, 잠을 깨뜨린 그 전화벨 소리. 그 소리는 무척 불길했다. 얕은 잠 속에서 허우적거리고 있었는데 무엇인가가 내 귀를 찌르고 있었다. 길고 가는 나뭇가지 같기도 하고, 딱딱한 쇠붙이 같기도 했다. 잠에서 깨어난 나는 그것이 전화벨 소리임을 알았다. 간신히 일어나 수화기를 들었다. 거기에서 흘러나온 목소리는 너무나 충격적인, 정녕 믿고 싶지 않은 비보였다.

스승 하야시가 괴한의 칼에 찔려 중상이라고 했다. 여자의 낮은 목소리가, 귀를 핥는 듯한 일본어로 침착하게 그것을 전하고 있었다. 한밤중 도쿄 자택에서 예리한 칼에 옆구리가 깊숙이 찔렸으나 생명은 건질 것 같다고 했다. 하지만 그는 여든 노인이었다. 게다가 몇 년 전부터 눈에 띄게 쇠약해지고 있었다.

나는 망연자실했다. 머리가 얇은 종이처럼 납작해지면서 무엇인가 빠져나가는 것 같았다. 하지만 그것이 무엇인지 알 수 없었다. 난 그저 앉아 있기만 했다. 꼼짝도 않고. 그런 상태가 얼마나 계속되었을까. 얇은 종이 같은 머릿속에서 무슨 소리가 났다. 종이가 구겨지는 소리 같기도 하고, 바람 소리 같기도 했다.

그것은 꽃이 지는 소리였다. 수백 송이의 꽃이 지고 있었다. 인간의 손 때문이었다. 가위를 든 하얀 손이 줄기를 끊고 있었다. 꽃들은 줄기가 잘려 나가면서 대비와 균형의 인공적 질서 속으로 흡입되기 시작했다.

추락한 꽃들은 핏빛이었다. 줄기는 혈관이었고, 잘린 혈관에서 피가 뚝뚝 떨어졌다. 시간은 정지되었으며, 잔혹한 가위 소리는 텅 빈 시간을 채웠다. 그 시간 속에서 낯익은 목소리가 흘러나왔다. 스승의 목소리였다.

—고문자는 고문 대상자를 생명체로 보아서는 안 된다. 그는 생명체가 아니라 사물이다.

난 의아한 눈으로 스승을 쳐다보았다. 손목을 약간만 비틀어도 비명을 지르는 그들이 사물이라니……

—사물의 턱을 깎아보라. 비명이 없다. 사물의 뼈를 부숴보라. 역시 비명이 없다. 사물의 살을 뜯어보라. 고문자는 아무런 비명을 듣지 못한다.

겨울 들판이었다. 흰 눈이 내리고 있었고, 살을 에는 바람이 들판을 할퀴었다.

—옷을 벗어라.

옷을 벗었다. 몸에서 옷이 한 겹 한 겹 떨어질 때마다 바람의 날은 점점 예리해졌다. 팬티까지 벗자 그가 꿇어앉으라고 말했다. 무릎을 꿇었다. 차가운 땅에 닿은 무릎은 뜨거운 돌에 닿은 것처럼 후끈거렸다.

—고문 기술자는 기술의 대상과 기술의 도구가 무엇인지 알아야 한다. 이 두 가지 사물을 알지 못하면 기술의 맥을 짚을 수 없다.

두꺼운 방한복을 입은 스승은 벌거벗은 나를 내려다보며 느릿느릿 말했다.

—네 앞에 있는 것이 무엇이냐?

앞에는 커다란 양철통에 물이 가득 담겨 있었다.

—물입니다.

—그렇다, 물이다. 이 차가운 물을 너의 몸에 뿌리겠다. 손으로 물을 닦아서는 안 된다.

물을 닦으면 안 된다니? 스승을 올려다보았다. 스승은 장갑 낀 손으로 그릇에 물을 가득 떠서 내 몸에 끼얹었다. 물이 몸에 닿는 순간 따뜻함을 느꼈다. 하지만 혹독한 추위가 이내 엄습했고, 물방울이 달라붙어 있는 곳은 시리고 따가워 고통을 가중시켰다. 체온으로 물이 마른 부분의 고통은 더 심했다. 물을 계속 끼얹으면 이상야릇한 고통에서 벗어날 수 있을 것 같았다. 그러나 스승은 꼼짝도 하지 않았다.

물이 어느 정도 마르자 스승은 다시 물을 뿌렸다. 단단한 돌멩이가 몸을 후려치는 느낌이었다. 더욱 알 수 없는 것은 하늘에서 소리없이 떨어지는 눈송이였다. 무게조차 가늠되지 않는 그 작은 사물이 맨살에 닿을 때마다 무어라고 표현할 수 없는 통증이 일었다. 전기가 통하는 것처럼 저릿저릿했다.

—너의 몸은 지금 형체가 다른 고문 기구들에 의해 고통을 받고 있다. 첫번째는 공기와 바람이다. 두번째는 얼어붙은 땅, 세번째는 물, 네번째는 눈송이, 다섯번째는……

나는 혼미한 의식 속에서 스승의 말을 놓치지 않기 위해 안간힘을 썼다.

—다섯번째 고문 기구는 따뜻한 옷을 입고 서 있는 나다. 벌거벗고 꿇어앉아 있는 너와의 차이가 고통의 원천이다.

조금 후 나는 들것에 실려 갔다. 악문 입은 떨어지지 않았고, 발바닥은 얼어붙은 땅에 붙어 있어 일어설 수조차 없었다. 의사는 나를 따뜻한 방에 눕히고 혈압을 재고 주사를 놓았다. 스승은 추호도 개의함 없이 가르침을 계속했다.

—똑같은 기술의 도구라도 상황에 따라 전혀 다른 성질로 변한다는 것을 깨달았을 것이다. 수건으로 얼굴을 덮고 물을 끼얹을 때 기술 대상자는 입과 코로 쏟아져 들어오는 물에 의해 고통을 받는다. 그런데 오늘, 너에게 물은 무엇이었나? 너의 얼어붙은 육체는 물을 계속 퍼부어주기를 바라고 있었다. 이처럼 기술자는 똑같은 사물일지라도 시간과 공간을 이용해 그 모습을 변신시킬 줄 알아야 한다. 그리고……

스승은 심호흡을 하며 목소리를 가다듬었다.

—서 있는 자와 무릎 꿇은 자. 옷 입은 자와 벌거벗은 자. 사지를 움직일 수 있는 자와 묶여 있는 자, 이 두 존재 사이에 가로놓여 있는 강, 이 두 존재 사이에 입을 벌리고 있는 골짜기의 심연을 너는 보았는가. 이 세상에는 서 있는 자보다 무릎 꿇은 자, 옷 입은 자보다 벌거벗은 자, 움직일 수 있는 자보다 묶여 있는 자들이 훨씬 많다. 헤아릴 수 없이 많은 무릎 꿇은 자와 벌거벗은 자와 묶여 있는 자는, 서 있는 자와 옷 입은 자와 움직일 수 있는 자의 자리를 차지하기 위해 강을 건너고 골짜기를 기어오른다. 강과 골짜기는 깊고 깊지만 그들은 개미 떼처럼 많고 많아 언제 어디서 그들에게 자리를 빼앗길지 모른다. 서 있는 자에서 순식간에 무릎 꿇은 자로 전락

하는 것이다. 권력자에서 군중으로. 이 전략의 비참함을 너와 나는 뼈저리게 느껴야 한다. 뼈저림은 아무리 지나쳐도 모자라지 않다. 조금 전 나는 너에게 뼈저림을 주었지만 더 깊은 뼈저림을 주지 못해 애석할 뿐이다.

스승의 눈은 젖어 있었고, 목소리는 슬픔으로 떨고 있었다.

—권력자의 운명은 이처럼 위태롭다. 너와 나는 권력자다. 그러므로 너와 나는 권력의 소름 끼치는 운명의 아가리로 다가갈 수밖에 없다. 권력자라면 피할 수 없는 운명의 길이다. 하지만 나는 피했다. 내가 창조한 권력의 새로운 불로 그 캄캄한 운명의 길을 밝히며.

스승은 눈을 감았다 잠시 후 떴다.

—고문 대상자를 사물로 인식하는 것. 이것이야말로 내가 창조한 권력의 새로운 불이다.

2

차는 나리타 공항에서 도쿄를 향해 달렸다. 비는 축축이 내렸고, 풍성하고 윤택한 식물들이 차창을 스쳐 지나갔다. 들판에 띄엄띄엄 보이는 집들이 친근하게 다가왔다. 오래되어 이끼와 습기가 많이 끼어 있는 집들은 얇고 가볍게 보였다.

깜박 잠이 든 모양이었다. 눈을 뜨니 차가 도쿄에 들어와 있었다. 터널로 들어갔다가 미로 같은 육교로 오르는가 하면, 즐비한 건물 사이를 지나갔다. 긴자, 교오바시, 간다. 나는 차창으로 눈을 바짝 갖다 댔다. 차는 고가도로로 올라섰고, 빌딩에 파묻힌 도쿄 거리가 눈 아래 나타났다.

에도[江戸].

나지막이 중얼거렸다. 스승은 이곳을 지칭할 때 언제나 에도라고 했다. 도쿄의 옛 이름이었다. 스승은 말했다. 에도는 죽음을 거듭하면서, 죽음 속에서 새롭게, 거듭 태어난 생명체라고.

—5백 년 전의 도쿄는 작은 성이 있는 취락에 불과했다. 천연의 항구와 넓고 풍요로운 평야를 배후에 둔 에도를 주목한 이가 도쿠가와 이에야스였다. 그로부터 몇 년 후 백 채의 초가집뿐이었던 작은 마을이 일본에서 가장 훌륭한 성을 가진 인구 15만의 도시로 발전하였고, 4~5세대 사이에 130만여 명이 사는 세계 최대의 도시로 변신했다. 지금 에도의 중심부가 이에야스 이전에는 어떤 모습이었는지 아느냐? 바닷가의 얕은 여울이었다. 지금도 그 모습을 느낄 수 있다. 깊은 밤, 하늘에 별이 뜨고 고요가 깔리면 눈을 감고 귀를 기울여보라. 모래언덕 저편에서 해변을 핥는 파도 소리를 들을 수 있을 것이다.

나는 어안이 벙벙했다. 도쿄의 도심에서 무슨 파도 소리가 들려온단 말인가. 극성스러운 벌레 소리뿐이었다. 하지만 전혀 그런 내색을 하지 않았다. 칠순으로 들어서면서 스승의 두뇌는 환상에 의해 침식되고 있었다. 환상이라는 괴물은 시간을 휘젓는 모양이었다. 그리하여 과거의 시간들이 밀고 들어와 이미 소멸해버린 풍경, 까마득히 사라져버린 소리들을 불러내어 음습하고 침울하게, 장려하고 황홀하게 옛 모습들을 재현하는 듯했다.

—이에야스와 그 후계자들이 탄생시킨 에도에 압도적인 검은 바람, 죽음의 바람이 덮쳤지. 1657년의 묘오레키 대화재, 1730년의 겐

로쿠 대지진, 1772년의 유키비토자카의 대화재, 1923년의 간토 대지진. 그리고…… 그리고…… 1945년의 대공습.

혼잣말로 중얼거리는 스승의 얼굴은 고통으로 일그러지고 있었다. 이마에는 깊은 주름살이 파이면서 얇은 입술이 푸른빛이 돌 정도로 창백해졌다.

—세계인들은 1945년 8월 6일과 9일, 히로시마와 나가사키에 투하된 원폭의 파괴만을 주목하고 기억해. 1945년 3월 9일에서 10일에 걸친 에도 대공습은 간과하고 있는 거야. 그것은 상상을 초월하는 끔찍한 재앙이었어.

나는 슬며시 고개를 외로 틀었다. 도쿄 대공습에 대한 이야기를 여러 번 들었던 것이다. 당시 재난을 고스란히 겪었던 스승의 머릿속에는 끔찍한 불기둥들이 여전히 생생하게 살아 있는 모양이었다.

—불길은 밀림의 숲처럼 빽빽하게 들어선 목조 가옥을 깡그리 삼켜버렸다. 그것은 거대한 괴물이었지. 수많은 에도인을 한꺼번에 삼킨 괴물.

그랬다. 하룻밤 사이 25만여 채의 건물이 파괴되고 10만여 명이 죽었다. 히로시마, 나가사키의 원폭 피해와 거의 맞먹는 숫자였다.

—대공습은 에도를 철저히 앗아갔다. 하늘 밑 어디에도 불탄 흔적뿐이었다. 그것은 형해였어. 생명이라고는 찾아볼 수 없는. 에도인들은 절망했지. 삶에 대한 열망이 무섭게 증발하고, 죽음의 강물만이 출렁거리고 있었어. 하지만 에도를 진정 아는 이는, 에도라는 생명체가 어떻게 창조되어왔는가를 아는 이는 절망하지 않았어. 그 죽음 속에서, 죽음을 뚫고 새로운 생명, 새로운 에도의 모습이 꿈틀거리고 일어나리라는 것을 예감하고 있었으니까. 땅이 갈라지고 불

의 혀가 샅샅이 핥고 지나갔어도, 재가 식고 진동이 멎으면 눈을 껌벅이며 일어났던 그 옛날처럼.

스승의 상태는 내 우려보다 훨씬 앞질렀다. 처음 병원으로 옮겨졌을 때 상처를 점검한 의사는 "이 노인 운이 좋군" 하고 중얼거릴 정도로 상처가 깊지 않았다. 피를 많이 흘렸고, 노인이라는 점을 감안해도 치명적인 상처는 결코 아니었다. 수명이 약간 단축될 원인이 될 수는 있을지언정 생명과는 전혀 무관했다. 그런데 환자는 의사의 과학적 진단을 허물어뜨렸다. 병원에 옮겨진 지 사흘 후 혼수상태로 빠져들었고, 시간이 갈수록 악화되어갔다.

"정말 뜻밖입니다. 여태껏 수많은 환자를 치료했지만 이런 경우는 퍽 드문 일입니다."

의사는 고개를 절레절레 흔들었다. 낭패스러움이 역력한 표정이었다.

"돌아가실 수도 있단 말입니까?"

나는 마른침을 삼키며 물었다.

"지금의 상태가 계속되면 도리가 없습니다. 물론 그 전에 새로운 변화를 찾기만 한다면……"

그러나 의사의 얼굴에는 의학의 일반적 법칙을 무시하고 있는 환자에 대한 곤혹스러움만 있을 뿐 확신의 표정은 전혀 없었다.

"이 모든 원인은 환자에게 생명에 대한 집착이 전혀 없기 때문입니다. 정신이란 생명의 버팀목입니다. 정신이 버팀목으로서의 역할을 포기할 때 생명은 걷잡을 수 없이 무너지기 마련입니다. 우리로서는 속수무책이지요."

"환자가 생명을 포기하고 있단 말입니까?"

나는 너무나 놀라 하마터면 소리를 지를 뻔했다. 생명을 포기하는 스승의 모습을 상상할 수 없었다. 스승에게 삶의 바탕인 권력의 엄격한 법칙의 핵심은 살아남음이었다. 따라서 그의 삶은 죽음과의 치열한 싸움 그 자체였다. 죽음을 이겨내기 위해 그가 바쳤던 가혹한 열정을 생각한다면 의사의 말은 정녕 믿을 수 없었다.

병원을 나와 도쿄 도심가를 느릿느릿 걸었다. 사람들이 넘쳐흘렀고, 한자와 일본어와 영어가 뒤죽박죽 섞인 간판들이 눈을 어지럽혔다. 고가 고속도로가 거미줄처럼 얽혀 있고, 철도와 도로가 도시를 에워싸고, 아무리 좁은 터라도 그에 적합한 목적에 사용되고, 빌딩은 해마다 늘어나 도쿄만까지 이어지고, 높은 빌딩 옆에는 작고 낮은 기와집과 감나무가 있는 거대한 도시 도쿄. 여기가 한때 바닷가의 얕은 여울이었음을 사람들은 얼마나 알고 있을까.

—낭인, 마을과 도시에서 추방된 무숙자, 노동자, 상인, 시인, 도적, 인습에서 빠져나와 꿈을 찾는 도망자 들이 옛 에도로 몰려들었지.

스승의 목소리는 속삭이듯 내 귀를 핥았다. 나는 고개를 흔들었다. 지금 한가하게 과거를 더듬는 몽상의 소리에 빠져 있을 때가 아니다. 스승은 지금 사경을 헤매고 있고, 의사는 속수무책으로 보고만 있지 않는가. 나는 알고 있다. 의사의 눈에는 보이지 않는 손이 스승의 목을 조르고 있음을. 의사는 볼 수 없을지언정 나는 볼 수 있어야 한다. 하지만 웬일인지 내 눈에도 보이지 않는다. 내가 볼 수 없다면 누가 볼 수 있단 말인가. 스승의 생명에 치명타를 가한 사건을 정밀히 조사했다. 그런데 나로서는 도저히 풀 수 없는 수수께끼와 맞부딪쳤다.

도쿄 롯폰기에 있는 옛 일본식 집에서 스승은 오랫동안 혼자 살아왔다. 부인은 그가 젊었을 때 일찍 죽었고, 아들이 하나 있었으나 오래전에 헤어졌다. 스승은 아들에 대해 일체 함구했고, 그래서 아들이 있었다는 것조차 모르는 사람이 많았다. 나 역시 스승에게서 아들에 관해 한마디조차 들은 적이 없었다.

사건이 나던 날 밤, 절도를 목적으로 월장한 범인이 부주의하게도 소리에 예민한 물건을 떨어뜨리는 바람에 스승의 잠을 깨웠다. 스승은 불을 켜지 않고 소리 나는 쪽으로 조심스럽게 다가갔고, 겁에 질린 범인은 본능적으로 칼을 손에 쥐었다. 짙은 어둠 속에서 범인은 자신에게 바짝 다가온 검은 그림자를 찌른 후 황급히 도망쳤다. 하지만 그는 경찰의 수사망을 빠져나갈 만큼 치밀한 범죄자가 못 되었다.

사흘 후 체포된 범인은 형사의 노련한 취조에 말려들어 모든 것을 자백했다. 오구치라는 이름을 가진 풋내기 절도 전과자였다. 경찰은 그의 자백에 따라 집 벽장 깊숙이 숨겨놓은 피 묻은 칼을 찾아냈다. 상황은 명백했다. 그런데 응급수술 후 깨어난 스승은 엉뚱한 소리를 했다. 오구치가 범인이 아니라는 것이었다. 왜 그렇게 생각하느냐는 경찰의 질문에 스승은 입을 굳게 닫았다. 경찰 입장에서는 어처구니없는 일이었다. 오구치가 범인이 아닐 가능성은 조금도 없었다. 경찰은 피해자가 범인을 두고 범인이 아니라고 완강히 주장하는 이유를 찾는 데 골몰해야 했다.

범인과 피해자의 관계를 추적했다. 그러나 두 사람을 잇는 끈이 없었다. 범인은 피해자에 대해 아무것도 모르고 있었다. 노인이 혼자 사는 집이라는 소리를 어디서 들었을 뿐이었다. 수사는 곧 벽에 부딪쳤다. 경찰로서는 피해자의 입이 열리기만 기다릴 수밖에 없었다. 하지만 스승은 다시 혼수상태로 빠져들 때까지 한마디도 하지 않았다. 그동안 스승이 유일하게 한 말은 한국에 있는 옛 제자를 불러달라는 부탁이었다.

정말 알 수 없는 일이었다. 스승의 고백 없이는 도저히 풀 수 없는 미스터리였다. 스승의 목을 조르고 있는 보이지 않는 손이 미스터리와 깊은 연관이 있음을 나는 직감했다.

—고문 대상자는 전락된 존재다. 고문자는 전락된 존재 앞에 서는 순간 자신의 존재가 상승되었음을 느낀다. 쾌락은 존재의 상승에서 솟아오른다.

차갑고 날카로운 목소리가 일어섰다. 그것은 과거의 몽상에 젖어 있는 목소리가 아니었다. 스승은 자신이 창조한 새로운 권력의 불을 일으키고 있었다. 놀라운 영혼을 가진 한 인간의 차갑고 냉혹한 사상의 불을.

—쾌락의 원천은 무엇인가? 전락된 자의 상처와 증오다. 고문자에게 가장 참을 수 없는 치욕은 전락하지 않는 고문 대상자를 바라보는 일이다. 치욕 속에서 쾌락은 결코 일어나지 않는다. 쾌락은 타인의 전락을 통해 일어난다. 전락하는 자는 전락의 상처와 증오를 간직한다. 그러므로 권력자의 가슴속에 쾌락이 쌓인다는 것은 권력 대상자의 상처와 증오가 쌓이는 것을 뜻한다. 권력자의 운명을 이것처럼 일목요연하게 보여주는 말은 없다. 권력자의 가슴속에 쾌락이 한 겹 쌓일 때 권력 대상자의 상처와 증오가 한 겹 쌓인다. 쾌락은 커다란 소리를 내며 쌓이지만 상처와 증오는 소리 없이 쌓인다. 새벽에 내리는 눈처럼 소리 없이……

스승의 목소리는 음울했다. 눈은 알 수 없는 빛으로 번뜩였고, 얼굴은 창백했다.

—잠에서 깨어나 창밖을 내다보면 그는 깜짝 놀랄 것이다. 언제 땅이 저렇게 하얗게 되었는가! 흩날리는 눈송이 하나 보지 못했고, 눈이 쌓이는 소리 한번 듣지 못했는데 온 천지가 하얗게 되었구나! 그는 하얀 눈에 고립되어 있다. 바깥을 나가기만 하면 하얀 눈이 달려든다. 하얀 눈을 거치지 않고서는 한 발자국도 움직일 수 없다. 그 하얀 눈이 수많은 사람의 상처와 증오라면 어떻게 할 것인가? 붉은 피, 뭉개진 살과 뼈, 천지에 가득한 신음과 비명, 이글거리는 증오의 눈…… 하얀 눈, 증오의 눈, 그 눈빛.

스승의 꼿꼿한 자세가 흐트러졌다. 시선은 허공에 있었고, 얼굴은 창백하다 못해 하얗게 바랬다.

—그렇다고 눈이 그치는가? 절대로 그치지 않는다. 여전히 소리 없이, 끊임없이 내린다. 발을 덮고, 무릎을 덮고, 허리를 감고 어깨까지…… 그리고 마침내 목으로 차오른다. 그 눈의 두께를 사람들은 역사라 부른다. 꿇어앉은 자, 벌거벗은 자, 박해받은 자들의 상처와 증오의 퇴적물이 역사이며 역사의 주인공이다. 그럼 시저는 무엇이며, 나폴레옹은 무엇이며, 칭기즈칸은 무엇인가?

흐트러진 스승의 자세가 다시 꼿꼿해지면서 눈빛에 냉랭한 기운이 감돌았다.

—그들은 퇴적물에 파묻힌 화석에 불과할 뿐이다. 온몸이 눈 속에 파묻혀, 피와 뼈와 살에 짓눌려 죽어가는 인간의 모습을 상상해 보라. 이제야 알겠는가? 쾌락을 지우고 권력의 얼굴을 지워야 한다는 나의 말을. 쾌락을 지우는 자는 권력의 운명에서 벗어난다. 쾌락

을 지움으로써 권력의 자리, 역사의 자리에서 비켜나며, 권력의 그 소름 끼치는 운명의 아가리 속으로 빨려들지 않는다.

하지만 고문자는 권력자다. 권력자가 어떻게 권력의 자리에서 비켜날 수 있는지 이해가 되지 않았다.

—고문 대상자는 권력에 의해 선택된다. 이 선택과 고문자의 의지 사이는 완전한 벽으로 차단되어 있다. 선택 속에는 고문자의 권력이 머리카락 한 올조차도 없다. 선택된 고문 대상자가 명령에 의해 고문자의 손안으로 들어오는 순간, 그는 비로소 권력자가 되는 것이다. 말하자면 명령이 고문자를 권력자로 만든다. 이 과정에서 고문자는 오직 한 종류의 인간일 뿐이다. 어느 누구도 명령을 거부할 수 없으며, 어느 누구도 명령이 하사하는 권력의 빛나는 왕관을 물리칠 수 없다. 어찌 물리칠 수 있으랴. 왕관에 의해 비로소 그들이 존재할 수 있으며, 왕관의 쾌락 때문에 자신의 존재가 사랑스럽기조차 한데!

목소리가 조금씩 높아지고 있었다.

—왕관이 고문자의 머리에 올려지면 고문자는 두 종류의 인간으로 나뉜다. 왕관의 쾌락에 탐닉하는 자와, 쾌락을 지우는 자로. 그들은 서로 다른 존재로서, 그 차이는 상상하기 힘들 만큼 엄청나다. 쾌락을 받아들인다는 것은 권력의 짐, 역사의 짐을 지는 행위이며, 쾌락을 지운다는 것은 권력과 역사의 짐을 거부하는 행위다. 쾌락의 길은 평탄하지만, 거부의 길은 좁고 가파르고 험하고 깊다. 가없는 본능의 충동과 끊임없이 싸워야 하는 극기의 길이다.

나는 물었다. 그 길 끝에 조그맣게 남아 있는 작은 평화를 위해 그토록 힘든 길을 가야 하느냐고.

—고문자가 된다는 것은 선택이다. 왜 선택을 했는가? 박해받는 자가 되지 않기 위함이다. 무릎 꿇은 자, 벌거벗은 자, 묶인 자의 처참을 피하기 위함이다. 이 처참에서 영원히 피하기 위해서는 쾌락에서 벗어나야 한다. 쾌락을 받아들인 자들은 결국 무릎 꿇는다. 결국 벌거벗겨지며, 온몸이 쇠사슬로 감긴다. 누구에 의해? 무엇에 의해? 피투성이 역사에 의해. 쾌락을 추구한 자들이 쌓아올린 피와 살과 뼈에 의해.

이 가르침이야말로 스승이 빚은 가장 빛나는 황금이었다. 나는 스승의 황금을 조금도 손상시키지 않음으로써 내 그림자의 삶을 완성했다. 결코 만져지지 않는 나의 삶을.

—쾌락에 의해 쌓인 피와 살과 뼈는 반드시 생명의 모습으로 일어선다. 가슴속에 존재한다는 것조차 느껴지지 않는, 쌓이는 소리가 들리지 않으며, 허공에 떠다니는 먼지의 깃털보다 가벼운 그것이 쌓이고 쌓여 마침내 생명으로 일어선다. 끝이 뾰족한 가시의 모습으로, 징그럽고 흉측한 괴물의 모습으로, 짐승의 이글거리는 눈빛으로.

스승의 얼굴이 다시 창백해졌다.

—쾌락을 받아들인 자는 이 생명을 피할 수 없다. 그것은 쾌락의 대가다. 박해받은 자들의 끊임없는 행렬이 만들어낸 가시는 끝을 치켜세우며 고문자의 가슴을 찌른다. 괴물의 번뜩이는 이빨이, 짐승의 이글거리는 눈빛이 그를 향해 달려든다. 너는 아는가, 그 고통을. 그 끔찍한 고통은 정신을 타락시키고 붕괴시킨다. 가시의 시간이, 뼈와 살의 이글거림이 아무리 짧아도, 심지어 죽음 직전에 나타난다 해도 정신은 무섭게 타락하고 붕괴된다.

스승은 길고 깊은 숨을 토했다. 누구에겐가 목이 짓눌린 것처럼.

—그러나 쾌락을 끊임없이 지운 자들의 내면은 깨끗하다. 너무나 깨끗해 자신이 고문자였다는 사실조차 잊어버릴 지경이다. 눈앞에 희생자의 모습과 비명을 들이대도 그의 내면은 평온하다. 한 번도 권력의 자리에 서지 않았기 때문이다. 다만 권력의 명령을 이행했을 뿐이다. 그의 손에 들린 고문 도구들은 권력의 도구이지 그의 도구가 아니다. 살을 찌르고 뼈를 깎은 자는 권력자이지 그가 아니다. 그렇다면 그는 무엇인가? 그 역시 권력의 도구일 뿐이다. 그가 쾌락을 지우면 지울수록 더욱 완벽한 도구가 되며, 무생명에 가까워진다. 전기봉이나 채찍처럼. 그러므로 고문 속으로 그의 의지는 조금도 스며들지 않는다. 오직 권력의 의지만이 펄펄 살아 있을 뿐이다.

그랬다. 만주 관동군 소속 고문 담당자가 패전 후 연합국 법정에 끌려나와 그의 과거를 환기하고 죄를 물었을 때 그는 고개를 갸웃거렸다. 그들이 들이대는 희생자들의 끊임없는 증언 앞에서 그는 어리둥절해했다. 법정의 사람들 중 어떤 이들은 그의 뻔뻔스러움에 경악했고, 또 어떤 이들은 피고인의 얼굴과 마찬가지로 풀 수 없는 수수께끼 앞에 서 있는 듯한 표정을 지었다. 잔혹한 고문의 증거가 명백히 드러났는데도 인간이 어쩌면 저런 태도를 가질 수 있을까, 하는 당황함이었다. 그 수수께끼의 비밀을 나는 알고 있었다. 고문은 권력의 책임이며 권력의 죄일 뿐이다. 한 번도 권력의 자리에 서 본 적이 없는 그에게 무슨 죄의식이 있을 것인가. 그 또한 스승이 간직한 황금의 내밀한 비밀을 알고 있었던 것이다. 왜 권력의 도구가 되었는가? 그것은 죄가 아닌가? 죄가 아니다. 박해받는 자의 자리에 서지 않기 위해 선택한 행위가 어찌 죄인가? 무릎 꿇는 고통, 벌거벗는 고통을 두려워하는 것은 약한 자로 지탄받을지언정 죄인으로 지탄받아서는 안 된다.

—고문자는 쾌락을 어떻게 지우는가? 무슨 방법으로 권력과 역사의 짐을 거부할 수 있는가? 고문 대상자를 사물로 인식하는 것이다. 고문자의 쾌락은 존재의 상승을 통해 솟아오른다고 나는 말했다. 거듭 강조하지만 고문 대상자가 짐승으로 전락함으로써 고문자에게 상승된 존재의 쾌감을 제공한다. 짐승은 생명체다. 이 생명체를 사물로 변신시킬 때 존재의 전락과 상승은 무화된다. 짐승과 죽음의 얼굴이 없는 사물은 군중이 아니며, 군중이 없는 권력자는 권력자가 아니다. 이 권력의 벗어남이야말로 소름 끼치는 운명의 아가리에서 벗어남을 뜻한다.

롯폰기의 작은 골목으로 들어서자 도심의 번잡함이 씻은 듯이 사라졌다. 그것은 하나의 문을 열고 다른 세계로 들어온 듯한 착각을 불러일으킬 정도로 돌연한 변신이었다. 문의 바깥으로 한 걸음만 나가도 콘크리트와 강철로 무장한 빌딩의 숲이다. 은빛 스모그에 가려진 빌딩 아래에는 차와 사람 들이 들끓고 있다. 그러나 문의 안쪽에는 엷은 녹색이나 잿빛 기와, 양철지붕의 작은 목조 가옥들이 옛 모습대로 고요히 서 있다. 그곳은 세월에 젖은 나무의 차분한 결처럼 희미하고 아늑한 정지의 세계였다.

약간 고지대인 이곳은 길이 좁고, 갑자기 꺾이기 때문에 차들이 전혀 다니지 않았다. 이 정적 속에서 스승은 에도의 소리와 냄새에 귀를 기울이고 코를 킁킁거리고 있었을 것이다. 하지만 한 발자국만 나가도 강철과 콘크리트가, 소음과 먼지와 퇴폐와 아우성이 달려든다. 그것은 노인이 받아들이기에는 너무 벅찬 세계다. 그럼에도 노인이 여기를 떠나지 않은 것은 황성 때문이었다. 롯폰기에서 도보로 30분도 채 걸리지 않는 곳에 황성이 있었다. 천황이 거하는 곳, 장대했던 옛 에도성의 모습을 회고할 수 있는 곳이 황성이다. 에도가 생명체라면 황성은 심장이었다.

—왕정 복고를 실현하고 일본의 국체와 신들에 대한 신앙을 체계화한 젊은 메이지 천황은 1868년 에도성을 황성으로 정하고 권력의 핵심인 정부의 중심지를 교토에서 에도로 옮긴 후 맨나무 가마를 타고 5백 킬로미터 안팎의 도정을 천천히, 조용하고 엄숙하게 한 달에 걸쳐 움직였다. 신칸센 철도로 세 시간이면 닿을 수 있는 그 거리를.

스승은 잠시 말을 멈추고 심호흡을 했다.

—가마란 무엇인가? 땅과 가까운 하늘에 떠 있는 작은 공간이다. 천황이란 무엇인가? 이 세상에 사람의 모습으로 나타난 신이다. 신은 결코 땅으로 내려서지 않는다. 그러나 교토에서 에도까지 신은 땅과 가장 가까운 곳으로 내려왔다. 에도를 위해, 에도의 땅에 닿기 위해, 나무 가마를 타고. 그것은 기묘한 신의 여행이었다.

천황을 이야기할 때면 스승의 목소리와 표정은 완연히 달라졌다. 메마르고 냉혹한 목소리가 축축이 젖어들고 차가운 얼굴에는 회상과 갈망으로 가득 찼다.

골목을 꺾어 돌자 유카타를 입고 뛰어다니는 어린아이가 보였다. 그 뒤에는 지팡이를 짚은 한 노인이 오래되어 거칠어진 나무 담장에 등을 기댄 채 힘겹게 서 있었다. 주름살투성이 얼굴, 몸의 균형을 잡기 위해 엉거주춤 벌리고 있는 두 발, 벌어진 옷깃 사이로 드러난

누런 살. 어린아이는 나비처럼 팔랑팔랑 뛰고, 노인은 위태롭게 서서 아이를 멍하니 보고 있다. 시간은 저렇게 잔혹한 것이다. 그 잔혹한 시간 속에서 나는 무엇을 했던가.

나는 대일본 제국이 배출한 최고의 고문 기술자 하야시의 유일한 후계자였다. 하야시는 내 목숨을 구해주었을 뿐 아니라 나를 자신의 후계자로 선택했다. 일본인에게 후계자란 무거운 뜻을 갖는다. 더욱이 장인(匠人)에게 후계자란 자신이 간직하고 있는 삶의 불꽃을 물려준다는 것을 의미한다. 그는 장인이었다. 권력의 장인.

나는 스승의 가르침을 한 치도 거역하지 않았다. 바람이 칼날처럼 변하고 빛이 뜨거운 불이 되어 달려드는 가르침의 고통 속에서 나는 인내하고, 또 인내하였다. 그의 그림자가 되기 위해.

고문자는 고문 대상자에게 전지전능한 존재다. 고문자의 쾌락은 전지전능한 존재의 감각에서 솟아오른다. 그는 고문 대상자를 죽이는 것 이외는 무엇이든 할 수 있다. 개나 개구리는 물론 발길에 짓이겨지는 벌레로도 만들 수 있다.

그랬다. 겨울이면 옷을 벗기고, 여름이면 두꺼운 솜옷을 입혀 손과 발에 수갑을 채우고 지하실에 며칠 버려두면 개가 되어버린다. 밥을 먹을 때 개처럼 혀로 핥아야 하고, 똥오줌에 전 몸뚱이는 거름덩어리와 같은 악취를 풍긴다. 2~3일만 그렇게 내버려두면 눈에 노란 눈곱이 끼고, 입에서 게거품이 나온다. 그 더러운 생명을 경멸하지 않을 수 없었다. 아무리 경멸하고, 아무리 조롱해도 지나치지 않았다.

개구리는 또 어떤가. 수갑과 같은 기능을 가진 고문 도구로 팔목과 발목을 채우고 엎어지게 한 후 손과 발과 허리와 앞가슴과 등허리와 목을 기술적으로 묶으면 영락없이 개구리의 형상이 된다. 고문자는 그 위로 올라가 지근지근 밟기도 하고, 얼굴을 후려치기도 하고, 몽둥이로 발바닥을 때리기도 한다. 어린 시절 기꺼운 마음으로, 즐거움으로, 짜릿짜릿한 쾌감으로 개구리를 손에 움켜쥐고 논바닥에 팽개치고, 두 다리를 찢고, 발로 밟기도 했다. 어린 가슴속에 고여 있는 그 쾌락의 샘은 깊고 깊어 아무리 퍼내도 마르지 않을 것 같았다. 그런 인간의 깊고 음습한 욕망의 쾌락을 지우기 위해 얼마나 가혹한 인내가 요구되는지 모르는 이들은 상상이나 할 수 있을까.

—폭력의 쾌락은, 그 욕망은 죽음을 지향한다. 죽음이야말로 욕망이 지향하는 궁극이다. 하지만 고문의 목적은 죽음이 아니다. 정보의 획득과 정신의 해체와 파괴다. 해체와 파괴를 통해 체제의 정통성과 우월성을 지키는 것이다. 고문은 처형이 아니다. 고문자가 고문 대상자를 죽음에 이르게 한다면 그것은 조직의 명령과 규칙을 깨뜨리는 행위다. 그러므로 고문자는 고문 대상자의 죽음에 대한 저항력을 정확히 측정해야 한다. 저항력의 정확한 측정이야말로 고문 기술자에게 없어서는 안 될 소중하고 섬세한 능력이다. 고문자가 폭력의 쾌락에 갇혀버리면 저항력으로의 침범, 즉 죽임이 강렬한 힘으로 그를 유혹한다. 유혹은 너무나 뜨거워 자신이 고문자라는 사실조차 잊게 한다. 결과는 처형을 향한 질주다. 하지만 너와 나는, 이 세계에서 오직 너와 나는 쾌락에 갇히지 않는다. 쾌락의 유혹과 끊임없이 싸우며 일어서는 쾌락을 지우고 또 지운다. 그리하여 고문 대상자가 마침내 사물로 보일 때 너와 나는 이 세상에서 유일한 권력자가 되는 것이다. 권력의 운명에서 벗어난 유일한 권력자. 얼마나 장려한가! 운명의 가시가 없는 황홀한 불을 가진 인간의 모

습이.

노인은 여전히 서 있고 아이는 보이지 않았다. 아이가 없는 텅 빈 길에서 노인은 넋을 놓고 있었다.

낯익은 집이 보였다. 스승의 집이었다. 나무와 종이로 이루어진 견고한 집. 뜰이 있고, 꽃이 있고, 누구도 상상할 수 없는 가혹한 정신이 숨 쉬고 있는 집. 나는 한참 동안 꼼짝도 않고 스승을 집을 바라보았다.

3

바깥은 빠르게 어두워져갔다. 찻잔에 손을 대었으나 싸늘히 식어 있었다. 한숨을 쉬었다. 스승이 피습당한 직후 나를 찾았다면 할 말이 있었기 때문일 것이다. 그 말은 피습을 둘러싼 미스터리의 매듭을 푸는 데 중요한 단서가 될 가능성이 컸다. 하지만 스승은 혼수상태에서 벗어나지 못했다. 한마디도 못 한 채 세상을 뜰 수도 있다. 혹시 말의 단서가 될 만한 게 없을까 하는 기대로 스승의 집을 꼼꼼히 뒤졌으나 소득이 없었다. 별채에 기거하면서 오랫동안 스승의 시중을 들어왔던 늙은 하녀에게 꼬치꼬치 물었으나 관심을 기울일 만한 대답이 나오지 않았다. 스승이 깨어나기를 기다리는 일 말고는 내가 해야 할 일은 없었다. 비 내리는 소리가 들렸다. 다다미에서 일어나 창가로 갔다. 희미한 가로등 불빛 속에서 빗방울이 어슴푸레 보였다.

멀리서 낯익은 얼굴이 떠올랐다. 밀랍 같은 창백한 얼굴, 헝클어진 머리, 찢긴 이마. 그는 보이지 않는 누구에게 무어라고 소리쳤다. 누구인지 알 수 없었다. 제방이 보였고, 눈부신 햇살에 싸인 벚나무가 나타났다. 아버지였다. 아버지는 여전히 내가 알 수 없는 말로 애걸하고 있었다. 그는 무어라고 빌었던가. 알 수 없었다. 유년의 귀가 늙고 쭈글쭈글해졌어도 여전히 들을 수 없다.

나무 복도에서 삐걱거리는 소리가 났다. 하녀가 찻물을 가져오는 모양이었다. 창에서 얼굴을 뗐다. 상념은 간혹 나를 그림자 이전의 시간으로 끌고 갔다. 과거의 그 시간은 늘 희미한 잿빛에 잠겨 있어 나와는 아무런 관계가 없는 것처럼 느껴졌다. 그림자의 삶은 그렇게 나의 시간을 지워놓았다. 노크 소리가 났다. 들어오라고 했다. 하녀였다. 그녀는 뜨거운 김이 피어오르는 주전자를 탁자에 놓았다.

"주인님은 누군가를 기다리셨지요."

하녀는 막 일어서면서 독백하듯 말했다. 나는 긴장했다. 스승에 관한 이야기라면 사소한 것이라도 귀를 기울여야 했다. 스승은 생명을 놓고 있는데 내가 아는 것이 너무 없었다. 그 사실이 죄스러움과 함께 갈증을 불러일으켰다.

"누구를 기다리셨습니까?"

나는 조심스럽게 물었다.

"누구인지는 모르지만 기다리셨어요. 사람이 아니면 혼령이겠지요."

"혼령?"

나는 엉뚱하고 낯설게 들리는 그 말을 되뇌었다.

"혼령은 어디에나 있지요. 저도 가끔 오기쿠가 접시 세는 소리를 듣곤 하지요."

하녀는 일상을 얘기하듯이 나직나직 말했다.

"아득한 옛날, 이 롯폰기에 오기쿠라는 아름다운 하녀가 살고 있었습니다. 여주인은 질투가 심해 하녀를 미워했지요. 아마 남편이 오기쿠를 귀여워한 모양입니다. 그렇지 않으면 사랑했겠지요. 그러던 어느 날 오기쿠는 열 장 한 벌의 접시 중 한 장을 그만 깨뜨렸습니다. 여주인은 그 벌로 오기쿠를 고문했습니다. 고문이 너무 가혹해 오기쿠는 죽고 말았습니다. 여주인은 죽은 오기쿠를 오래된 우물 속에 버렸어요. 저는 아름다운 오기쿠가 접시 세는 소리를 가끔 듣곤 해요. 언제나 아홉 장까지 세고는 목소리가 뚝 끊어지지요."

눈 가장자리에 잔주름이 생기고 있을 뿐 하녀의 얼굴에 별다른 표정이 나타나지 않았다. 억울하게 죽은 사람이 귀신이 되어 산 사람에게 나타난다고 믿는 일본인이 많다는 사실을 익히 알고 있었다. 일본인의 미신은 한국인보다 더 노골적이며 집단적인 성격마저 띠었다. 일본의 어떤 곳을 가더라도 사람 사는 곳에서 반드시 볼 수 있는 신사(神社)는 혼령을 모시는 집이다. 세계의 도시라 일컬어지는 도쿄의 도심에 혼령의 집은 지금도 여전히, 활기차게 숨 쉬고 있다. 하지만 이 밤에, 사경을 헤매고 있는 스승의 집에서, 스승의 흔적을 찾고 있는 나에게 늙은 하녀는 왜 혼령 이야기를 하는 것일까.

"스즈가 모리를 아시나요? 그곳은 도쿠가와 시대 때 에도의 주요한 처형장의 하나였지요. 오키누도 그곳에서 목이 잘렸답니다."

"오키누는 또 누구지요?"

"얼굴이 예쁜 오키누는 다이묘의 첩이었지요. 메이지 유신으로 세상이 바뀌자 오키누는 살길을 찾아 떠돌다 어느 전당포 주인의 첩이 되었습니다. 그런데 그만 가부키 배우와 사랑에 빠져버렸습니다. 1871년 겨울 어느 날 아침, 오키누는 전당포 주인의 음식에 쥐약을 넣었어요. 가부키 배우와 너무나 같이 살고 싶었던 게지요. 하지만 그녀의 소망은 이루어지지 않았답니다. 가엾게도 죄가 탄로 나고 말았으니까요. 참수된 오키누의 목이 스즈가 모리에 걸렸습니다. 그것을 본 사람들은 오키누의 목이 더없이 아름다웠다고 하더군요."

그러면서 하녀는 살짝 웃었다.

"스즈가 모리는 오키누처럼 그렇게 목이 잘려 죽은 사람, 책형의 고통 속에서 서서히 죽어간 사람, 불에 타 죽은 사람들의 혼령이 떠돌고 있는 곳이지요. 주인님은 그곳으로 자주 가셨습니다."

"왜 그런 곳을?"

"글쎄요. 옛 기억을 갖고 있는 사람들은 혼령을 생각하게 되지요. 혼령이 사는 곳은 아름답습니다."

하녀의 눈 가장자리에 다시 바늘 같은 잔주름이 생겼다.

"아름다운 곳에서만 산 자와 혼령이 만날 수 있습니다. 아름다움이야말로 산 자와 혼령의 통로니까요."

그녀는 일본의 토착 종교 신도(神道) 신봉자인 것 같았다. 그들은 신과 인간과 자연은 본질적으로 한 세계에 살고 있으며, 한 근원에서 태어났다고 믿는다. 스승의 세계는 혼령과 인간이 연결되는 부드러운 신도의 세계와 판이했다. 강인하고 냉혹한 생명만이 살아남을 수 있는 이원론적 사상이 스승의 삶을 떠받치고 있었다. 하녀가 무슨 까닭으로 스승을 혼령과 연결시키려고 하는지 알 수 없었다.

"저곳을 보세요."

하녀는 창 너머 어둠을 가리켰다. 흐릿한 달빛 속에 푸른 숲이 보였다.

"옛날엔 사원이었죠. 공습으로 사원은 폐허가 되고, 나무들도 모두 불타 죽었지만 지금은 숲이 저렇게 울창하지요. 비록 참배객이 없는 황폐한 사원이지만 한밤중에 젊은이들의 웃음소리가 들려와요."

하녀는 미소를 띠며 찻잔에 뜨거운 물을 부었다.

"저는 한 번도 젊은이들의 모습을 본 적 없어요. 다만 한밤중에 웃음소리만 들었을 뿐이지요."

"웃음소리가 혼령들의 소리란 말입니까?"

"그건 모르지요. 이웃의 젊은이일 수도 있고, 혼령일 수도 있지요."

나는 이야기에 초점을 모을 필요가 있다고 느꼈다. 하녀는 스승과 거리가 먼 혼령의 세계로 이야기를 계속 끌어가고 싶은 모양이었다.

"스승은 누구를 기다리셨습니까?"

나는 하녀를 똑바로 보며 물었다.

"저는 누구인지 모릅니다. 주인님이 말씀을 하지 않았으니까요. 다만 제 느낌으로는 어떤 두려운 존재를 기다리시는 것 같았어요. 뭐라 할까…… 두려우면서도 결코 떼어놓을 수 없는…… 피할 수 없는 존재라고 할까……"

멀리서 새 울음소리가 들렸다. 나무가 부러지는 듯한 딱딱한 소리였음에도 애처로운 느낌을 불러일으켰다.

"주인님은 저 새소리가 황성의 숲에서 나는 소리라고 생각하셨지요."

"황성의 숲?"

스승의 음습한 목소리가 일어섰고, 나의 귀에 서늘히 닿았다.

—황성의 돌은 피와 살과 뼈로 이루어져 있다. 기둥은 산산조각이 난 육체의 기둥이며 장대한 성벽은 고통과 비명의 축적물이다.

그랬다. 에도 주변의 평야에는 모래나 진흙, 화산재만 있을 뿐 양질의 석재가 없었다. 이에야스는 260여 명의 다이묘들에게 새로운 에도성에 필요한 석재를 가져올 것을 명했다. 거대하고 엄청난 수의 석재가 유일한 채석장인 이즈에서 뱃길로 운반되었다. 배 한 척이 운반할 수 있는 석재는 고작 두 개였다. 에도와 이즈 사이에 때로는 3천 척의 배가 오고 갔다. 폭풍우가 몰아치면 무거운 돌을 실은 배는 속수무책이었다. 한꺼번에 3백 척의 배와 수천의 사람이 실종되기도 했다. 죽음의 공사는 10년간 계속되었다. 당시 성 같은 큰 건축에는 인신공양이 불가결했다. 희생자를 산 채로 주춧돌 밑에 묻어 땅의 신을 위무하고 악령을 달랬다.

—피와 뼈와 살로 이루어진 10년의 세월…… 그 피와 뼈와 살의 혼령들은 결코 사라지지 않는다, 결코.

스승은 성벽의 돌을 쓰다듬으며 중얼거렸다.

—천황은 피와 살과 뼈의 성을 향해 천천히 조용하게 움직였다. 땅과 가까운 하늘에서, 맨나무 가마를 타고. 내가 땅과 가까운 하늘이라고 했나? 그 가까운 거리가 실은 엄청난 거리다. 땅과 맨나무 가마와의 거리, 지상의 인간과 하늘의 인간과의 거리. 누가 그 거리의 엄청남을 알 수 있단 말인가!

그것은 탄식이었다. 자신이 뱉은 말의 무게를 감당치 못해 비틀거리며 터져 나오는 탄식. 얼굴이 창백해졌고, 입술은 심하게 일그러지고 있었다. 나는 스승의 눈을 보는 순간 얼른 시선을 내렸다. 얼굴은 허탈과 절망의 표정임에도 눈은 뜨거운 빛을 내뿜고 있었다. 너무나 뜨거워 스승이 어떤 황홀 속에 빠져 있지 않나, 생각될 정도였다. 나는 이것이 가르침이 아님을 본능적으로 깨달았다. 가르침 속에서의 스승의 표정은 얼음처럼 차가웠다. 사상의 내면과 일치하는 표정이었다. 스승의 사상은 얼음의 사상이었다.

얼음의 정신은 따뜻함을 용납하지 않는다. 따뜻함이 조금만 스며들어도 얼음은 자신을 지탱하지 못하기 때문이다. 차가운 땅을 딛고 그늘 속에 서 있는 존재, 한 올의 햇빛도 용납할 수 없는 존재가 스승이었다. 그런데 스승은 한 얼굴에서 두 개의 표정을 짓고 있었다. 이마와 뺨과 입술은 차가운 그늘 속에 있는데 눈은 뜨거움 속에 있었다. 가르침의 자세가 아니었다. 스승은 내가 모르는 삶의 내밀한 무엇을 자신도 모르게 드러내었는지도 모른다. 하지만 그것만으로는 판단하기 힘들었다. 게다가 스승은 더 이상 말을 하지 않았다. 입을 굳게 다문 채 저녁놀에 젖어드는 황성을 망연히 바라보고만 있었다.

"기베 선생님을 만나보시지요."

하녀의 말은 회상 속에 빠진 나를 깨웠다.

"기베가 누구지요?"

"주인님의 오랜 친구입니다. 여기 주소와 전화번호가 있습니다."

하녀는 미리 준비해놓은 듯 작은 쪽지 한 장을 내밀었다.

"안녕히 주무십시오."

그녀는 등을 보이지 않고 조심조심 뒤로 물러났다. 문이 닫히고 나무 복도의 삐걱거리는 소리가 다시 났다. 그 소리는 점차 멀어지다 이윽고 사라졌다.

4

연한 청색의 기모노를 입은 작은 소녀는 발소리를 죽이며 조심스럽게 복도를 걸었다. 나무 복도는 길고 차가웠다. 발을 디딜 때마다 냉기가 스며들었다. 바깥은 여전히 안개비가 내리고 있었다.

스승의 옛 친구이며, 일본의 전통 연극 가부키 배우. 기베라는 인물에 대해 하녀에게 들은 것은 이것뿐이었다. 소녀는 장지문 앞에서 걸음을 멈추고 작은 목소리로 손님이 왔다고 말했다. 문이 열리고 갈색 옷을 입은 노인이 나왔다.

"자네를 처음 보지만 그전부터 알고 있었지. 하야시가 간혹 자네 얘기를 했거든. 난 조선인에 대해 흥미가 많았지만 대면할 기회가 없었는데 하야시가 이런 기회를 만들어주었군."

노인은 가늘고 높은 목소리로 격의 없이 말했다. 낯선 사람을 대할 때의 긴장이라든가 조심스러운 표정이 전혀 없었다.

"조선의 옷은 아름답지. 직선이 거의 없더군. 게다가 무게를 느끼게 하는 혼색이 전혀 없어. 전부 투명한 색들이야. 가볍고 투명한 것들은 떠오르지. 지상에 내려앉지 않고 하늘로 떠올라. 그런데 하늘은 끝이 있는가? 없어. 손에 잡히는 것이 있는가? 투명한 공기뿐이지. 일본인들은 투명함을 견디지 못해. 끝이 없는 것을 용납하지 않아. 그래서 그들은 위로는 천황을 세워놓았고, 아래로는 에타를 만들어놓았어."

"에타?"

"이 세상에서 가장 천하고 더러운 자. 너무나 천하고 더러워 인간이 아닌 자. 그들이 에타야. 자, 앉게나."

그는 탁자를 가리키며 말했다. 탁자의 결은 섬세하고 고왔다. 나는 조심스럽게 앉았다.

"일본인의 세계에서는 인간이 아무리 상승해도 천황 위로 올라가지 못해. 인간이 도달할 수 있는 가장 높은 존재가 천황이니까. 반대로 인간이 아무리 전락해도 에타 밑으로 떨어지지 않지. 천민 중의 천민이 에타니까. 그래서 천황은 신이며, 에타는 히닌[非人]인 게야."

피차별 부락민이라 불리는 에타의 역사는 고대 일본으로까지 거슬러 올라간다고 노인은 말했다. 대륙에서 이주해 온 집단이 일본 원주민을 정복, 지배하여 혼혈을 거듭한 결과 일본 민족이 형성되었는데 그 과정에서 낙오자나 도망자, 곡예를 하며 유랑하는 집단, 비천한 직업에 종사하는 집단들이 에타의 모체가 되었다고 했다.

"그 후 도쿠가와 막부는 자신들의 지배 착취 체제를 유지하기 위해 철저한 신분 제도를 만들어 세습화시켰네. 백성을 살리지도 말고 죽이지도 말며 알게 하지도 말라는 정책으로 가혹하게 착취했던 막부는 그들의 불만을 억제하기 위해 에타를 철저한 천민 계급으로 만든 것이네. 더럽고 비참한 생활을 하는 에타가 일반 백성들로 하여금 자신들보다 더 낮은 집단이 존재한다는 것을 깨닫게 하고, 상대적 우월감을 갖게 하기 위함이었지."

에타는 머리 형태에서부터 복장에 이르기까지 엄격하게 규정되어 있어 한눈에 에타임을 알 수 있도록 했다. 그들은 일반인과 격리

되어 살았으며, 도살, 죽은 동물의 처리, 시체 매장, 죄인의 형벌 집행, 쓰레기 청소, 피혁업, 신발 제조업 등에 종사했다.

"에타의 신분을 종교적으로 해석하는 이들도 있다네. 고기를 먹거나 만지는 것을 금한 불교에서 피와 죽음을 다루는 사람들을 부정(不淨)하다고 생각했다는 것이네. 어쨌든 에타는 인도의 세습적 최하위 계급처럼 가혹한 삶을 강요당했네. 1871년 메이지 유신 이후 정부는 해방령으로 에타에게 법적인 평등을 부여했으나 형식에 불과했지."

메이지 시대부터 생긴 호적법에 따라 에타도 호적에 올렸지만 일반인과는 달리 호적의 비고란에 에타, 히닌, 혹은 신헤이민[新平民]이라 써넣었다. 범죄인처럼 출신을 명기한 것이다. 이 기록은 1968년까지 면이나 구청에서 자유로운 열람을 가능하게 함으로써 차별의 근거가 되었다.

"에타는 태어나서 죽을 때까지 온갖 형태의 차별을 받아야 했어. 1911년까지 노예제도를 가지고 있었던 중국에서조차도 일본과 같은 영구적 카스트는 존재하지 않아. 그 노예들은 몽고인, 조선인, 서남부 지방의 소수 민족과 더불어 일반인으로 흡수되었다네. 말하자면 언어와 문화의 차이가 문제였지 혈통은 문제가 되지 않았어. 일본의 경우 에타의 신체와 언어, 관습은 여느 일본인들과 다름없네. 그럼에도 에타에 대한 일본인의 가혹함은 세계 어느 나라에서도 찾아볼 수 없을 만큼 집요해. 왜? 인간을 살아 있는 신으로 만들 수 있는 이들은 인간을 짐승으로도 능히 만들 수 있기 때문이네. 일본에서 천황이 하늘이면 에타는 땅이네. 검은 땅, 벌거벗은 땅, 가혹한 짐승의 땅……"

노인이 첫 대면에서 에타에 대해 이토록 길게 이야기하는 이유를 알 수가 없었다. 이야기하는 동안 넓고 동그란 노인의 얼굴은 음울했고, 조각달처럼 길고 가는 눈은 표현하기 힘든 광채로 빛났다.

"1921년 3월 3일 수평사(水平社)라는 단체를 만든 에타들은 '전국에 산재한 특수 부락민들이여 단결하라'라는 호소로 시작되는 에타 해방 선언을 했네. 역사는 이를 전국 수평사 선언이라고 기술하지. 전국에서 모인 천여 명의 대표 앞에서 선언은 낭독되었고, 행동의 절대적 해방 성취, 완전한 경제적 자유와 직업의 자유를 내용으로 한 강령을 결정했네. 하야시와 나는 노여움과 감동 속에서 그 선언을 들었지. 노여움은 차별에 대한 노여움이며, 감동은 해방 선언에 대한 감동이었네."

"그렇다면……"

"그래, 하야시와 나는 에타였어. 에타는 더러운 피를 가졌기 때문에 가까이하기만 해도 더러움에 오염되네. 그래서 공동 목욕탕에도 갈 수 없으며, 청소할 때 급우들과 같은 물통에 걸레를 빨지 못해. 에타는 밤이 되면 뱀처럼 몸이 차가워지며, 불치의 눈병을 갖고 있다고 사람들은 수군거렸어. 에타가 된 것은 운명이었지. 하지만 우리는 운명을 받아들이지 않았어. 운명을 받아들이기에 우리는 너무나 총명했고, 간교했고, 집요했으니까. 운명을 받아들이지 않는다는 것은 운명을 뛰어넘는다는 뜻이네. 에타가 운명을 뛰어넘는다는 것은 에타의 몸에 흐르는 에타의 피를 끊는 일이며, 에타의 정신을 벗는 일이네. 완전한 끊음과 완전한 벗음이라야 하네. 하지만 어떻게? 에타에게 세상은 온통 가시며 쇠사슬인데. 조금만 움직여도 가시가 살 속으로 파고들고, 쇠사슬은 철렁거리는데."

가시와 쇠사슬. 나의 삶 역시 가시와 쇠사슬에서 벗어나기 위한 힘겨운 싸움이었다. 가시와 쇠사슬이 없는 인간의 삶이란 애초부터 없었다. 단지 운명의 무게에 따라 그 모습이 변형될 뿐이다. 에타가 운명이라면 조선인도 운명이며, 그 운명들은 각자의 모습으로 삶에 내려앉는다. 운명의 아우성은 세상을 핍박과 살육, 증오와 파괴의 분진들로 가득 차게 한다. 세상이 결코 깨끗해지지 않는 이유가 여기에 있다. 깨끗함에 대한 희망조차 가져서도 안 된다. 희망을 가진다는 것은 위선이며 기만이며 왜곡이다. 그런 자들에게 나는 구역질과 함께 파괴의 욕망을 느꼈다. 나는 세상을 정직하게 살아왔다.

"일본인은 꿈을 용납하지 않아. 인도인의 유장한 심성은 냉혹한 카스트의 계단을 오를 수 있는 통로를 만들어놓았지. 환생이라는 통로네. 비록 이 세상에서 천민으로 비참하게 살고 있지만 죽으면 새로운 계급으로 태어난다는 환생의 저승관이 인도인이 허용한 꿈이네. 그러나 일본에서 에타는 영원히 에타일세. 어떤 나라, 어떤 땅보다 가혹한 계급사회가 일본이네."

노인은 찻물로 입술을 축였다.

"일본 귀족계급의 사회·정치적, 경제적 특권의 수명은 가부장적 사회였던 중국의 귀족계급보다 기네. 1968년 일본 정부와 자민당은 명치 백 년을 맞아 근대 일본 백 년의 역사를 비약, 고양, 장거, 기적적 부흥, 번영 등으로 표현했다. 그러나 명치 백 년을 전혀 다른 시각에서 해석하는 이들도 있지."

노인의 말에 따르면 명치 백 년은 중하급 무사와 농민 대중, 권력투쟁에서 패배한 반유신 세력, 아이누족 등 주변 민족들이 귀족계급에 의해 유민·기민(棄民)으로 침몰당하는 완연한 아귀도(餓鬼道)

의 지옥 속에서 이루어졌다고 했다. 메이지 초엽의 경제 건설에 대해서는 수백만의 소호농(小豪農)과 자작농을 압살하고, 60만 호에 가까운 농가를 해체하고, 5만에 가까운 소회사를 도산시킨 결과 이루어진 시체의 산 위로 승리의 진군을 한 것이라고 노인은 말했다.

"역사의 눈은 이토록 이중적이네. 너무나 이중적이어서 그 차이는 흑과 백처럼 선명하고 날카롭네. 그러나 에타의 존재는 어느 역사에도 보이지 않네. 일본의 역사에서 에타는 지워져 있으니까. 인간이 아니기 때문이네. 에타는 운명이며 쇠사슬이며 가시라네. 그 운명, 그 쇠사슬, 그 가시가 너무나 깊고 무거워 에타는 에타의 땅을 떠날 수 없네. 나와 하야시가 무엇으로 운명의 혈맥을 끊고 에타의 땅을 떠났는지 궁금하지 않는가? 사다리였어. 누구도 만들 수 없었던 황금 사다리."

빗소리가 거세어지고 있었다. 창은 덜컹거렸고, 도코노마 위의 꽃들이 흔들렸다.

"하야시의 사다리와 나의 사다리는 달랐네. 나의 사다리는 변신의 사다리라네. 그 사다리에 오르면 에타는 흔적도 없이 사라지고 다른 존재가 나타나지. 가부키를 본 적이 있는가?"

"몇 번 보았습니다."

화려한 의상과 짙은 화장을 한 배우들의 모습이 눈을 끌었다. 무엇보다 호기심을 불러일으킨 것은 가부키 배우가 모두 남자이며, 여자 역도 남자 배우가 한다는 점이었다. 그럼에도 무대 위의 여자는 섬세하고 요염하고 서정적이며, 여성적인 비애와 아름다움으로 넘쳐흘렀다. 가부키의 역사를 살펴본 것은 그런 흥미로움 때문이었다.

풍류 무리들 중 이즈모 지역의 사찰 무희였던 오쿠니라는 무당이 있었다. 그녀는 1603년 젊은 여자들로 구성된 가무단을 교토에 데리고 와 카모 강변의 둔치에 마련한 즉석 극장에서 공연했다. 그때 자기들의 극을 노래와 춤과 기예라는 뜻으로 가부키라 불렀다. 오쿠니의 연희 내용들은 에도 시대 풍습 중 공허(公許)된 유사토[遊里] 집단을 소재로 삼은 매춘촌과 매춘녀의 이야기가 대부분이었다. 오쿠니의 연희가 폭발적인 인기를 얻게 되자 이와 유사한 가부키 단체들이 여기저기서 생겨났다. 이 극단들은 대부분 유녀(遊女)들의 집단들로서 극의 내용이 선정적일 뿐 아니라 매춘 행위까지 했다. 이에 도쿠가와 막부는 1629년 10월, 가부키 무대에서 여자의 출현을 전면 금지시켰다.

와카슈[若衆] 가부키는 이런 배경하에 등장했다. 와카슈란 11세에서 15세의 미소년을 일컫는다. 일본에는 예부터 미소년이 동성애와 변태 성욕의 대상이 되었다. 무사 사이에서도 남색(男色)이 행해졌다. 미소년이 여장을 하고 희극적인 노래와 무용을 공연했던 와카슈 가부키 역시 윤리적 타락을 조장한다고 판단한 막부는 1652년 와카슈의 출연을 금지시켰으나 나중에 성인 남자만 출연할 수 있다는 조건으로 다시 허락했다. 이것이 지금까지 이어져오고 있는 가부키다.

성적 매력을 지닌 여자와 미소년이 무대에서 사라지게 되자 가부키는 명인의 연기를 필요로 하게 되었다. 육체적 미가 없는 성인 남자가 여장을 하고, 여성의 역할을 할 때 그가 기댈 수 있는 것은 연기뿐이다. 연기의 깊이가 요구되자 여자 역을 맡는 온나가타[女形] 역의 비중이 커졌다. 온나가타는 외적인 아름다움보다 내적 특성에, 여성이라는 생명의 구체성보다 추상에 집중함으로써 변신의 환상을 표출했다. 18세기 초 한 유명한 온나가타는 다음과 같이 말했다.

—여배우가 무대에 출연하면 이상적인 여성의 아름다움을 표현하지 못한다. 여성은 오직 자신의 육체적 특성의 활용에만 의존하기 때문에 여성의 종합적 이상을 표현할 수가 없기 때문이다. 이상적인 여성은 오직 남자 배우에 의해서만 표현될 수 있다.

이 말의 뜻이 모호해 노인에게 물었더니 그는 방긋 웃었다.

"특정한 여인이 갖고 있는 아름다움, 가련함, 우아함이 아니라 모든 여성 안에 응축된 에센스가 추출되어야 한다는 뜻이네. 그러니까 남성들이 생각하는 여성의 이상형을 구축하는 인공미의 세계가 온나가타의 무대라네."

노인의 눈이 어린아이처럼 빛났다.

"하나미치[花道]를 아는가? 객석 가운데를 가로지르며 무대로 이어지는 아름다운 길이네. 막이 오르면 에도 시절의 초록색 덧문의 청루가 보이네. 곧이어 조명이 하나미치로 옮겨지네. 관객은 숨을 죽이네. 믿을 수 없이 아름다운 여인이 하나미치에 나타나니까. 오랜 세월을 청루에서 보내면서 수많은 남성의 꿈과 죽음 속으로 파고든 아름다움이네. 그 아름다움 앞에서 권력의 휘황한 황금빛 옷은 거추장스러운 헝겊일 뿐이네. 여인의 얼굴 위로 물 흐르는 소리가 들리네. 물이 흐르지 않고서 얼굴이 어이 저렇게 맑을 수 있으랴. 여인이 기대고 있는 벚나무 기둥에는 수백 년 전 잃어버렸던 나무의 향기가 피어오르고, 여인의 손이 닿는 꽃잎은 나비가 되어 하늘로 날아오르네."

노인은 무대 위의 배우가 되어 있었다. 눈은 황홀에 젖었고, 육신은 그의 말에 따라 움직였다.

"그 여인은 누구인가? 현실을 환상으로 바꾸고, 절연된 과거의 시간 속으로 꽃의 길을 놓고 있는 그 여인은 누구인가? 에타다."

"에타?"

"그렇다네. 인간이 아닌 자. 더러운 자. 더 이상 전락할 수 없는 천한 자. 너무나 낮아 천황을 쳐다볼 수조차 없는 자. 나의 사다리는, 에타의 땅을 떠나는 나의 사다리는 바로 하나미치였고, 무대 위의 청루였고, 달빛처럼 푸르고 창백한 조명이었네. 그 사다리를 한 계단 한 계단 오를 때마다 내 몸은 변신해갔네. 에타의 피가 빠져나가고, 에타의 사슬이 녹고, 에타의 가시가 시들어갔어. 어디 그뿐인가. 낮은 땅이 높아져 나는 사람들을 내려다보네. 에타는 누구보다도 변신의 능력이 탁월하다네. 밤이 되면 뱀처럼 몸이 차가워진다네. 인간과 짐승의 세계, 그 까마득한 거리의 세계를 넘나드는 에타야말로 탁월한 변신의 존재네. 누가 하나미치의 아름다운 여인이 짐승인 줄 알겠는가. 가까이하기만 해도 더러워진다는 에타인 줄 누가 상상할 수 있겠는가. 그런데 하야시는……"

나는 긴장했다. 마침내 스승의 비밀이 햇빛으로 나오고 있었다.

"하야시는 나와 판이한 사다리를 만들었네. 어떤 일본인도 생각하지 못한, 아니 꿈조차 꿀 수 없었던 것을 하야시는 실천하고 있었다네. 그것은 스스로 천황이 되는 것이네."

나는 멍하니 노인을 보았다. 천황을 이야기할 때면 스승의 표정과 목소리가 언제나 달라졌다. 하지만 스승은 적막한 밤에 홀로 황성의 비둘기 울음소리에 귀를 기울이는 고독한 노인일 뿐이었다. 그런 그가 어떻게 천황이 될 수 있단 말인가.

"에타는 인간이 아니며, 천황은 인간의 얼굴을 한 신이네. 천황이

이 세상에 계셔줌으로써 쓰레기 같은 존재인 에타도 숨을 쉬고 살고 있다고 생각하는 곳이 일본이네. 신사를 참배하러 온 에타를, 신사가 더럽혀졌다 하여 때려죽이는 곳도 일본이네. 에타의 땅은 너무나 낮고 천황의 하늘은 너무나 높아 무릎 꿇고 감히 쳐다볼 수조차 없다네. 그런데 에타인 하야시가 감히 천황을 향해 사다리를 세웠네. 그 까마득한 허공 속으로……"

노인의 얼굴이 발그레 상기되어갔다.

"에타와 천황 사이에는 무수한 계단이 있고 벽이 있다. 계층의 계단, 계층의 벽이네. 계단이 너무나 가팔라 올라갈 수 없고, 벽은 너무나 높고 두꺼워 넘을 수 없네. 그 계단, 그 벽은 도대체 무엇인가? 무엇으로 쌓았는가?"

노인은 몸을 꼿꼿이 세웠다.

"하야시는 그것을 인간의 피와 살과 뼈로 보았네. 부서진 인간의 살과 뼈에 피를 부어 만든 것이 계단이며 벽이라는 것이네. 어떤 손이 그것을 만들었는가? 권력의 손이었네. 이 나무를 보게."

그는 길고 여윈 손으로 도코노마 위에 있는 분재를 가리켰다.

"백 년 묵은 노간주나무네. 세월에 하얗게 바랜 둥치는 갈라져서 이지러진 가닥들이 흙에서 비틀려 올라와 있네. 상처 난 나무 위로 바늘 같은 잎이 푸른 가시방석을 이루어 이끼 낀 땅에 짙은 그림자를 던지네. 풍상에 쓸려온 이 나무는 황량한 바닷가나 바람이 휘몰아치는 산록에 있어야 하네. 비와 바람과 이슬 속에서 눈을 뜨고, 팔을 뻗고, 가슴을 펴고 숨을 쉬어야 하니까. 흙의 숨이 그에게 생명의 숨을 줌으로써 그 역시 흙에게 생명의 숨을 토하지. 이것이 나무라는 생명이 지닌 법칙이네. 그런데 이 노간주나무는 얇은 화분 속에 파묻혀 있네. 뿌리는 얼마 안 되는 흙에 매달려 있고 팔과 다리는 철사에 묶여 있다네. 분재란 생명을 전족시키는 인간의 가학이네. 전지가위와 철사가 왜 필요한가? 싹을 따내고 가지를 치고 잎을 깎기 위해서네. 원하는 생명의 형상을 만들려고 몸뚱이를 친친 감기 위해서네. 아름다움을 위해 줄기에 상처를 내고 살을 깎네. 이 나무가 인간이라고 생각해보게."

노인의 눈이 충혈되었다.

"인간의 몸뚱이를 자르고 깎고 비틀면 피와 살이 튀며 비명이 난무할 것이네. 성장이 빠른 나무는 분재로 쓰이지 않아. 왜소화하기 편한 것, 잎은 작은 것일수록 분재에 적합하네. 하야시의 눈은 인간으로 대체한 분재의 모습을 보고 있었네. 인간이 인간을 분재하는 땅, 이것이 하야시가 본 일본의 모습이었던 것이네. 전지가위와 철사는 권력의 도구이며, 그것들을 움직이는 보이지 않는 손은 권력의 손이네."

노인은 상체를 구부려 두 손으로 다다미를 짚으면서 가부좌한 다리를 천천히 풀었다. 몸을 일으키는 동작처럼 보이기도 했고 엎드리는 동작 같기도 했다. 미간은 좁혀져 있었고 얇은 입술은 꽉 닫혀 있었다. 그는 일어설 듯하다가 무릎을 꿇었다. 두 손은 여전히 다다미에 닿아 있어 절을 하는 모습처럼 보였다. 짧은 순간이기는 했지만 노인의 동작은 부드러우면서도 힘이 서려 있었다. 절제된 동작에서 우러나오는 균형의 힘이었다. 갑작스러운 자세의 변화에 영문을 알 수 없었던 나는 우두커니 보고만 있었다.

노인의 손이 다다미에서 떨어지면서 구부러진 상체가 천천히 펴졌다. 바람에 휘어진 나뭇가지가 제자리로 돌아오는 모습과 흡사했다. 노인의 몸짓은 그만큼 부드럽고 정밀했다. 등뼈를 꼿꼿이 세운 노인은 무릎을 가지런히 꺾고, 눈을 감은 채 미동도 하지 않았다. 놀라운 변화였다. 조금 전까지만 해도 생명이 흐르는 듯한 움직임을 보였다면 지금은 움직임이 일절 끊어진, 죽음이 덮인 육신을 보는 것 같았다.

얼마나 시간이 흘렀을까. 한없이 긴 시간 같기도 하고, 짧은 순간 같기도 했다. 노인은 눈을 떴고, 입술을 움직였다.

"역사란 권력의 역사이며, 희생자의 피와 살과 뼈의 축적물이다."

나는 눈을 크게 떴다. 스승 하야시의 목소리였다. 기베의 목소리는 온데간데없고, 스승의 목소리가 짙푸른 물이 되어 귓전을 넘실거렸다.

"일본의 역사, 그 피의 시간을 들추어보라. 다른 어느 나라와도 비교할 수 없는 철저한 권력의 역사였다. 분열의 시대에는 무사와 군량을 바탕으로 한 다이묘들이 성하(城下)의 백성들을 철저한 명령 계통으로 묶어놓고 약육강식의 끊임없는 영토 쟁탈전을 벌였다. 통합의 시대에는 권력의 황금빛 의자를 빼앗기지 않기 위해 그들의 눈은 한순간도 쉬지 못했다. 도요토미 히데요시가 세운 오사카성[大阪城]을 보라."

오사카성. 성의 중심부인 천수각 마루를 사람이 디디면 삐걱거리는 소리가 나도록 만들었다. 암살자가 다가오는 소리를 듣기 위함이었다. 5층 8단의 거대한 건물의 수많은 계단을 모두 짧고 구부러지게 만들었다. 권력 찬탈자들이 빠르게 접근하지 못하도록 하기 위함이었다.

"권력은 휴식을 용납하지 않는다. 권력의 깜깜한 내장 속으로 들어간 희생자의 살과 뼈는 빠르게 흡수되어 배설물로 나오며, 허기진 배는 새로운 먹이를 찾는다. 너희 나라 조선 반도와 중국 동남아시아도 먹이로 삼켜져 배설되지 않았는가. 일본의 권력자들은 새로운 먹이를 삼키면서 민족주의의 깃발을 내걸었지만 내게는 가소롭게 보인다. 권력의 욕망 앞에서 민족이란 말은 한갓 낡은 깃발에 지나지 않는다."

스승의 음울한 숨소리가 귀에 닿았고, 잿빛 허공 속에서 무엇을 찾는 듯한 스승의 눈빛이 내 눈 속으로 예리하게 파고들었다.

"모든 권력, 모든 역사의 정점에 천황이 있었다. 천황의 의자야말로 가장 높고, 가장 휘황한 권력의 황금빛 의자였다. 일본의 권력자들은 천황의 이름으로 칼을 치켜들었고, 천황의 이름으로 뼈와 살을 먹었으며, 천황의 이름으로 피의 강둑을 쌓았다. 에도의 성을 보라. 돌 하나하나가 살과 뼈이며 짙푸른 해자의 물은 희생자의 눈물이며 핏물이다. 그렇다면 천황의 내면은? 역사가 쌓아올린 희생자의 무덤을 딛고 서 있는 그 권력자의 내면은 어떠할 것인가? 박해받은 자의 살과 뼈로 이루어진 내면의 가시는 어떤 가시보다도 길고 예리하지 않겠는가? 어떤 권력자도 볼 수 없었던 소름 끼치는 괴물이 몸속에 틀어 앉아 가슴을 파먹고 있지 않겠는가?"

스승은 거칠게 숨을 내쉬며 몸을 떨었다.

"그러나 천황의 내면은 깨끗하다. 가시도, 짐승의 눈빛도, 살과 뼈의 신음도, 상처와 증오의 아우성도 없다. 아무것도 없는 것이다."

지금 스승은 무슨 소리를 하는가. 아니 이 늙은 배우는 스승의 목소리를 빌려 무슨 말을 하려는 것인가.

"역사란 사람들이 흘린 피의 자국이며, 그 피는 땅으로 흘러내린다. 땅이야말로 인간이 딛고 서 있는 역사의 혈맥이다. 그런데 천황의 발은 땅에 닿지 않는다. 하늘의 인간이기 때문이다."

그랬다. 전쟁 전의 천황은 정치·군사상 최고 권력자임과 동시에 국가의 제사를 집행하는 최고의 사제이며, 또한 살아 있는 신이어서 어떤 일도 책임을 추궁당하지 않는 절대적 존재였다.

"천황은 신과 함께 밥을 먹는 하늘의 존재다. 왜 신성을 가져야 하는가? 역사의 짐, 역사의 쇠사슬에서 벗어나기 위함이다. 천황의 어깨 위에는 역사의 짐이 없다. 희생자의 살과 뼈가 산이 되어 쌓여도 천황의 어깨 위에는 티끌 한 점 쌓이지 않는다. 이 세상에서 가장 완벽한 권력자, 가장 완전한 고문자의 모습이 천황이다."

꼿꼿한 노인의 등뼈가 휘어졌다. 바람의 무게에 못 이겨 휘어지는 나뭇가지처럼. 창밖에 희디흰 번개가 지나갔고, 곧이어 먼 천둥소리가 들렸다.

나는 헝클어진 정신을 수습하기 위해 눈을 감았다. 천황…… 신성…… 역사의 짐…… 완전한 고문자. 의식은 모아지지 않았고 생각이 이루어지지 않았다. 생각의 파편들이 희뿌연 안개 속에서 부유물처럼 떠다녔다. 저것들을 끌어모아야 생각이 형태를 갖출 것이다. 하지만 어떻게 한단 말인가. 몸이 천 근처럼 무거워 꼼짝도 할 수 없는데.

"에타와 천황 사이에는 까마득한 권력의 계단, 권력의 벽들이 가로막고 있네. 한 계단 올라가는 것조차 불가능할 정도로 계단은 가파르며, 벽은 완강하네. 영리한 하야시가 어찌 이것을 모를 것인가."

노인은 어느새 하야시에서 기베로 돌아와 있었다. 언제 내가 무릎을 꿇었으며, 언제 내가 깊은 목구멍에서 하야시의 목소리를 끄집어내었는가, 하고 능청을 떨고 있는 것처럼 보였다. 내 눈에는 결코 보이지 않는 정신의 하나미치를 그는 갖고 있었다.

"권력자이면서도 권력의 운명에서 벗어난 이가 천황이네. 하야시는 자신의 내면을 천황의 내면과 일치시키려 했네. 내면의 일치란 존재의 일치네. 이 일치를 통해 천황이 되고자 한 것이네. 그의 한 걸음 한 걸음은 천황을 향한 걸음이었네. 이것이 바로 그가 만든 사다리의 모습이었네. 그는 짙푸른 허공 위에 자신의 사다리를 걸어 놓았네. 생각을 해보게. 에타의 땅과 천황의 하늘, 그 까마득한 허공에 걸린 사다리의 모습을. 손에 닿기만 해도 끊어질 투명한 거미줄인가, 질기디 질긴 꽃의 덩굴인가. 그렇지 않으면 꿈의 실로 엮은 환상의 줄인가."

노인의 얼굴에는 그리움과 우수와 비애가 뒤섞여 있었다.

"하야시는 일본인들이 수천 년에 걸쳐 축적한 시간의 탑을 무화시키고 새로운 탑을 쌓았네. 오직 에타만이 할 수 있고 에타만이 이룰 수 있는 장엄한 역사(役事)이지 않은가."

"스승의 탑이 천황의 의자에 닿았습니까?"

나는 여전히 혼란 속에 빠져 있었으나, 부유물처럼 떠다니던 생각의 조각들이 조금씩 모이고 있었다. 거기에서 어떤 낭패스러움, 쓰디쓴 느낌이 흘러나왔다. 목소리에서 나도 모르게 심술궂음이 삐죽 튀어나온 것은 그런 느낌 때문이었다.

"하야시는 지금 죽어가고 있네. 큰 상처를 입지 않았음에도 왜 그는 삶의 끈을 놓아버렸을까? 이 의문을 풀 수 있다면 자네의 물음에 대답할 수 있겠지."

"선생님은 어떻게 생각하십니까?"

나의 질문에는 깊은 갈증이 서려 있었다. 나는 스승의 사상을 철저히 추종했고, 사상은 내 삶을 자신의 틀 속에 집어넣어 나를 스승의 그림자로 만들었다. 그에게 한 질문은 내 삶에 대한 질문이기도 했다.

"내가 어찌 그것을 알겠는가. 천황의 휘황한 옷자락을 움켜쥐고 그 어깨 위로 올라탔는지, 아니면 아직도 짙푸른 허공 속에 매달려 있는지 나는 알지 못하네. 왜 하야시는 삶의 끈을 놓았을까? 천황의 어깨 위에서든, 허공 속에서든 사다리 끝에서 그가 본 것은 무엇이었을까? 새를 보았을까? 입에 꽃을 문 흰 새를. 아니면 정적이었을까? 짐승의 발소리도, 새의 날갯짓 소리도 없는 정적. 시간이 축소되고, 또 축소되어 마침내 사라져버리는 완전한 정적."

"하녀의 말에 따르면 스승은 누군가를 기다리셨다고 합니다. 사람이 아니면 혼령이라도."

"혼령?"

노인은 설핏 웃음 지었다. 눈꼬리가 처지면서 얇은 입술이 살짝 벌어졌는데, 놀랍게도 그것은 여인의 웃음이었다. 짧은 순간이었지만 노인의 얼굴은 배시시 웃는 여인의 얼굴로 변했다.

"그것이 혼령이었다면 노[能]의 혼령이었는지도 모르지."

"노라면……"

"가부키와 마주 보는 일본의 전통 연극이지. 가부키가 소란하고 거칠며 색깔로 가득 차 있다면, 노는 엄격하고 쓸쓸하고 냉혹하며 그윽하고 어두워."

노에서는 주요 등장인물이 두 사람, 즉 주연 배우와 조연 배우밖에 없다. 그 밖에 몇 안 되는 단역과 합창 단원으로 극이 이루어진다. 극에서 주연과 단역 들이 가면을 쓰는데, 가면을 쓰지 않는 조연 배우를 두드러지게 구별시켜준다.

"가면은 현실을 바꾸며 환상을 고조시키네. 남자의 얼굴을 여자로 만들며, 젊음을 늙음으로 바꾸어버리네. 가면을 쓰면 온 세계가 다 보이네. 가면을 쓰면 온 세계가 사라져버리네. 혹시 하야시의 삶은 이 가면이 아니었을까? 표정이 사라진 가면, 표정이 없음으로써 수많은 표정을 가지고 있는 가면, 한없이 깊은 어둠을 짊어진 채 어둠에 떠 있는 차가운 가면."

노인의 얼굴이 굳어지면서 그늘 속으로 빠져들고 있었다. 참으로 알 수 없는 일이었다. 에타의 땅에서 천황의 하늘로 올라가는 스승의 삶을 얘기할 때 노인은 활력에 차 있었다. 그 활력이 순식간에 기베에서 하야시로 변신시키기까지 했다. 그런데 스승의 탑이 천황의 자리에 닿았는가,라는 나의 물음 이후 스승이 놓아버린 삶의 끈이 우리들의 대화 속으로 내려와 흔들리기 시작하면서부터 노인은 활력을 잃고 예술의 음산한 서정으로 빠져들었다.

노의 가면이란 무엇인가? 가장 천한 자가 천황을 꿈꾸었으며, 그 꿈을 실천한 장엄한 에타의 삶이 왜 한갓 무대 위의 가면으로 변해버리는가? 친구를 자신의 세계와 나란히 놓고 싶어 하는 노인의 염원일까. 그렇지 않으면 일본인 특유의 변덕스러운 다면성의 노출인가.

"노의 혼령을 기다린다는 것은 무슨 뜻입니까?"

"교토의 니시혼간지[西本願寺]에 있는 노의 무대를 본 적이 있는가?"

"보지 못했습니다."

"니시혼간지의 무대는 4백여 년 전에 만들어진 가장 오래된 무대

네. 객석에 앉으면 거무스레한 자갈이 정연히 깔려 있는 정원이 보이네. 정원 저편에 몇 그루 노송이 그림자처럼 희미하게 떠 있네. 왜 노송인가? 신의 나무이기 때문이지. 하늘의 신은 어떻게 땅으로 내려오는가. 신의 나무를 타고 내려오네. 소나무 없는 노의 무대는 없네. 노의 무대는 신의 길이며, 신의 공간이네. 따라서 일체의 부정, 한 점의 더러움도 용납하지 않네. 그 속으로 가장 더러운 인간인 에타가 들어갈 수 있는가? 기적 없이는 불가능하네. 하야시는 노의 혼령을 기다리지 않았을까. 하늘에서 노의 혼령이 내려오면 에타는 신으로 변신하네. 신으로 변신한 에타는 신의 길을 따라 하늘로 오르네. 나는 한갓 여인으로 변신하지만 하야시는 신으로 변신하는 것일세."

그의 말은 갈수록 오리무중이었다. 하지만 나는 길을 잃을 수 없었다. 나의 삶은 그의 삶이었다. 나는 정확한 길을 찾아야 했다.

"스승은 고문 기술자였습니다. 저는 스승의 사상을 이어받은 제자입니다. 얼음 같은 그 사상을 저 역시 고통스럽게 실천했습니다. 그 사상이 에타라는 신분에서 벗어나기 위한 도구였다면 저는 무엇입니까? 무엇 때문에 저에게 그토록 가혹하고 힘든 사상을 가르쳤습니까? 저는 에타도 아니며, 천황을 섬기는 일본인도 아닙니다."

"조선인은 에타와 가깝네."

노인의 입가에는 냉정한 웃음이 흐르고 있었다.

"어떤 일본인들은 에타의 조상이 조선인 죄수였다고 믿고 있네. 에타는 개[犬]를 식용으로 즐기네. 조선인 역시 개를 즐긴다고 손가락질하네. 전쟁 전 일본으로 이주해 온 조선인 노동자들이 살 수 있었던 유일한 땅이 에타 마을 주변이었네. 고베와 오사카의 식당과

공공장소에서는 조선인 출입을 금지하는 표지판이 붙었네. 전쟁 후에는 달라졌을까? 그렇지 않네. 조선인에게는 마을 회의의 성원권도 주어지지 않았고, 사찰 납골도 금지되었으며, 그들의 자녀는 교실 뒷좌석에 앉아야 했네. 일본에서 태어나 일본에서 자라 일본말밖에 할 줄 모르는 조선인 자손들 역시 이 굴레에서 벗어나지 못하네."

그랬다. 어릴 적 나는 더러운 개천가에 핀 들꽃보다 못했다. 일본인은 권력자였고, 나는 박해받는 자였다. 그들의 손에는 학대할 수 있는 무기가 있었고, 나의 손은 텅 비어 있었다. 그들의 땅이 갈라지고, 불이 떨어졌음에도 전혀 변하지 않았다. 변하기는커녕 야수가 되어 박해받는 자의 살을 뜯고, 뼈를 부수며, 피를 마셨다. 그들은 참으로 잔인했다.

"일본인들은 잔인했습니다. 관동대지진 때 저는 도쿄에 있었지요. 그때의 끔찍함이란…… 일본인의 잔인은 도대체 어디에서 나오는 것입니까?"

"천황에게서 나온다네."

"천황에게서?"

"천황의 존재야말로 일본 권력자들의 탁월함의 상징이며 표현이네. 권력자의 머리 위에 천황이 존재한다는 것이 얼마나 편한 줄 아는가. 그들이 신민들의 살과 뼈를 아무리 바수어도, 그 피가 강이 되어 흘러도 권력자는 조금도 개의치 않는다네. 천황이 권력의 칼을 하사했고, 천황이 명령을 했기 때문이네. 천황마저 하늘의 존재로서 지상의 논리에서 벗어나 있다네. 그러므로 일본의 권력자들은 땅의 파멸을 두려워하지 않네. 인간의 땅에 아무리 악이 넘쳐흘러도 그것은 하늘의 뜻인 것이네. 하늘의 뜻을 거역하는 행위는 불충이며, 그것을 받들지 못하는 것은 치욕일 뿐이네. 하야시의 사상은 이러한 일본의 권력자들에 대한 통렬한 비판이자 부정이며, 냉소며 초월이네. 하야시는 박해받은 자의 고통과 비명은, 그 살과 뼈는 결코 사라지지 않는다고 말했네. 하야시는 사상으로써 일본의 권력을 냉소했고, 실천으로써 천황을 향해 다가갔네. 인간에게는 종족 보존의 본능이 있듯이 사상을 보존하려는 본능도 있네. 그 사상의 혈맥을 하야시는 자네에게 잇고자 한 게 아닐까."

"하지만 조선인의 머리 위에는 천황이 없습니다."

"그렇기 때문에 자네를 선택했는지도 몰라."

"무슨 뜻인지……"

"천황은 오직 한 사람뿐이네. 그러므로 천황을 꿈꾸는 자도 한 사람이어야 하지 않겠는가."

"그러면 저는 도대체 무엇입니까? 스승에게는 그 외롭고 가혹한 사상의 실천 끝에 천황이라는 열매가 있었지만, 저는 무엇을 위해 그토록 힘든 사상을 강요받아야 했습니까?"

"목적이 없는 사상이야말로 진실로 아름다운 게 아닐까. 하야시가 자신의 삶에서 참으로 갖고 싶어 한 것은 아름다움이었을지도 몰라. 천황이라는 존재와 맞서는 가혹한 아름다움. 그렇다면 자네야말로 스승의 사상을 완성시킬 수 있는 존재가 아닌가. 고문이란 인간의 생명을 학대하는 것이네. 이 학대는 피할 수 없는 생명의 법칙이네. 어떤 인간이 이 학대 속에서 아름다운 꽃을 피워낼 수 있을까. 입에 하얀 꽃을 문 새의 숨소리를 들을 수 있을까. 진정한 아름다움은 도덕과 관습 속에서 피어나지 않네, 결코."

노인은 몸을 일으켰다.

“날 따라오게.”

나무 복도는 여전히 차가웠고, 비바람은 창틀을 흔들었다. 노인은 긴 복도를 돌아 낡고 어두운 방으로 들어갔다. 방이라기보다 작은 다실 같은 느낌이 들었다. 가구는 물론이고 장식물이라고는 전혀 없었다. 그저 텅 빈 방이었다. 한쪽 벽에 사다리가 있었는데 다락에 닿아 있었다. 노인은 조심스럽게 사다리에 올랐다.

노인의 뒤를 따라 다락에 올라간 나는 눈을 휘둥그레 떴다. 깨끗한 다다미와 결이 정갈한 오동나무 장롱, 반지(半紙)가 발린 벽에 단아하게 걸려 있는 수묵화. 그것은 다락이 아니라 훌륭한 방이었다. 무엇보다도 나를 감탄케 한 것은 작은 영창이었다. 세간의 영창에는 먼지가 조금씩 묻어 있게 마련이다. 하지만 다락의 영창은 먼지 한 점 없이 투명했다. 그 영창 아래 수많은 종이학이 있었다. 희디흰 종이로 만든 학들은 영창의 맑은 빛 속에서 작은 새처럼 반짝였다.

투명한 영창과 종이학. 그것들은 무어라고 표현할 수 없는 기묘한 울림을 자아내고 있었다. 그 울림의 근저에는 여인의 숨결이 있었다. 여인의 손을 통하지 않고서는 영창이 저토록 투명할 수 없으며, 종이학이 저토록 곱고 정결하게 만들어질 수 없을 것 같았다.

“옛 일본인들은 종이에도 넋이 있다고 믿었네. 그래서 잘라서는 안 되며, 접기만 했지. 넋을 해쳐서는 안 되니까. 넋은 아무 데서나 머물지 않네. 아름다운 곳, 생명의 숨결이 넘쳐흐르는 곳, 성스러운 곳에 날개를 접는다네.”

노인은 종이학 하나를 조심스럽게 들어 올렸다.

"이 종이학에는 넋이 깃들어 있어. 왜 넋이 깃들어 있을까? 아름다움과 생명이 넘쳐흐르기 때문이네. 왜 아름다움과 생명이 넘쳐흐를까? 뜨거운 사랑 때문이네. 죽어가는 한 생명을 향한 뜨거운 사랑, 죽어가는 임을 살리고자 하는 뜨거운 기원."

노인의 목소리가 바뀌면서 자태도 바뀌고 있었다. 종이학을 영창 아래 놓으면서 무릎을 꿇은 노인은 두 손으로 흐트러진 머리를 매만지고, 옷매무새를 고쳤다. 그것은 여인의 자태였다. 젊은 여인의 단아하고 정염이 가득한 자태.

"저는 하야시 님을 위해 태어난 여인이에요. 이 세상에서 하야시 님만을 생각하고, 하야시 님만을 사모하고, 하야시 님만을 그리워하는 여인이지요. 종이학을 보세요. 하야시 님이 죽음에서 벗어나 제 곁에 다시 돌아오시기를 빌면서 만든 거예요. 이 종이학에 날개를 접고 내려앉은 넋들이 하야시 님을 살려주실 거예요."

여인의 목소리는 슬픔과 간절한 그리움에 떨고 있었다.

얼음의 집

1

하늘을 올려다보았다. 푸르스름한 새벽하늘이 투명한 유리처럼 보였다. 발밑에서 무엇이 바스락거렸다. 신문이었다. 한 일본인이 황궁 밖에서 무릎 꿇고 통곡하고 있는 사진이 보였다. 시간은 어김

없이 흐른다. 아무리 통곡해도 그 흐름을 돌릴 수 없다. 만약 스승이 살아 있다면 천황의 죽음을 어떤 눈으로 보았을까. 시간이야말로 이 세계에서 가장 강력한 권력자라고 감탄하지 않았을까. 천황의 목숨까지 앗아 가는 시간의 압도적 위력 앞에서 전율하지 않았을까. 마당 뒤편에 있는 별채를 향해 천천히 걸었다. 방문을 열자 난의 은은한 향기가 났다.

매화는 찬 기운으로 꽃을 피우므로 품위가 맑고, 난은 고요함이 꽃으로 변하므로 기품이 깊고 그윽하다고 했다. 나는 찬 기운으로 생명을 일으키는 매화가 싫었다. 지나간 내 삶은 찬 기운 속에서 이루어졌다. 서릿발 같은 냉혹함 없이는 버텨내기 힘든 삶이었다. 난의 잎이 그리는 부드러운 곡선이 마음을 편하게 하는 데에는 이유가 있었다.

벽에 등을 기댄 채 난을 물끄러미 보았다. 처음 난을 키울 때 정성을 다했다. 매일 아침 환기를 시켰고, 습도가 맞지 않으면 잎이 비틀어지거나 짧아진다고 해서 잎을 세심하게 관찰했다. 그렇게 애를 썼건만 3개월이 지나도 새싹이 나오지 않았다.

난이 죽어가고 있지 않나 생각했다. 하지만 아니었다. 죽어가는 것이 아니라 내 눈으로는 보이지 않는 생명의 힘을 뿌리에 축적하고 있었다. 놀라운 일이었다. 석 달 후 축적된 생명의 힘이 용틀임을 시작했다. 싹이 트기 시작한다. 색이 분홍이어서 꽃대인 줄 알았다. 6개월 동안 변화가 거의 없던 난이 그 후 너무나 빨리 변했다. 매일 1센티미터씩 2센티미터씩 뻗어 오르고, 불과 며칠 만에 일곱 송이 꽃봉오리가 나오면서 한 송이 한 송이 꽃을 피우기 시작했다. 어디 그뿐인가. 날개를 활짝 편 새의 모습과 같은 꽃대에서 향기가 피어올랐다. 황홀했다. 나는 황홀 속에서 깨달았다. 이 눈부신 변화들을 만들어낸 것은 처음 3개월 동안 뿌리에 축적하고 있었던 생명의 힘이었음을.

내 생명의 힘은 무엇이었던가. 스승이 생각났다. 메마르고 냉혹한 그가 대역죄라는 도저히 빠져나올 수 없는 죽음의 구덩이에서 왜 나를 구해내었던가. 어쩌면 기베의 말이 옳을지도 몰랐다. 짐승 같았던 내 삶은 에타와 가까웠다. 게다가 천황이라는 운명적 얼굴을 우리는 공유하고 있었다. 운명의 얼굴은 서로 달랐지만 빼저린 고독 속에 있었던 스승은 나의 삶을 자신의 삶과 동일화함으로써 자신의 분신인 나를 통해 불의 사상을 잇고자 했을지도 모른다. 권력자가 자신이 더 이상 살아남지 못함을 깨달으면 내부 속에 생명체로 살아 있는 권력만이라도 보존하기를 갈망한다고 나에게 말하지 않았던가. 시간이란 권력 앞에 자신 역시 한낱 군중일 뿐이라고 그는 일찍부터 통절히 인식하고 있었던 것일까.

그래, 스승은 결국 돌아가셨어. 10년 전 가을, 기베가 여인이 되어 슬픔과 간절한 그리움으로 스승의 회복을 기원하고 있었을 때 스승은 산 자에서 죽은 자로 변신하고 말았지. 기베는 스승의 죽음을 예감했던 것일까. 그래서 목소리가 그토록 처연하고 간절했던 것일까. 검은 장막 뒤에 누워 있는 스승에게 다가가 흰 홑이불을 젖히고 석고처럼 굳은 죽음의 얼굴을 내려다보았지. 그는 죽어 누워 있고, 나는 살아 그를 내려다보고 있었어. 나는 그에게 한 송이 꽃을 바쳤지. 향이 피어오르는 제단에 한 송이 꽃을 놓았어. 내 꽃 옆에는 신에게 바치는 식물이라는 마사키(산사철나무) 가지가 창백하게 누워 있었어. 기베가 바친 꽃이었지.

일본의 전통적 예장복인 하오리 하카마를 입은 기베는 얼음 같은 표정을 하고 있었다. 눈자위는 붉었지만, 검은 눈은 미동도 하지 않았고, 팽팽한 긴장으로 휘어진 등은 깊은 침묵 속에 잠겨 있었다. 그 표정과 자세에서 나는 상반되는 두 가지 느낌을 동시에 받았다. 깊은 슬픔과 차가운 방관. 뜨거운 분노와 평온한 서정. 죽음 같은 절망과 회상의 깊고 투명한 기쁨.

기베는 죽음의 제단 앞에서도 탈을 쓰고 있었다. 누구도 벗길 수 없고, 누구도 꿰뚫을 수 없는 탈이었다. 그가 스스로 벗지 않는 한 누가 그의 민얼굴을 볼 수 있을까. 하지만 그는 내 앞에서 탈을 벗었다. 스승이 사경을 헤매고 있을 때, 지상과 영원히 밀폐되는 구멍 속으로 빨려들어 가고 있을 때 헤아릴 수조차 없는 깊고 어두운 삶의 탈을. 그들의 삶, 하야시와 기베라는 두 에타의 삶이 그의 민얼굴에서 흘러내리고 있었다. 내가 상상조차 할 수 없었던 삶이 뚝뚝 떨어지고 있었다. 그럼에도 스승을 둘러싸고 있는 두 가지 의문은 풀리지 않았다. 왜 자신의 생명을 스스로 포기했는지, 자신에게 위해를 가한 자를 어떤 이유로 범인이 아니라고 부인했는지에 대한 의문이.

의사로부터 스승이 자신의 생명을 포기하고 있다는 소리를 듣는 순간 나는 너무나 놀라 비명을 지를 뻔했다. 스승은 자신의 생명을 욕망의 대상으로 전락시키지 않았다. 생명이 욕망의 대상이 되는 것을 끊임없이 경계한 것이다.

―욕망의 중심부에는 권력의 쾌락이 육중한 몸을 틀고 있다. 그러므로 자신의 생명을 욕망의 대상으로 삼는 순간, 타인의 욕망이 그물이 되어 달려든다.

그물에 걸린 생명이 되지 않기 위해 그는 냉혹한 극기의 삶을 선택했다. 자신의 생명에 대한 무서운 애착 없이는 불가능한 삶의 방식이었다. 조그마한 감각이 불러일으키는 쾌락에도 몸을 부르르 떠는 존재가 인간이다. 그 감각을 거부하는 스승의 자세는 전율과 경외 없이 쳐다볼 수 없었다. 자신의 생명 앞에서 사소한 상처는 물론 그 상처의 가능성마저 용납하지 않았다.

스승은 반평생을 생명의 파괴에 종사해왔다. 그의 손 위로 수많은 생명이 파괴의 행렬을 이루고 있었건만, 행렬의 입김조차도 자신의 생명에 닿지 않도록 그가 쌓아올린 벽은 완벽했다. 그런 스승이 그 벽을 스스로 허물고 있다고 의사가 말했을 때 어찌 내가 놀라지 않겠는가. 나는 그가 건넨 운명의 실을 잡고 지금까지 걸어왔다. 이 운명이 잘못되었다면 마땅히 그것을 알아야 했다.

스승이 자신에게 위해를 가한 자를 범인이 아니라고 주장한 것도 미스터리였다. 사건을 정밀히 조사한 나는 경찰과 마찬가지로 그가 범인임을 확신했다. 하지만 스승은 그가 범인이 아니라고 주장한 후 혼수상태로 빠져들었다. 그 전에 스승이 유일하게 한 일은 나를 부른 것이었다. 그럼에도 나에게 한마디 말도 없이 숨을 거두었다.

장례식이 끝난 날 밤 나는 스승의 방에 불도 켜지 않고 앉아 있었다. 허탈했다. 그의 죽음에 허탈했고, 그의 죽음 앞에서 속수무책일 수밖에 없는 나의 무력함에 허탈했다.

—쾌락은 커다란 소리를 내며 쌓이지만, 상처와 증오는 소리 없이 쌓인다. 새벽에 내리는 눈처럼 소리 없이.

저 음울한 스승의 목소리가 땅속에서조차도 일어나 내 귓속을 파고드는구나. 내가 쌓은 첫 상처와 증오의 주인공이 누구였던가. 지하실에서 나는 그자의 두 무릎과 발목을 사다리 형상으로 묶었다.

그리고 정강이뼈를 커다란 각목으로 문질러댔다. 내가 지쳐 각목을 팽개쳤을 때 정강이는 손가락 깊이만큼 패어 있었다. 그자는 불령선인이었고, 대일본 제국은 나에게 고문을 명령했다. 나는 그 명령에 따랐을 뿐이다. 하지만 스승의 가혹한 가르침을 실천하기에 그때 난 너무 젊었다. 문득문득 쾌락에 몸을 맡기고 있는 나를 발견하고 소스라치게 놀라곤 했다. 그 살과 뼈, 비명과 증오는 어디로 갔는가. 어쩌면 내 가슴속에 쌓여 있는지도 모른다. 그렇지 않으면 세월의 바람 속으로 날아가버렸을지도.

나무 복도가 삐걱거렸다. 삐걱거리는 소리가 음울했다.

—그렇다고 눈이 그치는가? 절대로 그치지 않는다…… 흐르는 붉은 피, 뭉개진 살과 뼈, 천지에 가득한 신음, 권력의 소름 끼치는 운명의 아가리……

깊은 땅속에서 스승은 일어나 있었고, 그의 몸은 온통 붉은 피에 젖어 있었다. 나는 부들부들 떨며 스승을 올려다보았다. 노크 소리가 나면서 문이 열렸다. 하녀였다.

"저를 기다리고 계시는 줄 알고 있었습니다."

하녀는 조심스럽게 다가와 무릎을 꿇었다.

"주인님이 선생님께 드리라고 하셨습니다."

그러면서 그녀는 작은 함을 두 개 내밀었다. 흰색 함과 주홍색 함이었다.

"왜 이것을 지금?"

"장례식을 마친 후 드리라고 하셨습니다. 흰색 함을 먼저 열라는 말씀과 함께."

하녀는 일어나 소리 없이 나갔다. 나무 복도가 다시 삐걱거렸고,

점점 멀어져갔다. 흰색 함을 열었다. 편지 봉투가 한 장 있었다. 봉투를 뜯었다. 흰 종이에 낯익은 스승의 글씨가 새겨져 있었다.

나에게는 아들이 있었다. 놀랍지 않은가, 나에게 아들이 있다는 사실이. 나 역시 놀라움을 금할 수 없었다. 나는 가정을 원치 않았고, 아들 역시 꿈에서조차 생각해본 적 없었다. 정신 속에 권력의 불을 갖고 있는 자는 사랑을 할 수 없는 법이다. 사랑을 할 수 없는 자가 어이 가정을 가질 수 있겠는가. 하지만 어느 날 아들이 불쑥 나타났다.

1948년 가을, 일본 제국이 패망한 3년 후, 당시 나는 내 기술을 필요로 하는 그룹의 요청으로 다시 일을 시작했다. 패망한 제국이었지만, 제국은 와해되고 새로운 질서와 체제가 들어섰지만 박해받는 자는 결코 소멸되지 않는다. 나는 그들이 신음하고 있는 지하실로 내려갔고, 낯익은 운명을 기꺼이 받아들였다.

파도처럼 밀려오는 권력의 쾌락을 끊임없이 지워야 하는 그 혹독한 인내. 물론 나는 훌륭히 견뎌내었다. 그런 내 앞에 남루하고 병든 한 여인이 나타났다. 여섯 살 소년과 함께. 처음에 그녀가 누구인지 몰랐다. 8년 전 관동군 사령부의 요청으로 중국 전선에서 근무할 때 나와 살을 섞은 여인임을 한참 만에야 알았다. 나는 그녀를 한 번도 사랑한 적이 없었다. 정확히 말한다면 사랑할 줄 몰랐다. 그녀는 나와 몇 번 살을 섞은 한 사람의 여자일 뿐이었다. 그러니 잊을 수밖에. 까마득히 잊었다. 그 여자가 8년 후에 나타나 여섯 살 소년을 가리키며 자신이 낳은 자식이며, 아버지가 나라고 했다. 나는 믿지 않았다. 나에게 아들이 있다는 사실을 믿는다는 것은 불가능했다. 내가 절망한 것은 그녀가 거짓으로 자신을 꾸미고 있지 않음을 직감했기 때문이다. 그녀는 자신이 얼마 살지 못할 것을 알고 아들을 맡기러 온 것이었다.

그녀는 문제가 되지 않았다. 내 삶의 공간 속으로 그녀가 비집고 들어올 틈이 없었으므로. 나는 그녀에게 한 번이라도 내 마음을 연 적이 없으며, 따라서 당장 그녀가 죽는다 해도 개의하지 않았을 것이다. 소년은 달랐다. 나는 소년 앞에서 냉정해지려고 애를 썼다. 나와 무관한 존재라고 아무리 다짐해도 소용이 없었다. 차가운 내 정신은 끊임없이 충혈되었고, 삶의 공간이 불안하게 흔들렸다.

내 삶의 공간이 어떤 곳인지 너는 알 것이다. 얼음의 공간이었다. 얼음은 따뜻함이 조금만 스며들어도 자신을 지탱하지 못한다. 사랑이 스며들 수 없는 곳이야말로 내가 구축한 얼음의 집이었다. 그런데 그 속으로 작은 새 한 마리가 들어왔다. 종이비행기처럼 작은 새였다. 그 새를 바깥으로 쫓아냈어야 했다. 생각을 해보라. 새를 내버려두면 어떻게 될 것인가를. 새는 차가움에 체온을 빼앗길 것이며, 마침내 얼어 죽고 말 것이다. 그렇다면 얼음의 집은? 새의 따뜻함이 얼음 속으로 파고들어 결국 집을 허물어뜨릴 것이다. 새는 죽고 얼음의 집은 파괴된다.

새의 죽음이란 무엇인가? 군중의 모습이다. 일찍이 내가 너에게 말하지 않았느냐. 아버지는 아들의 권력자라고. 아들만큼 곤혹스러운 군중은 없다. 아들은 아버지의 피와 살과 뼈로 이루어진 생명체이기 때문이다. 아버지가 자신이 권력자라는 사실을 깨닫지 못한 채 아들을 사랑하는 이유가 여기에 있다. 자신이 아들에게 사랑을 베풀고 있다고 생각하며 그 쾌감을 즐긴다. 하지만 그것은 사랑의 쾌감이 아니라 권력의 쾌감이다.

새 한 마리가 얼음의 집으로 들어왔을 때 나는 알고 있었다. 나에게는 사랑의 능력이 없음을. 사랑은 내가 이해할 수 없는 기적의 생명이었다. 새 한 마리가 내 얼음의 집 안으로 들어왔다는 것 자체가 기적이었다. 운명 혹은 신의 섭리로 생각하지 않으면 이해할 수 없는 사태였다. 나는 운명도 신도 믿지 않았다. 운명을 스스로 만드는 사람에게 신은 거역의 대상이 될 수밖에 없다. 나는 신 혹은 운명을 철저히 거역해왔다. 이 철저한 거역을 파고들고 새 한 마리가 날아든 것이다. 아연실색한 나는 새를 내쫓아야 한다고 생각했다. 그럼에도 새를 곁에 두고 싶다는 욕망이 일어서고 있었다. 차가운 이성은 새의 추방을 명령했으나, 욕망은 명령의 틈을 비집고 삐죽삐죽 올라왔다. 욕망은 속삭였다. 너의 피와 살과 뼈로 이루어진 저 새 한 마리를 얼음의 집이 키울 수 없겠는가. 속삭임은 내가 평생에 걸쳐 구축한 운명을 거역하라고 유혹하고 있었다. 유혹은 질기고 달콤했다.

결국 나는 유혹에 졌고, 반역의 씨를 내 삶의 집에 뿌리고 말았다. 얼음의 집은 낯선 생명체와 함께 숨을 쉬었고, 나는 조심스럽게 즐겼다. 나는 몰랐다. 작은 생명체에서 받는 즐거움이 권력의 쾌락이었음을. 정녕 몰랐다. 반역의 씨가 칼의 모습으로 자라고 있는 줄을. 얼음의 집은 차가움으로 새를 죽이고 있었고, 새는 자신의 체온으로 얼음을 녹이고 있었다. 이 무서운 사실을 깨닫게 된 것은 아들을 받아들인 지 19년이 지나서였다. 박해받는 자가 되지 않으려면 강한 인간이 되어야 하며, 강함은 엄격함으로 길러진다고 나는 믿었다. 나는 아들에게 엄격했고, 아들이 강한 인간으로 성장하고 있음을 믿어 의심치 않았다.

어느덧 25세 청년이 된 아들이 어느 날 집을 나가겠다고 말했다. 독립하고 싶다는 것이었다. 이유를 물었더니 아들은 침묵했다. 며칠 후 아들은 편지 한 장을 남기고 집을 떠났다. 편지 속에는 집을 떠난 이유가 적혀 있었다. 주홍색 함을 열고 내 아들의 편지를 보아라. 피와 살과 뼈로 이루어진 군중의 말을.

주홍색 함을 열어 편지를 펼쳤다. 서두는 허락도 없이 집을 나가는 자신의 불효를 용서해달라는 말과 함께, 집 나간 아들을 너무 심려하지 않았으면 좋겠다는 내용이었다. 박해받는 자의 눈빛은 어디에도 보이지 않았다. 그것이 나타난 것은 편지의 중간 부분에서였다.

저는 여태껏 아버지의 생각에서 벗어난 생활을 하지 못했습니다. 모든 것들이 아버지에 뜻에 따라 이루어져왔습니다. 아버지는 제 머릿속에 고여 있는 생각을 살핀 적이 없으며, 제 목구멍 속에서 가릉거리고 있는 말에 귀를 기울인 적도 없습니다. 오직 아버지의 생각과 말에 일치하는 행동만을 요구했습니다. 그것이 저에게 얼마나 깊은 상처였는지 생각해본 적이 있는지요?

저라는 존재는 아버지에 의해 무참히 지워졌으며 오로지 아버지가 요구하는 것만으로 채워졌습니다. 아버지가 지시하는 한마디 한마디가 쇠사슬이 되어 제 몸을 감고 있었음을 아버지는 아는지요? 그 쇠사슬이 만들어낸 상처가 얼마나 쓰라렸으면, 단 한 번이라도 아버지에게 상처를 보여줄 수만 있다면 당장 죽어도 좋겠다는 생각까지 했겠습니까. 물론 일시적이고 과장된 충동이었습니다만 쇠사슬의 소리가 귀에 닿을 적마다, 상처에 맺히는 눈물이 떨어질 적마다 저는 아버지를 증오했습니다. 자식으로서 가질 수 없는, 그러나 뿌리칠 수 없는 증오였습니다. 이 증오가 칼이 되어 아버지의 가슴에 닿기 전에 제가 떠나야 한다는 것을 알았습니다.

스승이 받은 충격의 원천은 바로 이것이었구나. 박해받는 자의 피와 살과 뼈, 그 상처와 증오.

나는 소스라치게 놀랐다. 내가 아들에게 끊임없이 상처를 주었구나. 내가 아들을 무릎 꿇게 했으며, 발가벗겼으며, 쇠사슬로 몸을 묶었구나. 아들은 박해받는 자였고, 나는 박해하는 자였다. 얼음의 집에서 작은 생명체를 대상으로 나는 권력의 쾌락을 즐기고 있었다. 그 쾌락을 내가 지웠을까? 어찌 지웠겠는가. 작은 새 한 마리의 유혹을 이기지 못해 얼음의 사상을 거역한 내가 지울 수 있겠는가. 혹시 내가 아들에게 사랑을 베풀고 있으며, 그 사랑의 쾌감을 즐기고 있다고 생각하지 않았을까. 그랬을지도 모른다. 사랑은 나에게 기적의 생명이며, 그 기적을 나 역시 갖고 싶어 했으니까. 하지만 그것은 권력의 쾌락이었다. 혈육으로 깊숙이 파고든 교활한 권력의 변신이었다. 권력의 그 엄청난 번식력에 나는 전율했고, 끔찍한 현실에서 뿜어져 나오는 공포에 비명을 질렀다.

아들은 쓰라린 상처 속에서 자라고 있는 증오의 씨앗이 칼이 되어 내 가슴에 닿기 전에 떠난다고 했다. 하지만 나는 안다. 아들이 살아 있는 한 상처는 결코 아물지 않으며, 증오의 씨앗은 칼이 되어 내 가슴을 찌를 때까지 성장을 결코 멈추지 않으리라는 것을. 그날 밤, 칠흑 같은 어둠 속에서 내 살을 향해 달려왔던 칼은 바로 아들의 칼이었다. 나는 알고 있었다. 그것이 언젠가 나를 찾아오리라는 것을.

나는 아연했다. 10년 동안 아들의 칼을 기다리고 있었던 스승의 모습은 상상만으로도 끔찍했다.

잘 들어라. 이것은 나의 마지막 가르침이다. 너는 아들을 갖지 말라. 권력은 한 올의 사랑도 용납하지 않는다. 한 올의 사랑 때문에 내 얼음의 집이 허물어지지 않았는가. 아들에 대한 나의 사랑을 생각해보라. 그것이 과연 사랑이었던가? 아니었다. 사랑의 얼굴로 변신한 권력이었다. 혈육 속으로조차 파고드는 권력의 냉혹한 생명운동이었다. 한 마리 작은 새는 증오의 부리로 얼음의 집을 쪼고 있었다. 부디 너는 아들을 갖지 말라. 그리하여 얼음의 집을 완성한 최초의 인간이 되어라. 장려하고 황홀한 얼음의 집을.

2

창이 밝아지면서 난의 형상이 또렷해지고 있었다. 아침마다 들여다보고, 사흘에 한 번 물을 주고, 때를 거르지 않고 비료를 주고, 딱지벌레를 떼어내고, 마른 잎 잘라주면서, 꽃대가 올라오고 꽃이 피는 것을 기다렸다. 봄이면 뜰에 내놓고 새 촉이 나오기를 기다리는 즐거움은 깊었다.

난에는 자신의 생명을 키우는 생장점이 뿌리 끝부분에 있다. 특이한 것은 난의 몸에 신생 조직이 없다는 점이다. 식물이 상처를 입더라도 절로 아무는 것은 신생 조직 때문이다. 난은 이것이 없기 때문에 생장점에 상처를 입으면 아물지 않는다.

인간의 정신도 난의 생장점과 조금도 다를 바 없다. 박해받는 자의 상처는 결코 아물지 않는다. 흔히들 시간의 흐름과 함께 상처가 씻겨 나간다고 말하지만, 잘못된 생각이다. 가슴속에 소리 없이 쌓인다. 그것을 당장 깨닫지 못할지라도 언젠가는 깨닫는다. 상처에서 자라난 가시가 일어설 때이다. 가시가 찾는 것은 박해한 자의 살이다. 박해한 자들은 알고 있을까? 가시는 박해받는 자의 가슴속에서도 자라지만, 자신의 가슴속에서도 자라고 있음을. 언젠가 영혼의 살을 찌를 가시가.

어느 가시가 더 무서울까? 내면의 가시가 더 무섭다. 박해받는 자의 가시는 피할 가능성이 있다. 가시는 쉬지 않고 자라지만 박해한 자를 찾을 수 없거나, 찾았다 할지라도 너무나 높이 있어 접근조차 할 수 없는 경우가 많으니까. 숨이 끊어질 때까지 온갖 명예와 호사를 누린 권력자들이 많은 것은 이런 까닭이다. 하지만 그들 역시 내면의 가시에 의해 고통받고 있었음을 사람들은 얼마나 알고 있을까? 내면의 가시는 누구의 눈에도 보이지 않는다. 오직 권력자만이 느끼고 볼 뿐이다. 그것 때문에 미쳐버린 자도 있다. 사람들은 정신질환이니 뭐니, 의학적 분석을 해댔지만 가시의 존재는 전혀 간과해왔다.

작년이었던가, 재작년이었던가. 한 학생이 고문에 의해 죽었다고 세상이 떠들썩한 적이 있었다. 이 세상에서 처음 일어난 일처럼 사람들은 저마다 호들갑을 떨었다. 역사를 응시한다는 것은 희생자의 끊임없는 행렬과의 마주침이며, 역사의 소리란 희생자의 여윈 다리가 끌고 가는 쇠사슬 소리임을 정녕 몰랐단 말인가. 그 학생의 죽음은 행렬 속의 한 죽음일 뿐이며, 거대한 오케스트라와 같은 역사의 음향 속에서 한 가닥 소리에 불과할 뿐임을 어이 모르는가. 그럼에도 내가 경악한 것은 희생자의 얼굴이 세상으로 튀어 올랐다는 사실 때문이었다.

고문 대상자는 철저히 해체되어야 한다. 육체의 해체를 통해 정신을 해체시킴으로써 희생자의 존재를 지워야 한다. 세상 사람들이 알 수 없도록 철저히. 그것은 죽임이 아니며 존재의 은폐다. 고문이 밀폐된 공간에서 행해지는 이유는 은폐의 필요성 때문이다. 고문실 바깥으로 신음이 새어 나가서도 안 되며 피가 흘러나가서도 안 된다. 단 한 방울이라도. 그런데 희생자의 피와 살과 뼈가, 그의 육신 전부가 세상에 노출된 것이다.

뒷머리 쪽에 피멍, 가슴 부위 살갗이 벌겋게 변색, 가슴 부위 피하층에 구슬 크기만 한 피멍, 목과 허벅지와 손가락 사이에 피멍.

나는 신문에서 희생자의 얼굴을 본 순간 권력의 붕괴를 예감했다. 고문은 권력의 틀이며 기둥이며 상징이다. 그런데 당시의 권력은 고문이 스스로 지니고 있는 세 가지 원칙을 깨뜨렸다.

첫째, 고문은 처형이 아님에도 희생자를 죽음 속으로 밀어 넣었다. 튼튼한 권력일수록 고문과 처형의 분리가 엄격하다. 둘째, 고문이 요구하는 은폐의 원칙을 권력은 지키지 못했다. 희생자가 어떻게 지붕 위에 올라가 소리 높이 외칠 수 있는가? 셋째, 고문 대상자를 지적하는 권력의 손가락은 함부로 올라가지 않는다. 하지만 권력의 손가락은 절제를 잃었고, 희생자는 권력의 등을 타고 세상을 향해 외치고 있었다. 자신의 피와 살과 뼈를 보라고.

그들은 모두 비곗덩어리였다. 만지면 끈적거리고 미끄러지는 비곗덩어리들. 옷을 벗긴 후 두들겨 패고, 잠을 재우지 않고, 수건을 덮어씌운 얼굴에 물을 붓고, 발등의 살가죽이 꺼멓게 타도록 전류를 높이고…… 고문의 강도가 높아지면 높아질수록 그들의 생명은 지워져갔다. 비명은 더 처절해지고, 핏줄은 퍼렇게 일어서고, 육체의 경련이 격렬해지고 있음에도 점차 비곗덩어리로 변해갔다. 뭉클하고 역한 비곗덩어리, 냄새조차도 맡기 싫은 비곗덩어리. 그러나 그것을 맡아야 했고, 만져야 했고, 먹어야 했다.

그래 먹어야 했어. 스승이 먹었는데 그의 그림자인 내가 어찌 먹지 않을 수 있겠는가. 그들이 지붕 위에서 소리칠 수 없도록 삼켜야 했어. 그 비곗덩어리를. 권력은 삼키는 것이야. 희생자의 뼈와 살을, 희생자의 피와 정신을, 희생자의 눈빛과 목소리를. 누구도 볼 수 없는 깜깜한 내장 속으로. 삼키지 못하는 자는 권력의 자리에서 추락할 수밖에 없지. 희생자들의 피의 강으로.

나는 난의 깊고 기름진 초록색 잎을 뚫어질 듯 보았다. 저 잎은 석양빛에 무척 약하지. 석양빛을 왜 못 견딜까? 하늘을 새까맣게 덮고 있는 희생자의 살과 뼈 때문이지.

—노을의 붉은색이 청회색으로 바뀌고, 어둠이 이끼처럼 모여들 때 권력자의 검은 입은 벌어지고 그 깜깜한 동굴 속에서 희생자들의 신음과 비명이 흘러나온다. 문드러진 살과 바수어진 뼈가 누에고치에 서린 실올처럼 입속에서 나와 허공 속으로 풀풀 날아간다. 그것들이 모여 어둠을 만들고, 어둠은 벌어진 권력자의 입속으로

다시 들어간다. 그 어둠의 생명을 권력자들은 악령이라 부른다.

스승의 얼굴이 떠올랐다. 망상에 짓눌린 창백한 얼굴이.

—너는 아들을 갖지 말라.

스승은 나에게 아들이 있다는 것을 알고 있었다. 그럼에도 왜 그런 말을 했을까. 스승의 마지막 가르침이 진실이라면 나는 진실과 어긋난 길에 서 있는 꼴이었다. 권력의 가시를, 그 증오의 눈빛을 키우고 있었다. 나는 소스라치게 놀랐다.

아들에 대한 아버지의 어떤 자세가 권력의 자세이며 사랑의 자세인가? 권력과 사랑의 차이는 무엇인가? 이것을 알기만 한다면 나는 아들에게 기꺼이 사랑의 자세를 취할 것이다. 하지만 나는 알 수 없었다. 권력의 자세는 삶의 일부가 되어 길들여져 있지만, 눈을 뜨기만 하면 볼 수 있고 만질 수 있지만, 사랑이란 도무지 알 수 없는 것이었다. 박해받는 자는 무릎 꿇고 있고, 벌거벗고 있고, 신음하고 있지만 사랑의 대상자는 어떤 모습을 하고 있으며, 어떤 소리를 내는지 캄캄했다. 무릎 꿇고 있지 않다면 서 있을까? 그렇다면 그것은 권력자의 모습이 아닌가.

나는 당황했고, 번뇌했고, 전율했다. 아들을 볼 때마다 혹시 그가 상처를 감추고 있는지 불안했고, 아들의 살을 만질 때마다 돋아난 가시의 감촉이 없는지 신경을 곤두세웠다. 이런 모습이 너무나 어처구니없어 죽음을 앞둔 스승이 망상을 토해낸 것이라고 속으로 외쳐도 육신 속으로 파고드는 스승의 압도적인 목소리에 번번이 짓눌렸다. 스승은 죽었지만 내 삶을 끌고 온 스승의 목소리는 펄펄 살아 있었다.

나는 자신도 모르게 아들을 피했고, 가능한 한 말도 하지 않으려 했다. 아들은 내 변화를 감지하고 이상스러운 눈으로 쳐다보곤 했으나 애써 외면했다. 어쩔 수 없는 일이었다. 이것은 운명이며, 운명을 피할 능력은 나에게 없었다.

이 세상 어딘가에 숨어 있는 사랑이 내게 보였다면, 아니 사랑을 찾을 수 있는 힘이 내게 있었다면 나는 결코 아들을 피하지 않았을 것이다. 그러나 운명은 내 삶에서 사랑을 앗아 갔고, 나는 운명 앞에 무릎 꿇을 수밖에 없었다. 운명이야말로 이 세상에서 나의 유일한 권력자였다. 권력자에게 저항한다는 것이 얼마나 어리석고 무모하고 허망한 짓인가를 나는 너무나 잘 알고 있었다. 지하실 속에서 무릎 꿇은 자가 일어서고자 한다면 더 큰 고통을 받게 된다. 일어서려 하는 만큼 고통은 가중된다. 그것이 권력의 법칙이었다. 이 법칙은 너무나 끈질겨 혈육 속에서조차도 살아 있다고 스승이 말하지 않았던가.

운명은 나를 엉뚱한 방향으로 끌고 갔다. 아들이 열여섯 살 되던 해 여름, 어처구니없는 교통사고로 죽은 것이다. 병원에 달려갔을 때 몸은 싸늘히 식어 있었다. 슬프지 않았다. 조금도 슬프지 않았다. 오히려 안도했다. 하늘이 무너지는 듯한 아내의 비통 앞에서 나는 안도하고 있었다. 등을 짓누르는 무거운 짐이 없어진 것처럼. 나의 감정이 온당한 것인지 회의하기도 했지만 온당할 수밖에 없다는 결론을 내렸다. 권력의 법칙 앞에 인간의 감정이란 참으로 하잘것없는 어떤 것이기 때문이었다. 어떠한 이성도, 도덕도, 정서도 권력이란 공간 속으로 들어가면 허공에 떠도는 티끌이 되어버리니까. 나는 운명에 순응했다. 철저히. 스승은 운명을 거스르다가 추락했지만 나는 냉혹히 운명을 실천했다.

눈을 감았다. 권력의 명령에 의해 내 삶의 지하실로 보내진 수많은 사람. 불령선인, 이중 첩자, 무정부주의자, 공산주의자, 반정부주의자. 1930년부터 내가 은퇴할 때까지 희생자들은 끊임없이 내 삶의 지하실을 통과했다. 그들의 피와 비명은 어디로 갔는가? 바람이 되어 날아가버렸는가? 아니면 지하실 속에 유폐되었는가? 눈을 떴다. 나에게는 아무것도 들리지 않으며 아무것도 보이지 않는다. 난을 들여다보면 난만 보이고 어둠을 들여다보면 어둠만 보인다. 가시도, 괴물도, 짐승의 눈빛도 없다.

나는 천천히 몸을 일으켰다. 난을 오래 보고 있으면 현기증이 난다. 예민한 생명력 때문일 것이다. 갑자기 강한 햇빛에 노출되면 잎이 그냥 타버린다. 초록빛이 바래지다가 시간과 함께 황갈색으로, 흑갈색으로 변한다. 잎이 살아 있는 한 흉한 상처로 남게 된다.

—옷을 벗긴다. 몸을 묶는다. 물을 온몸에 적시고 전기를 넣는다. 전기량의 조절에 따라 상하거나 데거나 죽는다. 살이 타는 것을 느낀다. 살이 깡그리 타고 가죽과 뼈만 남아 있는 것 같다. 몸뚱이가 조각조각 찢기는 것 같다. 그러나 우리는 결코 살을 찢지 않는다. 우리의 손은 텅 비어 있다.

상처…… 흉한 상처. 나는 중얼거리며 방을 나왔다.

3

산수유는 여전히 뜰에 서 있다. 이제 봄은 올 것이고, 산수유 가지에 황금빛 꽃이 피어날 것이다. 하지만 세월은 쉬지 않는 법이어서

꽃은 시들 것이며, 여름이 가고 가을이 기울면 잎은 떨어지고 열매는 진주홍빛으로 익을 것이다. 가을마저 밀어낸 시간이 눈을 내리게 해도 여윈 가지에 매달린 진주홍빛 열매는 변함이 없을 것이다. 세월은 그렇게 흐르고, 세월 속에서 산수유는 자란다. 껍질이 비늘처럼 벗겨지고 살색이 새 껍질을 끊임없이 만들어 세월에 순응한다.

인간에게 세월은 무엇인가? 산수유를 끊임없이 변하게 하는 세월을 인간은 역사라는 이름으로 기록할 터이지만 나에게는 역사일 수 없다. 일본 제국주의 시절부터 지금에 이르기까지 나는 한순간도 역사 속으로 들어간 적이 없다. 역사의 티끌조차 내 어깨 위에 내려앉지 않았다. 나는 끊임없이 역사를 지웠고 권력의 의자를 밀어내었다. 산수유가 묵은 껍질을 벗기듯 나는 내 몸을 덮는 권력의 막을 벗겨내었다. 나는 그림자였다. 그리하여 한 사람의 희생자도 만들지 않았고, 한 가닥의 비명, 한 조각의 살과 뼈를 쌓지 않았다. 아, 나는 그림자로서 얼음의 집을 완성했다. 오직 한 생명만이 숨 쉴 수 있는 얼음의 집을. 지금도 내 눈에 보인다. 얼음의 집에서 피어오르는 장려한 불꽃을.

나는 겨울의 뜰 속으로 천천히 들어갔다. 식물의 기척들이 몸에 닿았다. 내가 언제부터 이 식물들을 사랑했는지를 생각했다.

—내가 식물을 사랑하는 이유는 눈빛도 이빨도 없기 때문이다.

스승은 틈만 나면 화초를 기르고, 나무를 키웠다.

—황궁의 돌담 안쪽은 전혀 다른 세계다. 숲이 있고, 개울이 있고, 바위가 있고, 층을 이룬 꽃 위로 날아다니는 나비가 있고, 바람이 있다. 돌담 바깥의 미친 듯한 소리도 거기서는 속삭이는 소리로밖에 들리지 않는다. 낮아지고 희미해지고, 마침내 사라져버린다.

고요함과 평화스러움만 있는 곳. 그곳에서 천황은 식물을 키우고 버섯을 연구했다. 눈빛도 이빨도 없는 식물을.

나는 젖은 눈으로 산수유를 쳐다보았다. 천황의 사각거리는 옷자락 같은 산수유의 황금빛 꽃이 바람에 출렁이고 있었다.

권력과 인간에 대한 집요한 탐구

홍정선
(문학평론가)

1

정찬의 소설이 집요하게 추구하는 주제는 권력과 관계된 인간 행위이다. 권력과 말, 권력과 예술, 권력과 종교, 권력과 생명, 권력과 인간성 등 권력을 둘러싼 인간의 총체적 행위에 대한——현재적인 혹은 당대적인 접근이 아니라——원론적인 접근이 그의 소설적 탐구의 핵심을 이루고 있다. 그의 이 같은 관심은 첫번째 소설집은 물론 이번에 간행되는 두번째 소설집에서도 일관되게 나타나고 있다. 「말의 탑」「수리부엉이」「다모클레스의 칼」「기억의 강」 등 그의 첫번째 소설집 『기억의 강』(현암사, 1989)에 수록된 대부분의 소설들이 그렇듯이 「얼음의 집」「신성한 집」「길 속 의 길」「영산홍 추억」 등 이번 소설집에 수록된 대부분의 소설들 역시 그러한 문제들에 대한

* 인용문의 출전은 신판을 기본으로 하나 개정 작업 중 원고가 수정되어 신판에서 찾을 수 없는 경우 초판을 명기하고 페이지를 밝힘. 이하 신판 발문도 동일.

관심의 연속성을 보여주고 있는 것이다.

소설 속에서 정찬처럼 권력의 문제를 원론적이고 형이상학적인 차원에서 다루는 일은 구체적인 사건을 정면에서 다루는 일보다 더 어렵다. 권력과 언어, 선과 악, 권력과 생명, 사랑과 증오 등 권력에의 의지와 관계된 추상적 가치들을 천착해나가는 일은 자칫하면 몸체 없는 논설로 소설을 전락시킬 우려가 많은 것이다. 또한 그것들은 논리적인 측면에서 소설을 진지하게 만드는 만큼이나 정서적인 측면에서 소설적 흥미를 감소시킬 우려가 있다. 그래서 종종 철학이나 종교와 같은 엄숙한 논리나 믿음으로 무장된 세계에 선부르게 접근한 소설은 사건의 구체성을 확보하지 못함으로 말미암아 감동이 전혀 없는, 실패한 철학서나 종교서로 전락하고 마는 것이다. 추상적 관념을 다루는 일이 지닌 이런 위험성에도 불구하고 우리 문단에서 끈덕지게 관념의 세계를 천착해온 보기 드문 소설가 중의 한 사람이 정찬이다. 이 같은 점에서 정찬은 우리 시대가 만들어낸 소설가들 중에서도 특이한 소설가이다. 그것은 정찬의 소설들은 전면적으로건 부분적으로건 항상 권력과 인간의 관계 문제를 탐구하는 데 관심을 쏟고 있으며, 그것도 그 문제를 기왕의 소설가들과는 달리 훨씬 원론적이고 형이상학적인 수준에서 다루고 있기 때문이다.

지나가는 이야기이지만 정찬이 자의 반 타의 반으로 오랜 습작 기간을 거칠 수밖에 없었던 데에도 신춘문예용으로는 부적절한, 이 같이 지나치게 무거운 소설적 테마 문제가 작용하고 있었다. 다음에 살펴보겠지만 그의 소설은 신춘문예와 같은 제도적 장치를 뚫기에는 너무 무거운 문체와 사상을 가진, 본격적인 소설이었던 것이다. 그 때문에 그는 신춘문예나 문학상 등이 가지고 있는 매력과 그 제도에 함축된 일회적 판단의 모순이라는 양면성의 그물에 발목을 잡혀 다행스럽게도 오랫동안 습작 기간을 거칠 수 있었던 것이다.

정찬은 데뷔작인 「말의 탑」에서부터 권력과 인간의 관계를 탐구하기 시작했다. 그는 자신의 소설 쓰기를 지금 온갖 권력의 도구로 전락해버린 '말'의 본래적 의미를 찾는 작업에서부터 시작한 것이다. 그것은 유신 체제하의 타락한 말들에 질려버린 그에게 먼저 절대적 권력이란 무엇보다 순수한 말의 타락, 다시 말해 이데올로기화한 말이 낳은 결과물로 비춰졌기 때문일 것이다. 그런 연유로, 데뷔작인 「말의 탑」이 그렇듯이, 그의 소설을 표면적으로 지배하는 것처럼 보이는 관념은 지금 우리의 현실에 대해 강한 밀착성을 지니고 있는 관념이다. 그것은 오랫동안 독재 권력의 횡포에 시달려온 우리에게 권력의 의미와 본질을 심각하게 비판적으로 성찰하는 습관이 그만큼 체질화되어버린 까닭 때문이기도 하고, 우리의 현실이 권력의 의미를 심각하게 되묻도록 충동질할수록 정찬 소설의 관념성은 리얼리티로 바뀌는 까닭 때문이기도 한 것이다. 이런 점에서 필자는 이번 소설집에 대한 이야기로 들어가기 전에 먼저 첫번째 소설집에서 이야기했던 권력과 말에 대한 정찬의 시각을 다시 한번 되돌아볼 필요를 느낀다.

정찬은 「말의 탑」에서 이렇게 이야기했다. 태초에 먼저 말이 있었으며, 권력은 그 말의 순수함을 지키기 위한 수단으로 생겨난 것이라고. 정찬이 말과 권력의 이런 근원적 관계를 뒤돌아본 것은 아무도 의심하거나 부정할 수 없게 된 권력의 신화를 깨뜨리기 위해서이다. 그 신화는 태초에 권력이 있었고, 권력은 삶의 질서와 행복의 근간이라는 관념이다. 그러나 정찬은 지금은 사람들이 의심하지도 않고 의심할 수도 없게 된 그 같은 관념을 거부한다. 그에 의하면 권력은 최소한의 필요악이다. 권력은 권력 자체의 유지나 강화를 위해서 생겨난 것이 아니라 욕망의 충돌과 언어의 타락을 조절하기 위한 장치이다. 따라서 권력은 그 자체를 위해 폭력을 행사할 수 없으며 행사해서도 안 된다. 그것은 권력이 인간의 잘못된 말을 제어하기 위한 수단일 따름이지 본질이 아니기 때문이다. 정찬은 이 소설에서 권력을 위해 권력을 행사하는 권력은 어떤 방법이나 이데올로기로 자신을 분식하고 있더라도 정당성이 없다는 것을 강력하게 암시하고 있다. 이런 점에서 정찬은 이 작품에서, 말이 생겨난 이유와 권력이 생겨나게 된 이유 및 양자의 관계를 그가 만들어낸 상상적인 세계를 통해 소설적으로 검증함으로써, 우리가 살고 있는, 권력이 지배하는 현실 세계를 근원적으로 의심하고, 비판하고, 부정해 보이고 있다.

이렇듯 정찬에 의하면 권력은 인간들의 욕망을 제어함으로써 말의 순결성을 유지하고 보호하기 위해 나타난 것이다. 그러나 권력이 나타났다는 사실은 곧 한 인간이 다른 인간을 다룰 수 있게 되었다는 것을 의미하며, 한 인간이 다른 인간에게 말의 힘을 행사할 수 있게 되었다는 것을 뜻한다. 그리고 힘을 행사하여 한 인간이 다른 인간을 징벌할 수 있게 되자 서로 위상이 다른 말이 생겨났고, 말의 순수성을 상실한 말의 낭비가 가속화되기 시작했다. 징벌할 수 있는 힘을 가진 집단들은 그 힘을 행사하는 과정을 통해 말의 징벌을 합리화하는 수단으로 사용하기 시작한 것이다. "진실의 말은 함부로 낭비"될 수 없음에도 말은 무한정 낭비되었고, 진실과 거짓은 서로 뒤섞여서 구별할 수 없게 되었다. 힘의 무리는 "검은 돌을 치켜들어 흰색의 돌이라고 외치"면서 "혓바닥에서 쏟아져 나오는 현란한 말의 가지들"로 "검은색을 흰색으로 바꾸어"놓았다. 권력은 인간의 순결한 말을 유지하는 보조적 장치라는 사실을 차츰 망각하고 도리어 말을 권력 자체의 보조적 장치로 사용하기 시작한 것이다.

그리하여 욕망과 생리에 의해 스스로를 조직화하기 시작한 권력은 말을 자기 집단의 이익을 방호하기 위한 이데올로기로 전락시킴으로써 마침내는 스스로를 '말의 탑'을 대신하는 절대적 숭배의 대상으로까지 만들게 되었다고 이야기한다. 그것은 본말이 완전히 전도된 관계이다. 이렇게 권력이 지배하는 전도된 세계는 말이 지배하는 혼란된 세계보다도 더 나쁜 세계이다.

2

정찬은 그의 두번째 소설집에서도 첫번째 소설집이 보여준 이러한 주제들을 이어받으면서 권력과 인간의 관계를 지속적으로 진지하게 탐구해나간다. 절대적인 힘을 지닌 권력 앞에서 자신을 지키려는 인간들의 의지를 고문자의 심리를 통해서, 예술가의 고뇌를 통해서, 순수한 한 인간의 영혼이 폭력에 의해 파괴되는 모습을 통해서 그는 그 주제들을 천착해나간다. 그러나 첫번째 소설집과는 달리 이번에는 좀더 직접적으로 권력의 편에 선 사람들의 내면적인 심리까지를, 아니 권력의 하수인들이 권력으로부터 자신을 지키기 위해서 어떻게 자신의 내면을 제어해야 했는지를 심도 있게 보여주는 방법으로 권력과 인간의 문제를 천착해나간다. 이 같은 점에서 「얼음의 집」은 정찬의 이번 소설집에서 가장 주목해야 할 중요한 작품이다. 정찬의 「얼음의 집」은 임철우의 「붉은 방」과는 정반대로 고문자의 입장에서 폭력과 인간의 내면 문제를 다룬 특이한 소설이다. 정찬은 이 소설을 통해 권력의 하수인으로 기능하는 한 고문자가 권력으로부터 스스로를 지켜내기 위해 만들어낸 고도의 정치한 논리를 보여준다. 그리고 그 정치한 논리가 사소한 감정의 흔들림에 의해 어떻게 부서지게 되는지도 보여준다. 이런 점에서 정찬의 「얼음의 집」은 일종의 '고문자의 사상'이라고도 부를 수 있는 논리의 안과 밖을 심도 있게 탐구한 작품이다. 정찬에 의하면 완벽한 고문자는 '얼음의 집'에 사는 인간이다. 그것은 완벽한 고문자는 한편으로는 권력의 도구로 기능하지만 다른 한편으로는 부여받은 권력의 힘을 즐기려고 해서는 안 되는 까닭이다. 완벽한 고문자는 자신에게 부여된 권력을 통해 권력의 정상에 오르는, 내면의 사다리를 완성하는 인간이다. 따라서 그는 자신의 일을 처리함에 있어서 한 치의 감정이 개입하는 것도 허용하지는 않는다. 고문자가 피고문자의 전락을 즐기려고 하는 순간 그는 피고문자들의 증오와 원한의 퇴적물인 역사 속으로 함몰하기 때문이다. 그 역사 속에 자신을 함몰시키지 않고 자신을 지켜내면서 스스로를 새로운 권력의 자리에 앉힐 수 있는 길——그것은 정찬에 의하면 쾌락을 지우고, 권력의 얼굴을 지우는 것이다. 그렇게 함으로써 고문자 자신을 증오와 원한의 퇴적물인 역사로부터 비켜서게 할 수 있다는 것이다.

정찬의 「얼음의 집」은 이 같은 '고문자의 사상'을 하야시라는 고문 기술자의 입을 통해 개진시킨다. 그리고 그가 이 같은 고문의 사상을 만들어내게 된 역사적 · 실존적 이유들을 하야시의 제자인 '나'라는 한국인이 하나하나 밝혀나가는 것으로 소설을 전개해나간다. 다시 말해 「얼음의 집」은 주인공인 '나'가 떠올리는 하야시의 가르침과 주인공이 추적해서 찾아낸 하야시의 삶('나'의 삶에 대한 회상도 포함해서)이라는 두 측면으로 구성되어 있다. 그것들은 고문자의 사상의 안과 밖을 이루면서 이 작품의 관념성과 현실성을 만들어낸다. 이를테면 하야시가 개진하는 고문의 사상 속에 내재된 자폐적 관념성이라는 '안'은 그가 비천한 천민층인 에타 출신이라는 '밖'을 이해할 때 어느 정도 현실적인 부피를 획득하는 것이다.

필자가 보기에 정찬의 「얼음의 집」이 전하는 메시지에서 가장 주목해야 할 것은 다음 두 가지라고 생각된다. 그 첫째는 권력에의 욕망은 권력을 가진 사람이 그것을 휘두르는 크기에 비례해서 그것의 피해를 받는 사람들의 가슴속에서도 마찬가지 크기로 자란다는 전언이며, 그 두번째는 어떤 냉혹한 권력에의 의지도 사랑 앞에서는 흔들리고 무너진다는 전언이다.

이를테면 「얼음의 집」에서 하야시가 평생 동안 구축해온 고문자의 사상(얼음의 집)을 일거에 무너뜨리고 그를 죽음으로 몰아넣은 것이 바로 이 사랑이다. 소설 속에서 하야시는 이렇게 말한다: "사랑은 내가 이해할 수 없는 기적의 생명이다. 나로서는 상상할 수 없는 희귀한 정신의 기적"이라고. 사랑은 고문자의 냉혹한 정신을 치명적으로 파괴한다. 사랑은 고문자가 지녀야 할 기본적인 자세, 즉 살아 있는 인간을 단순한 사물로 간주하는 자세를 망가뜨린다. 그것은 사랑이 기계적으로 인간을 다루어가야 할 고문자의 내면세계에 감정의 흔들림을 가져오고, 대상과의 관계 속에서 즐거움을 느끼도록 만들기 때문이다.

> 잘 들어라. 이것은 나의 마지막 가르침이다. 너는 아들을 갖지 말라. 권력은 한 올의 사랑도 용납하지 않는다. 한 올의 사랑 때문에 내 얼음의 집이 허물어지지 않았는가. 아들에 대한 나의 사랑을 생각해 보라. 그것이 과연 사랑이었던가? 아니었다. 사랑의 얼굴로 변신한 권력이었다. 혈육 속으로조차 파고드는 권력의 냉혹한 생명 운동이었다. 한 마리 작은 새는 증오의 부리로 얼음의 집을 쪼고 있었다. 부디 너는 아들을 갖지 말라. 그리하여 얼음의 집을 완성한 최초의 인간이 되어라. 장려하고 황홀한 얼음의 집을. (p. 238)

이런 점에서 볼 때 정찬의 「얼음의 집」은, 사랑 속에서까지도 권력의 냉혹한 생명력의 씨앗은 싹을 틔우고 자란다는 하야시의 주장에도 불구하고 필자에겐 사랑의 힘을 이야기한 것으로 읽힌다. 정찬은 「얼음의 집」에서 그토록 집요하게 인간들의 끔찍한 권력 의지를 탐구함으로써 거꾸로 사랑의 위대한 힘을 보여주려 한 것으로 필자는 읽고 싶은 것이다. 그것은 이 작품에 대한 단순한 억지에서가 아니라 정찬이 「얼음의 집」에 이어서 발표한 「완전한 영혼」이라는 작품과의 연속성 때문에 더욱 그렇다.

정찬의 「완전한 영혼」은 인간이 지닌 생명의 의미, 생명 속에 깃들인 사상(선과 악)의 의미를 묻는, 관념의 세계를 다룬 작품이다. 정찬은 「완전한 영혼」에서 장인하라는 "악을 모르는 정신"을 지닌 "완벽한 무사상적 인간"(p. 53)을 만들어서 우리 주변에 너무도 흔하게 널리 있는, 선과 악을 분명하게 구별할 줄 아는 철저한 사상적 인간과 대립시켜놓고 있다. 그리고 전자를 통해 후자의 반성을 유도해내고 있다. 어린애의 천진성과 티 없음에 방불하는 순수한 영혼을 지닌 장인하라는 인간과 "세계가 객관적으로 존재하며, 세계를 진보의 방향으로 움직이게 하는 객관적 진리가 있다고 믿"(p. 57)는 지성수라는 사람으로 대표되는 이 관계는 소설 속에서 진보에 대한 신념이 흔들리게 된 후자가 전자에 대해 겸손하게 이해와 경의를 표하는 것으로 끝나고 있는 것이다.

그렇다면 정찬이 1990년대라는 이 시점에서 이 같은 관념의 세계를 집요하게 다룸으로써 말하려는 것은 무엇일까? 그것은 하나님이 만들어낸 모든 형상은 의미가 있다는 그런 메시지일까? 하나님은 선악미추 모든 종류의 인간들을 통해 역사하고 있으니 우리는 우리 앞에 놓인 모든 살아 있는 존재들을 경외감으로 대하면서 배워야 한다는 그런 교훈을 주려는 것일까? 자신의 논리에 대한 확신에 차 있던 사람들에게 좀더 겸손해질 것을 가르친다는 점에서는 그렇게 말할 수 있는 측면도 있을 것이다. 그러나 필자는 그보다는 장인하의 죽음이 지닌 다음과 같은 속죄양적인 측면에 더 비중을 두고 싶다.

르네 지라르René Girard라는 문학비평가이자 인류학자는 "제의 때 사용되는 동물"이란 의미의 속죄양을 재해석해서 "한 사람에게로 보편적인 증오가 집중된 바로 그 죄 없는 사람"이란 의미를 만들어냈다. 그리고 그러한 의미의 완전한 속죄양으로 예수를, 될 뻔하다가 못 된 속죄양으로 욥을 들었다.

지라르가 예수를 완전한 의미의 속죄양으로 보는 이유는 그가 욥보다 더 완전하게 무죄였지만 욥처럼 항의하지도 않았으며, 되살아

나지도 않았기 때문이다. 예수의 수난에는 그를 박해하고 죽인 사람들이 그를 죄인이라고 믿게 만들 만한 어떤 단서도 없었으며, 예수는 우리가 상상할 수 있는 한계 내에서는 가장 완벽한 희생자인 것이다. 완전한 의미의 속죄양으로서의 예수의 죽음은 따라서 그에게 가해진 박해 체계의 폭력성을, 그러한 박해 체계가 가지고 있는 은밀스러운 신비성을 우리 앞에 더 이상 은밀스럽거나 신비하지 않은 것으로 만든다. 그의 완전한 무죄는 그에게 가해진 폭력이 이제 더 이상 신비스러운 것이 될 수도 합법성을 띨 수도 없다는 것을 보여준다. 죄 없는 예수의 죽음은 제의적인 의식으로서 희생양을 만들어내고, 그러한 희생양을 통해 대중의 불만을 해소하는 체제의 허구성을 우리 앞에 여지없이 폭로해 보이고 있는 까닭이다.

정찬은 "권력의 반대편에 서서 권력의 실체를 예수만큼 그토록 생생히 드러내었던 사람이 과연 그 전에도 있었을까" 하고 말한 적이 있다. 예수는 "사랑의 군중을 거느렸고" 그럼으로 말미암아 권력의 폭력성을 누구보다 생생히 드러낼 수 있었다고 정찬은 이야기했던 것이다. 그리고 『기억의 강』 마지막 작품 「수리부엉이」에서 피력한 일종의 종교적인 사랑에 상응하는 역사관으로, 다시 말해 언어의 절대적 순결성을 지키기 위한 고난의 행진이 소설 쓰기라는 생각으로 다음처럼 기독교적 상징을 빌려 소설을 끝맺었다:

푸른 강이 떠올랐다. 빛이 넘쳐 흐르고 소금이 들의 백합화처럼 가득한 강. 흰옷을 입은 사람이 배를 젓고, 그의 노래가 물이 되어 흐르는 강, 마태의 강이었다. 그 강을 향해 한 사내가 걸어오고 있었다. 등에 무엇인가를 짊어지고 휘청이며 걷고 있는 사내. 그는 윤명수였다.

입은 굳게 다물고 있었고, 반쯤 감긴 눈 위로 핏물 같은 땀이 흘러내렸다. 여윈 등 위의 짐을 받치고 있는 그의 손이 천천히 펴지고 있었다. 앙상한 손바닥에 움푹 팬 구멍이 얼핏 보였다. 못의 형해였다.

이와 같은 맥락에서 필자에게 장인하라는 죄 없는 순수한 인간의 죽음은, 그의 천진난만한 의식과는 상관없이, 속죄양 의식에 방불한 것으로 생각된다. 그는 예수가 십자가로 끌려가는 것처럼 그의 주변을 둘러싼 정황들에 의해 그렇게 한 마리 순한 양처럼 죽음을 향해 끌려갔다. 그리하여 이 결과는 죄 없는 그가 희생되도록 방치한 지성수와 같은 사람들, 아니 우리 독자들 모두가 바로 죄인들이라는 이야기에 다름 아닌 것이 되고 있다. 장인하는 예수처럼 희생자이고 그의 희생을 요구한 체제나 상황 혹은 온갖 권력의 부산물들은 그의 죄 없음으로 말미암아, 스스로의 죄 없는 죽음으로 말미암아 폭력적이라는 것을 보여주고 있는 것이다.

따라서 필자가 생각하기에 정찬이 「완전한 영혼」에서 말하려는 것은 1980년대 광주 이후 우리들의 마음속에 들어앉은 혁명적 사상에 대한 확신이 만들어내는 도그마, 적과 동지의 구분이 만들어내는 증오와 원한의 감정 등은 장인하와 같은 자기 희생적인 순수한 영혼에 대한 그리움 없이는 근원적으로 치유되지 않는다는 사실을 말해주는 데에 있는 것 같다. 그래서 정찬은 우리들의 가슴속에 장인하와 같은 순수한 영혼의 자리를 만들려는 노력이야말로 "사상속으로 생명의 힘을 불어넣는 운동"이라고 했을 것이다.

정찬의 「길 속의 길」과 「신성한 집」 「영산홍 추억」은 모두 권력과 예술의 관계에 대한 소설적 천착이다. 그는 이 작품들 속에서 「말의 탑」에서 개진했던 권력과 말에 대한 그의 생각을 연장시키면서 개인들이 절대적인 권력에 맞서서 자신의 진실과 예술 세계를 지켜나갈 수 있는 방법을 탐구한다.

> 이 이야기 속에서 나는 권력과 예술의 관계를 드러내는 상징을 찾아내었고, 그 상징을 소설을 통해 형상화하고 싶었다. (p. 89)

권력과 예술의 관계를 그리스 신화를 빌려와서 이야기하고 있는 「신성한 집」의 한 대목이다. 이런 그의 이야기는 그러나 필자에게는 「길 속의 길」과 마찬가지로 간접적으로는 지금까지의 자신의 소설 쓰기에 대한, 직접적으로는 앞서서 발표했던 「얼음의 집」에 대한 정직한 반성과 변명의 소산으로 다가온다. 그는 이 정직함으로 소설로써 자신의 소설 쓰기를 변명하는, 어떻게 보면 관념적이고 추상적이라는 세간의 평에 대해 우회적으로 반박하는 촌스럽기 짝이 없어 보이는 일을 이 소설들에서 하고 있는 게 아닌가 생각되는 것이다.

필자에게 이런 그의 모습은 두 가지 생각을 하게 만든다. 하나는 소설가는 어떤 경우에도 소설로 답해야 한다는 식의 명제는, 소설가들의 논리적 반박을 원천적으로 봉쇄하기 위한, 비평가들이 자신들에게만 유리하도록 만든 명제가 아닌가 하는 나를 향한 반성이다. 그리고 다른 하나는 이청준식의 소설 쓰기에 대한 우회적인 반성—이 점에서 훨씬 소설적인 반성—에 비해 1990년대 소설가들의 소설 쓰기에 대한 반성은 훨씬 더 직접적이—이 점에서 비소설적이다—아닌가 하는, 소설가들을 향한 질문이다. 이런 생각 때문에 필자에게는 정찬의 "고치란 무엇인가, 언어가 만드는 정신의 집이다"라는, 그의 소설(쓰기)에 대한 명제는 소설적 감동으로서가 아니라 논리적인 언어로서 깊은 울림으로 남아 있다. 이 말이 우리에게 요구하는 자세, 즉 관념과 현실에 대한 깊은 성찰로서의 소설 읽기는 우리 모두가 갖추어야 할 자세인 까닭이다.

이 계통의 소설들 속에서 우리가 주목해야 할 것은 앞에서 말한 그런 점들과 함께 정찬 소설의 기본적인 테마인 권력과 인간에 대한 발상의 새로운 진전이다. 그것은 정찬이 「얼음의 집」에서 내보인 고문자의 내면세계에 대응하는 피고문자의 내면세계를 이 소설들에서 보여주고 있기 때문이다. 「영산홍 추억」에서 정찬은 그 모습을 다음처럼 이야기하고 있다:

> 유폐의 주체는 유신 권력이 아니라 황 선생 자신이었다. 스스로에게 유폐를 명령한 황선생의 모습은 권력자의 모습이다. 자신이 선택한 이데올로기를 온몸으로 권력화하는 치열한 인간의 모습인 것이다. 유신 정권은 사회안전법을 만듦으로써 어리석게도 자신의 권력을 송두리째 황 선생에게 바쳤다. 나에게 황 선생은 관념이 아니다. 그는 내 영혼에 숨소리를 불어넣는 생명체다. 그 생명체가 유폐의 굴 속에서 이데올로기의 뼈를 안고 시간과 싸워왔다. (p. 129)

정찬은 위의 인용문에서 보듯 권력자 · 고문자 들에 대응하는 실존적 개인(피고문자)의 논리를 만들어낸다. 그 논리는 "나는 무릎을 꿇지 않았다"(p. 126)는 논리이다. 권력자가 절대로 무릎을 꿇지 않듯이 피고문자 역시 거대한 권력에 맞서는 내면의 권력 체계를 스스로 완성함으로써 무릎을 꿇지 않았다는 것을 위의 대목은 말해주고 있는 것이다.

정찬은 「신성한 집」에서 "인간의 집단 속에서 선택된 자로 군림하게 된 정치적 권력자는 권력의 원형이었던 신의 자리를 엿본다"(초판, p. 107)고 하면서 그러기 위해서 그들은 신의 목소리를 들을 수 있는 예언자 · 예술가 들의 협조를 필요로 한다고 말했다. 정찬의 이 말은 아마도 진정한 예술가는 아폴론에의 협조를 거부한 마르샤스와 마찬가지로 최소한 무릎을 꿇지 않는 자세로 권력에의 협조를 거부해야 한다는 이야기일 것이다. 그러나 현실은 소설가의 내면을 향해 자꾸만 유혹적인 말들을 속삭인다. "소설을 쓰면서 '나'를 드러내지 않아야 하고, 이름과 명성에 집착하지 않아야 하고, 보기 좋은 상품이 아니라 완벽성에 투신해야 한다는 것. 이것이 어떻게 가능할 수 있는가"(p. 85)라고. 권력의 목소리는 갖가지 모습으로 변형되어 소설가의 내면에 찾아들고 있는 것이다. 그렇다면 이러한 유혹으로부터 자신을 지키는 길은 무엇일까? 정찬의 대답은 위에서 본 것처럼 스스로의 내면에 "무릎을 꿇지 않는" 권력을 형성하는 방법으로 대응해야 한다는 것이다.

3

정찬의 이러한 소설들은 언뜻 보기에 일부 논자들이 주장하는 것처럼 권력에 대한 직접적 비판의 회피로 보일지도 모른다. 그러나 실제는 그렇지 않다. 그의 소설은 다른 어떤 이념적인 작가들의 소설 못지않게 폭력적인 권력에 대해 빈틈없이 날카로운, 그러면서 예언적이기조차 한 권력에 대한 비판이다. 그의 「완전한 영혼」만 하더라도 이를테면 1980년의 광주학살에 대해, 직접적으로 그 문제를 다룬 다른 어떤 소설보다도 더 준엄한 알레고리적 논고이자 심판으로 읽힐 수 있는 것이다. 따라서 지금 우리가 해야 할 일은 이러한 정찬의 소설 쓰기가 그가 집요하게 추구하고 있는 권력과 인간이란 주제를 어떻게 희석시키지 않으면서 발전시켜나가는가를 지켜보는 일일 것 같다. 그것은 그의 소설이 지금의 한국 소설에서는 보기 드문, 문학의 본질인, 아니 삶의 본질인 권력과 인간에 대한 깊이 있는 탐구의 소산이기 때문이다.

마지막으로 필자는 정찬의 소설에 대한 지엽적인 불만을 한 가지 덧보태는 것으로 이 글을 끝맺을까 한다. 필자의 불만은 일부 논자들처럼 권력에 대한 비판의 직접성 여부에 있는 것이 아니라 근래에 들어와서 부쩍 더 심해지고 있는 것처럼 보이는 관념적인 문제를 다루는 데 따르는 논설적인 문장의 지나친 구사에 있다. 이를테면 "~않은가? ~가 아닌가?" 식의 질문과 그에 대한 대답으로 이루어지는 소설 문장은 그의 소설에 대한 정서적 반응을 절감시키고 논리적 반응을 제고시킨다. 그런 점에서 필자는 「패랭이꽃」과 같은 아름다운 서정적 소설에 대한 정찬의 관심이 좀더 커지는 것이 필요하지 않을까 생각해본다. 구체적 사건에 기반을 둔 관념성이 돋보인 「기억의 강」이 일반 사람들에게 감동적으로 읽힐 수 있었던 바로 그 이유에서 정찬의 소설은 구체적 몸체를 현실 세계의 사건들 속에서 더 많이 갖출 필요가 있다고 필자는 생각하는 것이다.

신자유주의 시대, 체현의 윤리

정희진
(여성학 연구자)

> 강을 건너는 방법은 두 가지가 있지요. 배를 타는 것과 스스로 강이 되는 것. 대부분의 작가들은 배를 타더군요. 작고 가볍고 날렵한 상상의 배를. (정찬, 「슬픔의 노래」, 『제26회 동인문학상 수상작품집』, 조선일보사, p. 74)

'무엇을 썼는가?'보다 더 중요한 질문은 '누가 썼는가?'이다. '누가 썼는가?' 못지않게 중요한 것은 '누가 듣는가?'이다. 가야트리 스피박의 유명한 이 말에는 "어떻게 쓸 것인가, 지식인은 서벌턴(민중)을 어떻게 재현할 것인가"라는 자신에 대한 성찰과 제국주의 지식에 대한 심문이 전제되어 있다.

언어의 타락, 아니 칼보다 더한 말의 폭력은 인류가 '지혜를 사랑할 때'부터 시작되었다. 언어를 가진 자와 그렇지 않은 자는 재현의 주체와 대상으로 '역할'이 분담되었다. 대상의 성별화gendered는 플라톤 철학의 정점이었고, 근대에 이르러 '비(非)서구 세계'와 자연으로 확대되었으며, 타자the others는 현대 철학의 핵심 주제가 되었다. 거듭 강조하면, 권력과 언어의 문제는 재현 주체와 재현 대상 사이의 관계이다. 지배와 피지배의 관계인 것이다. 그러므로 글쓰기의 시작은 '무엇을 쓸 것인가?'가 아니다. 글쓰기는 쓰는 자가 자신의 사회적 위치성을 고민하면서 '어떻게 쓸 것인가?'를 깨달아가는 과정이다.

『완전한 영혼』은 그의 소설 가운데 '쓰기의 철학'이 잘 드러난 작품집이다. "권력, 언어, 폭력에 대한 집요한 탐구" "분열적 혹은 우회적 순결성의 세계" "정신의 순금 부분"이라는 세간의 평들은 한 가지 이슈로 수렴된다. 글의 서두에 인용한 문구는 정찬의 글쓰기 방법론을 요약한다. 작가가 '강을 건너는 방법'이, 그것이다.

방법론은 방법에 관한 사유로, 목적보다 방법이 더 중요하다는 의미에서 윤리학과 정치학의 기본을 이룬다. 서구를 따라잡는 근대화가 지상 과제였던 추격 발전catch-up development주의를 국시로 삼았던 한국 사회에서 방법으로서의 글쓰기를 고뇌한 작가가 출현하기는 쉽지 않은 일이다.

여기에서 우리는 작가에게 다음과 같은 질문을 해야 한다. 쓰는 과정에서 어떤 방법을 택할 것인가? 작가는 자신의 외부(작품)와 어떤 관계를 맺어야 하는가? 작품 완성 전후 작가는 다른 사람이 되는가? 현실을 초월한 인간이 존재할 수 없다면, 한 사람의 인간으로서 작가는 피해자, 저항자, 지식인이라는 다중적 정체성을 견딜 수 있는가? 창작자로서 정찬의 고뇌는 에셔Escher의 유명한 그림 「손을 그리는 손drawing hands」에 비유할 수 있을 것이다. "내가 쓰고 있는 너는 누구인가." 나는 이 질문이 세상에서 가장 아름다운 언어라고 생각한다.

사회주의권의 변화에서부터 시작하여 9·11을 거친 지난 30년은 자본의 운동 법칙 자체가 변화한 시기이다. 1992년에 출간되었지만 아마도 1980년대 후반부터 씌어졌을 이 책은 세계자본주의와 한국 사회 30여 년을 압축한다. 글로벌자본주의, 금융유통자본주의, 자본주의적 절대주의…… 명명은 분분하지만 지금 인류는 자본의 질주가 초래한 '내부(직장, 가정……)는 전쟁, 외부는 지옥' 속에 놓여 있다. 한국 사회를 포함, 세계 곳곳에서 벌어지고 있는 고통과 죽음의 스펙터클에서 살아남는 손쉬운 방법은 자신이 몸담고 있는 세계와의 거리 두기이다. 이것이 가능하기 않기에 각종 '병리적', 비윤리적 현상이 횡행하고 있는 것이다.

당대 자본주의가 고안한 저항의 범퍼는 매우 뛰어나다. 자본은 우리가 고통을 직접 경험하지 않도록 '배려'하면서 다양한 문화 장치(미디어)에 의해 쉼 없이 전진하고 있다. 유일한 가치는 생존이고, 외부 세계와의 관계는 주로 매스커뮤니케이션을 통해 이루어진다. 삶을 변화하기보다 다른 사람에게서 오는 신호에 세심한 주의를 기울인다. 스마트폰은 몸의 일부이다. 도처에서 오는 신호를 받아들이지 않으면 안 된다. 그것이 이 시대의 지식이기 때문이다. 발신지는 여러 곳이며 변화도 무척 빠르다. 필요한 것은 행동 규범이 아니라 메시지에 주의를 기울이고 메시지 유포에 참여하는 일이다. 이것이 'IT 혁명'의 풍경이다.

스테판 메스트로비치의 '탈감정' 개념은 감정이 없는 메마른 사회가 아니라 감정이 조작되고 변형된 사회를 말한다. 상황에 개입하는 것을 거부하기 때문에 대립이 없다. 온라인 서점과 '전혀 사회적이지 않은' 소셜 네트워크의 등장은 인간의 문해력을 크게 변화시켰다. 폐가식 도서관인 온라인 서점에서는 책 내용을 일부밖에 볼 수 없다. 오늘날 문명은 인터넷 서점 MD에게 달려 있는지도 모른다. 1인 미디어 시대, 사람들은 지적 만능감에 도취되어 있고 학생들은 구글로 숙제한다. 앎의 대중화와 더불어 앎의 양극화 현상이 퍼지면서 새로운 문맹il-literal의 세기가 시작되었다.

신분 질서에서 탈출을 꿈꾸었던 근대 계몽기 즈음, 자기해방과 자기실현의 주체로서의 개인은 백인 남성에 한정되었으나 그들의 시대마저도 매우 짧았다. 구조주의와 개인주의 대립은 종언을 고하고 포스트구조주의자들은 권력의 요구에 자발적으로 종속되는 (푸코적 의미의) 자기훈육적 개인의 탄생을 분석하였다. 이후 자본은, 공동체를 전 지구적으로 통합시켰다. 신자유주의는 개인의 모든 자원을 동원하라는 자기계발을 요구한다. 지금은 노골적인 각자도생의 사회다. 인간성의 가장 큰 타락은 매체의 발달로 인한 자기포장, 자기도취, 자기조작이다. 여기에서 관계의 윤리는커녕, 타인은 존재조차 하지 않는다. 만인에 대한 만인의 투쟁이 자발적으로 전개되는 시대가 되면서 타인과의 극단적 분리와 극단적 동일시(정체성의 정치, 근본주의)가 동시에 발발한다.

오늘날의 문명은 사유를 거부하거나 포기하라고 종용한다. 일부 독자나 비평가는 정찬의 작품을 '관념적'이라고 말하지만, 나는 오히려 구체적이라고 생각한다. 달리 표현하면, 그의 작품은 고도로 추상적(抽象的)이다. 독자는 그의 글에서 현실을 추출해야 하는, 생각하는 노동을 감수해야 한다. 김승옥이 "나도 독자가 되고 싶다"며 꿈꾸었던, "소파에 누워 여인이 가져다주는 차를 마시며 책을 읽는" 그런 독자는 정찬의 세계에서는 가능하지 않다. 정찬의 텍스트는 독자에게 갈등과 투쟁을 요구하지만, 앎과 깨달음이 주는 쾌락의 '가성비'는 공정하다.

'안정적 지식'이라는 현실/말이 가능한지는 모르겠지만, 이제까지 지식은 인식 주체가 자신의 몸으로부터 세계를 확실히 분리시켜 타자화, 대상화해온 것이었다. 이때 지식은 투명하고 순수하며 확실한 것처럼 보인다. 세상은 언어에 의해 명명, 창조된다. 권력자의 자의적인 글이 세계를 규정한다. 그래서 반복하면 '무엇을 쓰는가'보다 더 중요한 것은 '어떻게 쓰는가'이다.

쓰기의 과정과 형식이 내용을 강제한다. 글쓰기는 생각한 것을 표현하는 행위가 아니다. 생각한 것을 제대로 버리는 행위가 글쓰기다. 쓰는 과정에서 작가의 몸과 말하고자 하는 이야기가 변형되어야 한다. 변형되지 않으면 낯익은, 상투적인 이야기가 나온다. 체현(體現, embodiment)의 글쓰기를 통해 쓰는 대상과 작가의 몸이 혼재되어 서로 들어가고 나오기를 반복하면서 작가도 세계도 이전과 다른 모습으로 변화한다. 이 과정에서 몸이 분재(盆栽)되는 고통을 겪는다. 끊임없는 자기부정이 글쓰기인 것이다. 본래 기억이란 생각의 과정에서 선택된 경험을 말한다. 호미 바바는 이 과정을 사지(四肢)의 재조합, 찢겨짐re-member이라고 표현했다. 이러한 고통을 운명으로 받아들이는 야장(冶匠)이 정찬이다.

표제작 「완전한 영혼」은 광주항쟁이 배경이지만 '광주'가 아니라 해도 무방하다. 우리는 모두 사회적 몸이다. 우리는 몸이지, 몸을 가진 것이 아니다. 해부학적 몸이 역사적 몸이 되는 것, 이것이 인간의 본능적 존재 양식이다. 「완전한 영혼」은 이 문제를 다룬다. 내전, 국지전, 제노사이드 상황에 처한 인간의 행동을 그린 이 작품에서 내가 특히 주목하는 점은 세 가지다. 식물적 정신, 권력에 대한 저항, 결핍으로서의 장애가 아닌 능력으로서의 장애.

정찬은 묻는다. 갈등과 모순, 억압과 저항, 투쟁의 과정은 반드시 변증적이어야 하는가? 우리는 다른 방식의 삶을 선택할 수 있다. '적'을 닮지 않고도 적을 초월, 낙후시킬 수 있다. 이 작품에서 누구도 건드리지 못하는 성난 황소에게 다가간 소년의 사례나 청각 장애인의 삶의 양식은 근대 극복의 핵심적 알레고리이다.

이른바 식물적 정신. 식물은 동물과 달리 의존적이지 않다. 햇빛, 물, 흙과 자기 힘으로 살아간다. 세 가지 중 한 가지만으로도 생존이 가능한 경우도 많다. 그들은 자기 몸 외부를 취하지 않고도 천 년 이상을 사는 생명체다. 뿌리를 내리고 이동하지 않는다. 이동성mobility의 전제는 속도와 공격성이다. 식물이 먹는 생명체는 자신의 몸뿐이다. 자기 자리에 떨어지는 나뭇잎은 부엽토가 되어 계속 운동하면서 또 다른 자신이 된다. 동물 중에서 가장 '동물적인' 인간은 타자를 상정하고 의존함으로서 자기존재를 구성한다. 인간은 타자를 분리, 비하, 극복함으로 자율성을 획득하지만(이 과정에 대한 묘사가 오이디푸스 콤플렉스다), 식물의 자율성은 외부를 필요로 하지 않는다.

정찬 소설에서 주인공의 죽음(자살)은 식물적 정신과 무관하지 않다고 나는 생각한다. 그의 소설에서 자살은 뒤르켐, 장 아메리, 프리모 레비, 다자이 오사무의 방식과 다르다. 자살론은 다시 씌어져야 한다. 「완전한 영혼」은 근대성의 핵심인 인간의 의지will에 대한 비판적 탐구이다. 석과불식(碩果不食)이 가능하지 않은, 지속가능한 삶이 불가능한 오늘날 대안 중의 하나는 인간의 의지에 대한 혁명이다. 이 혁명적 모습이 작품의 주인공인 장인하의 '식물적 정신'과 '무사상'일지 모른다. 문명이라는 이름의 인간 의지가 인간과 자연을 착취하는 행위라면 그것을 멈추어야 하지 않을까.

정찬의 문장과 제목에 유난히 많이 등장하는 단어가 있다. 길, 집, 강이 그것이다. 이 책에 실린 여섯 작품 가운데 「신성한 집」「얼음의 집」「길 속의 길」 세 편과 『아늑한 길』『베니스에서 죽다』『기억의 강』『정결한 집』『광야』『길, 저쪽』 등 다른 책들이 그렇다. 모두 공간에 관한 단어이다. 세 단어는 다른 작가의 제목에도 많이 등장하지만, 방법론이나 인간의 존재 양식으로 나아가지 않고 소재에 그치는 경우가 대부분이다. '가지 않은 길'이나 '길이 없다면 만들어라' 등의 언설에서 길은 수단이나 목적을 뜻한다. 그러나 길이 작가의 몸이 될 때, '길'에 대한 대상화는 불가능해진다.

오랫동안 서구 철학에서 공간은 시간의 인식론적 식민지였다. 시간은 흐르고 이동하는 반면, 공간은 사유의 주제가 되지 못했다. 재현 대상은 움직이지 않는 사물이거나 공간화되었다(여성의 몸이 대표적이다). 정찬의 작품에서 가장 놀라운 점은 공간 인식이다. 정찬의 글쓰기와 사유 방법, 윤리학과 정치학은 앙리 르페브르의 공간의 생산production of space과 주체로서의 공간론과 닿아 있다. 주체로서의 공간, 다시 말해 공간 자체의 운동을 작품에 구현하려면 시간의 흐름으로 포장된 역사를 뒤집어야 한다. 역사는 기원으로부터 시작된 시간의 연결이 아니다. 각각의 단자(單子), 동시대의 다발적 흔적이다.

「패랭이꽃」「신성한 집」「길 속의 길」을 하나의 주제로 묶어서 유감이지만, 세 작품 모두 2018년의 상황과 다를 바 없다는 사실이 위로가 된다. 「패랭이꽃」에서 근대화의 이름으로 망실된 공간(바닷속 길과 염전)은 삶의 불모성을 상징한다. 데이비드 핀처가 영화 「세븐」(1995)에서 "이런 시대에 어떻게 아이를 낳는단 말인가"라고 말한 맥락과 비슷하다. 정찬에게 공간은 삶의 방편(장소)이 아니라 목적이다. 그런데 공간이 사라졌다. 이런 상황에서 '살아야 하는가?'라는 질문도 괴로운데, 심지어 성공하고 싶다. 이 질문에 맞닥뜨린 삶은 오도 가도 못 하는 펜딩pending 상태지만, 이를 직면할 수도 외면할 수도 없다.

"목적을 향해 질주하는 자본은 한번 내려선 자의 손을 결코 잡지 않는다. 더 빨리 달리기 위해 내려선 자의 손을 기꺼이 뿌리친다. 그러므로 **나는 패배를 꿈꾸었을 뿐 패배의 자리로 내려서지 못한다**"(강조는 인용자).

정찬의 작품에는 고대 신화가 자주 등장한다. 그에게 신화는 권력자(신)가 되려는 인간의 욕망을 드러내는 상징의 장치다. 문학평론가 정과리는 다음과 같이 정확하게 말했다. "중요한 것은 신성이 있는가 없는가가 아니라 신성의 숨음과 드러남이다." 정찬에게 '집'은 "신을 향한 건축가들의 깊은 욕망이었고 내가 쓰고자 했던 소설의 몸"이었으나 지금 그는 "제단이 없는 거짓의 집"을 쌓고 있다. 신에게만 허용되었던 '집'이 안락의 장소, 교환 가치를 넘어 투기 수단이 되었다. 예술의 원형적 정신이어야 할 '집'이 용기(用器)로 전락한 것이다. 이 전락이 문학의 전락으로 전이되면서 작가의 절망이 드러난다.

나는 고개를 저었다.

이럴 리가 없었다. 이 소설의 뼈대를 세우기 위해 오랜 시간 동안 얼마나 내 머리를 쥐어짰던가. 그 뼈대 위에 깊고 아름답고, 강인한 생명의 형상을 만들기 위해 내 정신을 또 얼마나 혹사시켰던가. 날카로운 칼 끝으로 만든 정신이 세계와 사물 속으로 파고들어 황금빛 이미지를 끄집어낼 때의 짜릿한 쾌감, 그 황홀. 그런데 그 황금빛 이미지가 녹이 되어 뚝뚝 떨어지고 있었다. 나는 당황했고, 허망했고, 고통스러웠고, 외로웠다. (초판, 「신성한 집」, p. 108)

「길 속의 길」은 몸과 글의 관계를 집약하는 소설이다. 뫼비우스의 띠로서의 몸, 정신으로서의 몸을 외할머니의 베틀 노동과 글쓰기의 관계를 통해 상징화한다.

몸에 무엇이 닿았다. 물질이면서 물질이 아닌 것, 물질로 파악되는 순간 증발해버리고 마는 것이었다. [……] 베틀 소리는 물처럼 부드럽게 내 몸속으로 스며들고 있었다. (p. 111)

15새('새'는 피륙의 촘촘함을 표시하는 단위)가 만들어지려면, 1천 2백 개의 날실로 꿰매진 3만 6천 개의 누에고치가 자기 집을 지어야 한다.

실올이란 나에게 무엇인가. 언어이다. 작은 바람기에도 그 무게를 견디지 못하고 날아가버리는 미세한 것. 이 실을 어디에서 얻는가

> [……] 누에는 피부가 투명해져야 입에서 실을 토한다. 그리고 제 몸을 둘러싸는 집인 고치를 만든다. (초판, p. 137)

「얼음의 집」*은 권력을 소유 여부가 아니라 모든 사람에게 부여된 장소, 소재(所在)로 파악한 최초의 한국 소설이 아닐까 한다. 소설의 두 인물은 일본 사회에서 가장 비천한 계급인 '에타'와 재일한국인으로 고문 기술자이자 고문 사상가이다. 독특한 이야기처럼 보일지 모르지만 그렇지 않다. 소설은 두 사람의 생애를 통해 권력의 본질 속으로 파고든다. 권력에 대한 가장 큰 오해는 '소유했다'는 관념이다. 인간의 역사, 즉 승자의 역사는 모두 이 관점에서 씌어졌다. 권력의 쟁취와 탈환을 둘러싼 이야기가 역사의 대부분을 차지하는 이유는 여기에 있다.

권력 개념에 접근하는 두 가지 방식은 권력이 '있다'와 권력을 '가졌다'이다. 권력을 소유의 개념으로 사고하면 클리셰가 불가피하다. '도전과 응전의 역사'가 대표적이다. 더욱 문제는 소유로서 권력 개념의 필연적 결말, 즉 비윤리성이다. 우리는 강하고 선한 권력자를 원하지만 가능하지 않다는 것을 안다. 선한 세력, 저항 세력이 권력을 '되찾고자' 하는 과정, 이 역시 인류 역사의 지루한 반복이었음을 우리는 안다.

많은 독자들이 「얼음의 집」에서 주목하는 부분은 고문 피해자가 아니라 가해자에게 맞춘 작가의 시점이다. 사람들은 대부분 권력을 부정하거나 거리를 둔다. 권력과 자신을 연결할 경우는 피해를 입

---

* 「얼음의 집」에 관한 이 글의 일부는 필자가 쓴 「권력은 영향력이 아니라 책임감이다」(이진우 외, 『대통령의 책 읽기』, 휴머니스트, 2017)에서 부분 발췌.

었을 때다. 피해자일 때는 인간은 자동적으로 윤리성을 획득한다고 간주된다. 이 작품에서 작가의 상상력은 고안된 것이 아니다. 그의 캐릭터, 글쓰기 방법론에서 추상된 것이다. 가해자의 '입장'에 선 작가의 성찰은 독자에게 권력의 피해를 주장하기보다, 일상의 매 순간 권력과 폭력을 직면할 때 다양한 선택과 협상의 가능성을 사유하기를 권한다. 이 작품의 고문자들은 권력의 한계를 스스로 정한다. 이것이 쉬운 일인가.

가해자와 피해자는 유동적 맥락적 개념이므로 가해의 절대성을 전제할 수 없는데, 작가는 영리하게도 이를 고문자와 피고문자의 구도로 고정시켜놓았다. 이 과정을 통해 작가는 영향력/힘/폭력으로서의 권력이 아닌 (원래 여성주의 철학에서 제안한) 책임감으로서의 권력 개념을 도출한다. 권력이 영향력이 아니라 책임감이고 돌봄 노동이라면? 인간은, 사회는, 역사는 변화할 것이다. 혁명가, 지식인, 소설가는 그러한 변화를 시도하려는 사람이라고 믿고 싶다.

저항의 외침만큼 중요한 것은 내 안의 권력 의지를 살피는 일이다. 한국 사회가 극도의 피해자 비난victim blaming 사회인 것은 분명하지만, 사회는 피해자에 의해서만 변화한다. 피해자의 의무, 피해자의 윤리(피해자는 정체성이 아니며 피해자의 경험이 무조건 올바른 것은 아니다), 피해자가 성장하는 방식을 모색해야 한다. 피해가 진정 피해인 것은 피해자를 당시의 시공간에 고정시켜두는 사회구조, 지식인 그리고 당사자 때문이다.

『완전한 영혼』 이후에도 정찬은 걷기를 멈추지 않는 순례자이다. 수많은 작품을 발표했으며 작품 세계도 여정에 따라 변화한다. 최근 몇 년간 그의 작품들이 이전에 비해 '세련되고 관찰자적'으로 느껴지기는 하지만, 그의 몸의 향방은 알 수 없다. 무엇보다 개인적으로 『완전한 영혼』 명작선 출간이 반가운 것은 더 이상 헌책방을 전전하지 않아도 된다는 사실이다. 마음껏 권할 수 있게 되어 기쁘다.

초판 작가 후기

이 책은 저의 두번째 소설집입니다. 여기에 실려 있는 소설들은 제 영혼이 만들어낸 삶의 작은 결정체들입니다.

소설을 쓴다는 것은 언제나 막막하고 아득합니다. 이 막막함과 아득함 위에 하나의 형태, 하나의 공간을 만든다는 것은 가혹한 고통이며 동시에 한없는 위안입니다. 고통이 위안이 된다는 것. 이 이상한 열정이야말로 제가 세상을 향해 유일하게 드러내는 운명의 모습입니다.

세상에 수많은 운명의 모습들이 있지만 저는 이 운명의 모습을 사랑합니다.

1992년 가을

정찬

신판 작가 후기

저의 두번째 소설집 『완전한 영혼』이 출판된 것은 1992년 12월이었습니다. 그로부터 26년 후 변화된 모습으로 독자를 만나게 되었습니다. 초판본을 다시 들여다보면서 군데군데 눈에 걸리는 문장을 고쳤고, 서사의 흐름을 부자연스럽게 하는 부분을 삭제하거나 가지를 쳤습니다. 초판본에 수록된 중편소설 「황금빛 땅」을 뺀 것은 서사의 흐름과 중편소설의 양식이 서로 조화롭게 스며들지 않는다는 판단 때문이었습니다. 『완전한 영혼』을 새로운 모습으로 만들어주신 문학과지성사에 감사드립니다.

2018년 봄

정찬